LE DIABLE DANS L'ASSIETTE

LAURENT SAULNIER

LE DIABLE DANS L'ASSIETTE

ROMAN

BUCHET • CHASTEL

ISBN : 978-2-283-04048-5

Pour Olivier, Sébastien et Stéphan,
évidemment.

« Que chacun se soumette aux autorités en charge.
Car il n'y a point d'autorité qui ne vienne de Dieu,
et celles qui existent sont constituées par Dieu.
Si bien que celui qui résiste à l'autorité
se rebelle contre l'ordre établi par Dieu. »

Saint PAUL,
Épître aux Romains.

« L'homme est bon,
mais le veau est meilleur. »

BERTOLD BRECHT,
Dialogue d'exilés.

ICH HATTE VIEL BEKÜMMERNIS[1]

1. « J'avais beaucoup d'affliction », J. S. Bach, Cantate BWV 21.

0

Tout ça, c'est peut-être bien la faute de Dieu. Je l'ai souvent pensé. S'Il n'avait pas vomi les tièdes – et je me compte parmi eux –, le diable n'aurait pas si facilement pris Sa place. Je l'ai souvent pensé, mais je n'ai jamais trouvé l'occasion de le dire. Surtout pas à Trapp, cette saleté. C'est lui qui m'a interrogé, après la guerre. Il était lieutenant. Enfin, sur le papier... Je regardais ses ongles et je n'y croyais pas : tout propres et lisses. Il ne sentait pas la poudre, celui-là.

Moi, par contre, j'avais bien conscience d'empester le soufre. Et le jeunot de l'U.S. Army était là pour me le rappeler. Tous les jours ou presque, pendant des mois. À ses yeux, je n'étais rien d'autre qu'un gibier de potence en sursis. Il m'a appris quelques mots d'anglais, des mots affreux. Je m'en souviens encore : *Death by hanging*. Il les prononçait rarement, mais la sentence flottait dans l'air. Il insistait pas mal là-dessus, sur ce qui m'attendait quand il en aurait fini avec moi. Un sale type, vraiment. Il devait bien savoir qu'en réalité je ne risquais pas si gros. Il lui arrivait aussi, mais c'était rare, d'insinuer que peut-être, peut-être, savait-on jamais, les juges, ces si bons juges d'un si bon pays qui bombardait nos villes à l'aveuglette, ces hommes-là se contenteraient de m'envoyer en prison pour le restant de mes jours. J'imagine que, dans son esprit, c'était censé m'inciter à coopérer.

La corde ou la perpétuité, donc. Je gobais tout, en bloc. Trapp était omnipotent et moi plus rien, fétu humain livré aux caprices d'un humaniste manucuré, d'un officier de pacotille qui n'aurait pas tenu une semaine en Crimée ou devant Leningrad. Avoir traversé ce que j'avais traversé, subi ce que j'avais subi, et en arriver là... J'aurais dû hurler ou pleurer, rager, je ne sais pas. Bon Dieu, quand j'y repense. J'en avais mal partout, à force de me contrôler. J'étais mort de trouille, celle de l'impuissance complète, et j'employais mon courage à me retenir d'envoyer balader le petit officier. Je craignais de signer mon arrêt de mort.

Pendant mes interrogatoires, j'entendais souvent chanter un coq. C'était un coq allemand et les bombardements l'avaient rendu fou, il chantait à n'importe quelle heure. Ça m'a aidé. Ça me rappelait ce que la vie avait pu être avant, le Warenberg paisible de mon enfance, rempli de vaches dans leurs prés, de cochons dans leur bauge, de volées de cloches et de basses-cours bruyantes. Trapp venait de Boston, il me l'avait dit. Les coqs, ça ne lui faisait ni chaud ni froid.

Ça a duré longtemps, des mois entiers. De fin 45 au début de l'été 46, à raison de deux, trois séances d'interrogatoire par semaine. Trapp et ses services étaient installés dans une école. Le bâtiment avait tenu bon dans l'ensemble, sauf la toiture. Chaque fois qu'on me tirait de ma cellule, je voyais des camarades prisonniers perchés au-delà des gouttières défoncées, ils tenaient des poutres neuves et des tuiles dans les mains. Les Américains leur filaient des cigarettes, ils échangeaient quelques mots, ils arrivaient à plaisanter. L'exception, c'était moi : dès que je me pointais, menotté et encadré par une paire de MP... je ne sais pas comment le dire... leurs regards m'écrasaient, je me tassais un peu plus dans ma vareuse trop large. Si ma tête était parue dans les journaux, si j'avais eu la moindre notoriété, nos libérateurs m'auraient peut-être pris en photo, pour raconter qu'ils avaient vu la bête, qu'ils l'avaient approchée. Ça leur aurait fait de jolis souvenirs. Ils auraient exposé mon portrait dans une vitrine, à leur retour en Amérique, entre un insigne du parti nazi et un poignard de la SS, un drapeau, que sais-je ? Mais « Heinrich Uffen », ce nom-là ne disait rien à personne. J'étais la veulerie personnifiée, l'allégorie du consentement au massacre, l'anonyme parmi les anonymes qui avaient rendu tout cela possible... Dans cet uniforme qui ne m'allait pas, j'avais tout l'air d'un fuyard, d'un type qui avait des choses à cacher. La défroque du méprisable. Affronter leurs regards était presque aussi pénible que de s'asseoir en face de Trapp. À l'époque, ce n'était pas très clair pour moi, je comprenais mal ce que ces Américains m'inspiraient. Un peu plus tard, quand j'ai pris le temps de réfléchir, je me suis dit : « Mais de quel droit ? » Quels choix est-ce qu'ils avaient dû faire, eux ? Jusqu'où leur conscience les avait travaillés ? Ils n'étaient pas nés dans un pays humilié par la défaite, dans un pays qui comptait ses morts par millions, un pays où les enfants avaient faim parce que les vainqueurs exigeaient des réparations astronomiques. Ils étaient venus au monde du bon côté, au bon moment, ils n'étaient ni plus vertueux ni plus civilisés que nous. Ils plaçaient Dieu sur leurs billets de banque et nous sur les boucles de nos ceinturons, mais à part ça... quoi ? Ils se retrouvaient dans cette cour d'école allemande parce qu'ils obéissaient depuis des mois, des années, aux ordres qu'on leur donnait, et s'ils s'étaient posé des questions pendant tout ce temps, s'ils s'en posaient encore, c'était entre eux ou en silence. Parce qu'un soldat, depuis la nuit des temps et quoi qu'on en dise de nos jours, entre civils bien éduqués, un soldat n'est pas formé pour penser. Un soldat exécute, le bien-fondé de la guerre ne lui appartient pas, on lui rabâche que la valeur suprême, c'est l'obéissance jusqu'au sacrifice. Ah, quand j'en entends couper les cheveux en quatre à ce propos... Bon sang de bois ! Ceux-là n'ont jamais dû mettre les pieds dans une caserne. L'armée reste l'armée. Elle a si peu changé, d'ailleurs, que la moitié de nos jeunes refusent de servir sous les drapeaux, ils préfèrent donner des cours d'allemand aux Turcs ou s'investir dans le tri sélectif... Une armée démocratique ? Laissez-moi rire !... C'est l'oxymore par excellence.

J'avais obéi, moi aussi, tout comme eux, tout comme Trapp, qui serait resté à Boston si Roosevelt n'avait pas décidé de nous chercher des noises. Les premiers jours, mes impressions sur le personnage fluctuaient. D'abord il était officier, ensuite il parlait très bien l'allemand, et si je dois lui reconnaître un seul mérite, c'est celui-là. Les polyglottes m'ont toujours épaté, je n'y peux rien. J'en ai déduit, à tort, que Trapp me traiterait avec équité. Alors d'emblée, nigaud que j'étais, je lui ai déclaré, les yeux dans les yeux et d'une voix claire, que je n'avais tué personne, que même en Russie où les massacres allaient bon train, je n'étais pas sûr d'avoir abattu un seul homme. Il m'a répondu que ça ne l'étonnait pas, qu'il connaissait mon dossier et que j'étais un lâche. Voilà comment il est descendu tout seul du piédestal où j'avais voulu le placer. On pouvait m'accuser de tous les maux, mais la lâcheté, ça ne passait pas. C'est à ce moment-là que j'en suis venu à étudier ses mains si propres, des mains de bureaucrate, pas de combattant. Enfin, je veux qu'on le sache, c'est important pour moi aujourd'hui encore, peut-être parce que je viens d'une époque où on prenait ces choses-là au sérieux et que ça m'est resté : tout le temps que j'ai porté l'uniforme, j'ai démontré un courage exemplaire, y compris à la fin, et pas n'importe quelle fin voyez-vous, la fin du monde, vraiment.

J'ignore pourquoi ces cochonneries de souvenirs me tombent dessus maintenant. Pourquoi aujourd'hui, pourquoi pas hier ?... Quelle différence ?

J'ai très bien dormi. Six heures d'affilée la vessie au calme, sans douleurs ni réveil intempestif, sans rêves dont je me souvienne, et qui, disons, m'auraient incité à raconter. Mais cette nuit, rien. Black-out complet.

Hier soir l'A2 ronronnait comme toujours, des chapelets de poids lourds roulaient vers Hanovre ou Dortmund. J'ai entendu des voitures, plus proches, rouler au pas dans les flaques d'eau, et puis les discussions étouffées des gens à vélo. Ahlenfurt est une petite ville tranquille. Je me suis endormi. Et ce matin... ce matin c'était différent. J'ai voulu préparer le café, et les souvenirs ont fait irruption. Je suis resté pétrifié. J'ai pensé à mes mains froides autour d'un petit réchaud à huile, un truc bricolé. Tellement froides, mes mains… sous leurs trois paires de gants, je ne les voyais plus. L'hiver 42, la Crimée. Quel rapport entre la guerre et le café ? Aucun. N'empêche, ça a continué. Des histoires de café, toujours. Ceux que j'ai bus plus tard, dans un lieu qui n'existe plus. Pas d'ersatz, des vrais.

Quoi qu'il en soit, tout à l'heure, je me tenais devant ma cafetière, mon paquet de Tchibo à la main, et je ne pouvais rien empêcher de ces images qui se précipitaient dans la cuisine et sous mon crâne. Moi qui souffre si peu, j'en avais mal à la tête. J'ai commencé à croire à une attaque, un AVC comme on dit de nos jours. Je me voyais paralysé, étendu sur le carrelage, la bave aux lèvres. Et puis non. Le café a coulé, en fin de compte. Quand même, je suis longtemps resté assis à la table. Bien plus longtemps que d'habitude. Je me posais des questions. Qu'est-ce qui avait pu provoquer ça ? J'ai commencé à chercher, parce que c'est humain. C'est toujours un peu la même chose. Les événements se présentent, on se débrouille pour leur trouver un sens. On trace une ligne, même tortueuse, pour tenter d'y voir clair ; on invente des signes annonciateurs, des augures. Rien n'arrive sans raison, alors on cherche. Quand Traudl est morte, par exemple. Ça, c'était un signe. Je me disais que si j'avais vécu aussi longtemps, c'était parce qu'une autorité supérieure avait attendu sa mort à elle pour s'occuper de la mienne. Des clous ! Traudl est morte depuis plus de quinze ans, et moi je suis toujours de ce monde.

J'ai cent huit ans et je me porte bien. Un peu de tension, des artères plus très souples, rien de méchant. Il y a bien ma jambe qui se réveille, de temps en temps, mais sinon… Pour dire vrai, je suis en si bonne forme qu'on me remarque à peine. Il y a tellement de vieux, dans ce pays… L'Allemagne est devenue une gigantesque maison de retraite, les gens ne font plus beaucoup d'enfants. Alors je n'ai pas de mal à me fondre dans le paysage. Je ne prends mon déambulateur que pour aller faire de petites courses, parce que c'est pratique. Le reste du temps, la canne me suffit. J'ai l'air d'un vieux, et puis c'est tout. C'est trompeur. On me donne, quoi ? quatre-vingts ans à tout casser. Tant mieux. N'empêche qu'à l'intérieur… On ne devrait pas vivre aussi longtemps, il y a quelque chose d'inhumain là-dedans. Je n'ai pas vu passer le dernier demi-siècle, voyez-vous. Tout accélère et je suis encore là. J'ai changé cinq fois de chaudière, trois fois de vitrage, j'ai même dû me résoudre à acheter un nouveau frigo, parce que le mien contenait des gaz toxiques que la réglementation avait proscrits. À mon âge, les décennies s'enchaînent comme autrefois les saisons, et tout se mélange. Si je n'y prends pas garde, je confonds l'actuel propriétaire de mon logement avec son père, pareil pour le docteur ou le pharmacien, les gosses des années cinquante sont tous grands-parents, j'ai enterré des gens qui n'étaient même pas nés quand je me suis installé à Ahlenfurt après la guerre. Ça file, ça accélère encore… La chute du Mur, tenez. Bientôt trente ans, d'après le calendrier. Eh bien moi, quand j'ai vu Berlin à la télé, le chantier du château près de la cathédrale, j'ai eu comme un vertige. Quoi ? Le Mur à peine abattu, il n'y avait rien de plus pressé à faire ? Rebâtir le palais du Kaiser ?… Voyez où j'en suis.

1

Quand même, je me suis levé, je n'allais pas rester coincé derrière ma tasse de café vide et les miettes de ma tartine, comme l'impotent que je n'étais pas. J'avais réfléchi, mais sans rien trouver. Je sentais aussi que ça s'accumulait, une sorte de malaise. Comme quand, après moult tiraillements, on a acquis la certitude que ça ne passera pas, que l'estomac a déclaré forfait, que le compte à rebours vers les toilettes est enclenché. Fallait que ça sorte.

J'ai fait le pied de grue devant mon buffet. Un par un, j'ai examiné mes bibelots. Ils étaient assez vieux pour me parler d'un autre temps. Celui de notre miracle économique, entre autres, celui de ma petite carrière à la bibliothèque municipale aussi, et puis celui de ma retraite. Mais tout ça comptait pour presque rien, l'essentiel avait eu lieu avant. Tout d'un coup je me suis senti dans la peau d'un mort-vivant. Ma vie s'était terminée entre la fin de la guerre et 1947, à ma libération. Le reste, c'était du vent. Je me suis mis à pleurer, tout doucement et sans bruit. Mon salon m'a paru sombre comme un caveau, j'avais l'impression que toute la maison s'enfonçait dans la terre, que si ça continuait comme ça j'allais bientôt vivre dans un entresol et devoir grimper quelques marches pour sortir de chez moi. J'ai cherché la lumière, glissé un œil derrière les rideaux. Dehors, les vélos ne passaient plus. À cette heure-là, les gamins étaient tous en classe. Sur le trottoir, je n'ai vu qu'une vieille dame, elle contournait avec prudence les constellations de feuilles mortes tombées par terre. Je n'étais plus sûr de grand-chose, sauf que j'allais déjeuner plus tard que d'habitude.

Oh mon Dieu, personne ne pouvait survivre à ça, personne... Quitter Berlin ces jours-là, s'extraire de la ville assiégée, filer entre les pattes de l'ennemi à l'apogée de sa puissance... Je ne connaissais pas les chiffres, je les ai découverts depuis. Bien sûr qu'on n'avait pas une chance, pas une sur mille, mais j'avais beau m'en être peu à peu persuadé, après coup, avec ces chiffres sous les yeux, je suis tombé de haut : six mille ou sept mille chars et avions, quarante mille canons, deux millions et demi d'hommes. Je n'ai pas pu l'oublier, ça me parlait plus que toutes les images d'archive. Qu'est-ce qu'on voit, d'ailleurs, sur ces films en noir et blanc ? Une minuscule partie de la réalité : Hitler pinçant l'oreille d'une poignée de gamins en armes, des grappes de Russes sur leurs chars et des panzers calcinés, des soldats courbés qui filent, bras en l'air, pendant que des *katiouchas* s'acharnent sur le centre-ville... Ça dure quelques secondes et on passe à autre chose. Déjà, un Russe hisse le drapeau rouge sur le Reichstag, dans un ciel noir de fumée. Puis le soleil revient, c'est le printemps et la guerre est finie, des généraux de l'Armée rouge déambulent près d'un grand portrait de Staline, devant la porte de Brandebourg. Bref, on ne voit pas grand-chose, et on ne sent rien. Moi j'ai entendu tonner pendant des semaines, nuit et jour. Ça tremblait tout le temps. Avant de partir, j'ai vécu sous terre, je finirai bien par en dire un mot, ça aussi ça me pèse. Oh, depuis le temps que ça m'encombre ! J'ai une cave, mais j'évite autant que possible d'y mettre les pieds. Les sous-sols m'oppressent, et les murs nus, le plâtre qui dégringole, l'éclairage électrique. Ajoutez le ronronnement d'une chaudière et je commence à vibrer, je regarde vers le plafond pour voir si ça va tenir.

Si j'ai quitté Berlin le 30 avril 45, c'est parce que j'en ai reçu l'ordre. Contrairement à ce qu'affirmait Trapp, je n'ai pas fui, je suis parti en mission. C'était une mission suicide, je devais rejoindre Dönitz, notre grand amiral, dans le Nord. Je laissais Traudl derrière moi, et ça me bouleversait. Si je tenais le coup, quelque part, c'est à cause de la certitude que j'allais mourir, que l'enfer des dernières semaines était sur le point de s'achever, que ma peine et mes angoisses compteraient bientôt pour rien, quelques malheureuses étincelles dans le brasier planétaire. Heinrich Uffen allait disparaître pour de bon. Le corps qu'on identifierait peut-être, qu'on mettrait éventuellement en terre, serait celui de Horst Müller. Comme nombre de mes compatriotes, je venais de changer de nom. Au printemps 45, ce qui restait d'encre dans le pays servait à imprimer des tombereaux de faux papiers.

C'est aux premières heures du 1er mai, après une épopée chaotique, que j'ai désobéi. J'ai décidé que c'en était trop, j'avais assez tenté le diable comme ça. J'étais un miraculé, le gagnant de la super loterie. La chance m'avait escorté comme mon ombre à travers les lignes russes. J'ai pensé à Traudl restée à Berlin. Je me suis dit que si je voulais la revoir, je ne pouvais pas compter plus longtemps sur cette veine extravagante. J'aimais Traudl, je venais de m'en souvenir. Pas un oubli, non, juste l'impossibilité d'y penser. Depuis mon départ de Berlin, mon cœur battait trop vite pour s'attendrir. Alors, j'ai poursuivi vers l'ouest et je suis parvenu à franchir l'Elbe, noyé dans la masse des Landser en déroute, pour me rendre aux Américains.

Qu'est-ce que je serais devenu, si j'avais conservé ma fausse identité ? Je serais parti vivre ailleurs, revenir à Warenberg aurait été impossible. Seulement ils m'ont retrouvé. Ça leur a pris quelques mois. Dans le camp où nos libérateurs nous tenaient enfermés, il ne se passait pas un jour sans « rendez-vous à la baraque », un bloc reconverti en bureaux et salles d'interrogatoire. Le 14 octobre 1945, mon tour est arrivé. Je suis entré dans ladite baraque, où j'ai tout de suite compris que le sursis de Horst Müller venait d'expirer. Je m'attendais à affronter deux, trois types, maximum. Mais dans la grande pièce, il y avait foule. Pour débusquer les sorcières brunes de mon espèce, ils avaient mis le paquet. En première ligne, une paire de compatriotes au pedigree douteux qui m'avaient tout l'air d'anciens gestapistes. Le duo était flanqué d'interprètes de l'U.S. Army, eux-mêmes encadrés par quelques officiers des renseignements militaires ; ici et là, nerveux comme des chiens, des MP tripotaient leur matraque. Ça n'a pas duré dix minutes. « Adjudant Horst Müller, de la Luftwaffe, c'est cela ? Et originaire d'Augsbourg ? » Les gestapistes et les interprètes se marraient. Après traduction, leurs sourires entendus remontaient jusqu'aux visages des officiers postés autour. « Nous, on pense que vous êtes Heinrich Uffen. » La faute à mon accent westphalien, et non souabe, mon identité d'emprunt avait volé en éclats. De guerre lasse, et parce que je n'ai jamais su me dérober longtemps à un ordre, j'ai craché le morceau. Avec le recul, il semble que ce Horst Müller surnuméraire – la Wehrmacht devait en compter l'équivalent d'un bataillon – n'avait pas grand avenir. J'ai pensé à notre Reichsführer SS grimé en sergent major de la police secrète militaire. Il s'était fait pincer bien avant moi. À partir de là on m'a assailli de questions. Les Américains en avaient autant en stock que de bombes dans les soutes de leurs saletés de bombardiers. Des grappes et des grappes, qui me valurent de changer de camp puis d'être détenu dans une authentique prison où, en attendant de me pendre, mes geôliers redoutaient surtout mon suicide. Alors j'ai raconté à Trapp tout ce qu'il désirait savoir – enfin, presque –, et je suis retourné dans un camp. La dernière fois qu'on s'est vus, Trapp m'a réaffirmé, pour la centième fois peut-être, que je ne m'en tirerais pas. « Votre tour viendra. Il y a plein de types dans votre genre à pendre dans ce pays, mais nous, nous sommes des gens civilisés : on organise des procès, ça prend du temps. » Cet homme était comme les Russes, chez lui la présomption d'innocence n'existait pas.

Les mois ont passé. À Nuremberg, quelques-unes de mes connaissances avaient rejoint leur Créateur, mais de mon côté j'attendais toujours d'apercevoir un juge, un procureur, un avocat. Je recommençais à espérer. Peut-être que les Alliés n'étaient pas tous aussi haineux ou stupides que Trapp, peut-être avaient-ils enfin compris que Staline les roulait dans la farine, que le véritable danger c'était le communisme. Ils pendaient, certes, mais pas tant que ça. Avec pondération, disons. Ou alors ils s'étaient découragés. Pendre un homme, il faut le reconnaître, c'est plus éprouvant que lui envoyer des bombes incendiaires sur la tête... Et puis, les candidats à la potence étaient innombrables. Je pense aux camarades qui avaient la gâchette facile en Russie, à ceux qui se distrayaient en assistant à des exécutions qu'ils prenaient en photo. À ce gros contingent de coupables auraient dû s'ajouter l'état-major complet de la Wehrmacht, les trois quarts de nos généraux, la SS et la SA, nos faisans dorés et autres membres influents du Parti, mais aussi les policiers et les magistrats aux ordres, les industriels gavés de commandes de l'armée, les médecins et infirmières euthanasieurs, les directeurs d'usine et chefs d'atelier esclavagistes, les cheminots qui roulaient vers Auschwitz, Bergen-Belsen ou Buchenwald, les techniciens et géomètres dont le talent avait permis à nos camps de sortir de terre. Tous ces gens étaient aussi mouillés que moi. Davantage, même. Sans eux, le grand Reich allemand n'aurait pas pu fonctionner. Conclusion : si les Alliés s'en étaient remis aux conceptions d'un Trapp, le bois aurait manqué aux charpentiers pour construire assez d'échafauds. C'est sans doute pourquoi nos vainqueurs de l'Ouest ont préféré la dénazification. Il fallait faire du propre avec du sale, difficile de s'y prendre autrement. Et je me disais que le sursis dont je profitais, en déblayant des décombres sous la houlette de ceux qui les avaient produits, devait moins à la lenteur des procédures qu'à l'impossibilité de châtier tout le monde.

Longtemps, j'ai joué au forçat du côté de Francfort. Brouette après brouette nous dégagions les ruines. C'était pénible, mais ma blessure à la cuisse avait complètement guéri en 1945, et nous n'étions pas mal traités. Nous ne transportions d'ailleurs pas que des gravats. Plusieurs fois déjà, des cargaisons de briques toutes neuves nous étaient passées entre les mains. On aurait dit que la reconstruction était en marche, et qu'avec elle je m'éloignais du gibet. Qui l'eût cru ?

2

J'avais de l'or dans les mains, je ne voudrais pas qu'on l'oublie. Si les gens savaient... Non, mieux vaut qu'ils ne sachent pas, ils me casseraient les pieds. N'empêche, je me suis trouvé à un tournant de l'histoire, je tenais son levier entre les mains. Si j'avais eu moins de scrupules, aujourd'hui les rues de ce pays ne sentiraient pas autant la *Currywurst*, le fumet de mon *ragù* tiendrait cette cochonnerie en respect, je vous assure. Seulement la défaite est passée par là. Et il a mieux valu.

En un peu plus d'un siècle de vie consciente, j'ai eu le temps de réfléchir. On ne m'enlèvera pas de l'idée que l'Allemagne est un pays étrange. Nous sommes capables de produire des compositeurs de génie, des ingénieurs et des physiciens hors pair, mais question cuisine : rien, ou pas grand-chose. Et comme la nature a, paraît-il, horreur du vide, les Turcs s'en sont donné à cœur joie avec leurs Döners, ils nous ont envahis. Déjà que les Américains nous avaient refilé leurs hamburgers... Voilà ce qui arrive, quand on n'imagine avaler que des schnitzels[1] et des saucisses, des patates et du chou. Pour se donner bonne conscience et parce que c'est la mode, parce que les Français ne sont pas si loin et qu'on en a marre de passer pour des ploucs en se regardant dans l'assiette, les émissions de cuisine ont depuis quelque temps le vent en poupe à la télé. Au départ ça m'avait tout l'air d'une bonne idée. Je me disais « Enfin ! Il va peut-être en sortir quelque chose, pourvu qu'on innove ! » Tu parles... On dîne chez l'un, chez l'autre, on coupe les cheveux en quatre autour d'une poignée de radis, d'épices subtiles... Ah, cette arrogance des néophytes ! Ça me fait bien rire : ils racontent à peu près n'importe quoi, personne ne relève... Et vas-y que je te poivre avant cuisson, que je t'émince le premier oignon qui se présente... Comme si tous les oignons se valaient ! Ça me désole. Alors je râle tout seul devant ma télé, je supporte leurs avis prétendument informés, je les regarde cuire leur viande comme s'il s'agissait d'en faire des semelles, sans rien sentir, en regardant à peine. Moi, d'un seul coup de narine, j'étais capable de savoir ce qui mijotait et depuis combien de temps, ce qui manquait dans la casserole ou le faitout, ce qu'il y avait en trop... J'avais un nez extraordinaire, le palais virtuose, la dent sûre... j'avais ça dans le sang.

J'étais doué, vous savez. Après-guerre, je voulais ouvrir plusieurs restaurants. Pour moi il allait de soi que ce conflit se terminerait comme les autres. Sans dommages irrémédiables. Bien sûr, je pensais à la défaite, mais pas à une défaite de ce genre-là, pas à cet anéantissement, à

1. Viande panée.

l'acharnement criminel des uns et des autres. Je reconnais que j'étais à côté de la plaque. *Mea culpa, mea maxima culpa.* On a le droit d'en rire ou de se fâcher tout rouge, de me traiter de naïf ou d'imbécile, mais au fond c'était quoi, le plus extravagant ? Le Führer cherchant la paix, au moins avec l'Ouest, ou le pays revenu à l'âge de pierre ? Qui aurait pu se représenter pareille catastrophe ? Absolument personne.

En 1946, on en était encore à se demander comment tout ça avait pu nous tomber dessus. Nous autres Allemands sommes prompts à nous émouvoir, et particulièrement sur notre sort. Une guerre n'avait pas suffi, une deuxième lui avait succédé, le malheur s'acharnait sur l'Allemagne. À nouveau des millions de morts, d'estropiés, de manchots… des cohortes de veuves et d'orphelins, des réfugiés à ne plus savoir qu'en faire… Les nazis ? Envolés ! Où se cachaient-ils, à présent, ceux qui nous avaient conduits là ? Ils étaient apparus au tournant des années vingt et trente. Un peu comme pour les nuisibles, on n'en avait d'abord aperçu qu'une poignée, leur présence n'avait affolé personne. Puis on avait réalisé qu'ils appartenaient à une grouillante colonie.

En 46, 47, mes compagnons prisonniers parlaient beaucoup. Contrairement à moi, ils recevaient du courrier. Des mots d'amour et d'espoir s'échangeaient, mais pas que. Il y avait aussi les plaintes et les récriminations. On cherchait les coupables, et tout d'un coup il semblait établi que durant tout le IIIe Reich les nazis habitaient toujours à l'étage au-dessus ou de l'autre côté du palier, puis, quand il n'y avait plus eu un seul immeuble intact, dans la cave des voisins. On se disait bonjour et surtout au revoir, en aucun cas on n'aurait songé à frayer avec ces gens-là... Il m'arrivait de trouver un peu de vrai là-dedans. Ces survivants n'étaient pas tous de sales types et je n'avais pas envie de les suspecter en bloc, pas après être passé entre les mains d'un Trapp. Je me disais qu'à leur place, si j'avais pu m'entretenir avec un proche, je me serais raconté les mêmes bobards. Plus tard, d'ailleurs, quand j'ai revu Traudl, je me suis entendu parler comme eux. Donc, je les comprenais. Et en même temps... Ils avaient beau jouer les étonnés, et souvent les victimes, je crois qu'ils avaient aussi bien compris que moi de quoi il retournait. Tous, on savait. Le jour où l'économie repartirait, nos anciens Blockleiters[1] se promèneraient à l'air libre, les gros bras de la SA couleraient des jours débonnaires à l'ombre de leur caisse enregistreuse, et d'honorables médecins de famille auraient oublié qu'ils exerçaient dans la SS où, soit dit en passant, ils soignaient peu de monde.

Tout à l'heure, j'ai regardé par la fenêtre, comme ça, pour voir ce qui se passait dehors. Qu'est-ce que j'ai vu ? Une maison en travaux, des ouvriers travaillaient à l'agrandir. À l'entrée du chantier, un grand panneau :

Popst & fils GmbH
Entreprise générale de bâtiment
Adenauer Str 3
Warenberg

La boîte est prospère, ici tous les gens la connaissent. Mais ils ignorent qui était Karl Popst, son fondateur. Moi je

1. Cadres subalternes du NSDAP.

l'ai fréquenté. C'était un type de la SA, un « Truppführer ». Après-guerre, en 47, 48, Popst rêvait encore tout haut à ses anciens exploits. Soit pour rigoler, soit pour laisser entendre qu'il savait toujours se servir de ses poings. Il est mort et enterré depuis quarante ans, mais moi je n'ai pas oublié. Un exemple parmi d'autres. Non, les nazis ne sont pas venus de la planète Mars. Mais la colère, hein... Il faut vous représenter ce que c'était. On se souvient de l'inflation en 1923, de la miche de pain à deux mille milliards de Marks, des bas de laine siphonnés du jour au lendemain. C'était le bouquet final, en quelque sorte. Mais avant ça il y avait eu la grande peur des Bolcheviques.

Qui s'en souvient encore ? Ils sont tous morts, sauf moi... À Warenberg, depuis l'armistice de 1918, le monde partait en morceaux. Le pays dans lequel j'avais grandi était rempli de bibliothèques et de théâtres, d'usines et de soldats, et dans notre Münsterland, de grenouilles de bénitier. Cette Allemagne-là avait du plomb dans l'aile. Plus de Kaiser ni d'armée, plus d'empire, une république à la place. Et surtout : des communistes. Les Rouges voulaient transformer le pays en petite Union soviétique, un cauchemar. Mon père craignait pour sa quincaillerie, les révolutionnaires étaient aux portes de Münster, à trente kilomètres de la maison. J'avais peur qu'ils viennent la nuit m'égorger dans mon lit. À ce qu'on disait, ils gardaient toujours de longs couteaux dans leurs poches. J'y croyais dur comme fer. J'avais un copain, il était enfant de chœur. Notre curé, Pater Ludwig, lui avait expliqué que les Rouges étaient les émissaires du démon. Si jamais ils souriaient, s'ils parlaient de réparer les injustices et de châtier les profiteurs, surtout ne pas se laisser embobiner, c'était comme ça que le diable s'y prenait pour pervertir les âmes. Avec de beaux discours. Il fallait aussi tendre l'oreille, la marque du Malin imprégnait leur vocabulaire. Si on entendait « prolétaire » au lieu de « pauvre », « bourgeois » à la place de « notable », c'était le signe qu'on avait affaire à l'un d'entre eux. Alors, impuissant que je me sentais, j'ai prié. Oh, qu'est-ce que j'ai pu prier, à cette époque ! Et ma mère, donc ! Où que je la revoie, elle traînait sa bible ou son missel avec elle. Dans sa chambre à coucher, sur la coiffeuse, elle avait arrangé un genre de petit autel, avec une statuette de la Vierge. Chaque année, elle la sortait au mois de mai, le mois de Marie comme je l'avais appris au catéchisme, mais l'autel éphémère était devenu permanent. Ça déprimait mon père. Après quatre ans de front, il avait oublié que son épouse était une bigote… Enfin… Ensuite ça s'est calmé, les Rouges se sont contentés de bourrer le crâne aux ouvriers des cimenteries voisines. Je l'ai compris quand la Vierge est retournée dans son armoire, en sécurité dans une pile de draps. On a connu quelques années paisibles. J'ai trouvé du travail à la bibliothèque municipale, où j'ai appris mon Dewey sur le tas. J'ai pris une chambre chez une logeuse. La situation n'était pas brillante, la quincaillerie vivotait, mais enfin, jusqu'en 1930, ça n'allait pas trop mal, on aurait pu se croire tirés d'affaire.

Et puis patatras ! Le malheur est arrivé d'Amérique. Aujourd'hui, les enfants l'apprennent à l'école, mais pour nous, y compris les adultes, ça n'était pas clair. Qu'est-ce qu'on savait de ce pays lointain ? Que sans ses soldats débarqués en Europe, comme l'affirmaient mon père et beaucoup d'anciens combattants, on aurait pris Paris en

1918. Mais à part ça… J'avais en tête les romans de Karl May, les aventures de l'Apache Winnetou dans les grandes plaines… des choses bucoliques, sans grand rapport avec la réalité. Pour notre Münsterland, les États-Unis, c'était presque aussi exotique que la Chine. On se fichait pas mal de la ruine des spéculateurs et des petits épargnants, des banques qui déclaraient faillite les unes après les autres. « Bien fait pour leur gueule ! Au moins, on n'aura pas été les seuls à en baver ! » : voilà ce qu'on pensait. Là-bas, le mal s'étendait. Après la bourse, l'industrie. La crise se propageait comme un feu de prairie. Personne ne s'en inquiétait encore. Entre l'Amérique et nous, il y avait l'Atlantique, le feu allait s'éteindre. Comme on ne comprenait rien à l'économie, on se pensait à l'abri. Tragique erreur d'appréciation.

Tout est allé de mal en pis. En 1930, on a commencé à licencier de tous les côtés. La mairie a opéré des coupes claires dans son budget, les salaires ont baissé… À la fin de l'année, on m'a jeté dehors comme un malpropre. Un membre de la chefferie municipale m'a expliqué qu'il était désolé, mais qu'en tant que contractuel mon emploi ne pouvait pas être garanti. Pendant que j'avalais ces couleuvres, les autres regardaient ailleurs, pas un n'est venu à la rescousse… Je suis retourné vivre chez mes parents… Sans eux, je me serais retrouvé à la rue. À vingt ans, vous imaginez ? Pas de boulot, pas d'amour, pas de perspectives… Pendant neuf mois, je me suis rongé les sangs, j'ai cherché un travail qui n'existait pas. Neuf mois, ça paraît court, je sais. Mais il faut remettre les choses dans leur contexte. Comment comprendre que dans un pays si moderne, avec la Ruhr, la Silésie – à l'époque, les Polonais n'avaient pas mis la main dessus – les chemins de fer partout, les grands magasins, des écluses magnifiques... comment comprendre que tout d'un coup on trouve si peu à produire, à vendre, à construire, rien d'autre à envisager qu'une ruine grandissante ?... Un fléau, voilà ce que c'était. Je faisais un rêve étrange, qui revenait souvent : j'étais au Sahara, quelque chose comme ça. Un type passait par là entre deux dunes, un homme de chez nous, pas un Arabe ou un Touareg, non, un homme on ne peut plus ordinaire, et cet homme me regardait, il soulevait son chapeau pour me saluer et me demandait ce que je fichais encore en Allemagne. Alors mon pied buttait contre un obstacle, je creusais le sable fin comme de la farine et dégageais le haut d'un panneau indicateur : *Schiller Strasse* était inscrit dessus. La rue où nous habitions...

Bref, on n'en voyait pas le bout. On se demandait jusqu'où le pays allait descendre. On tombait, on tombait. Le désespoir, de nos jours, on ne sait plus ce que c'est. Le désespoir collectif, je veux dire... Le pire, c'est toujours pour les autres, dans des pays du bout du monde. C'est l'affaire de gens qui ne nous ressemblent pas, on vit au calme et pas eux, les malheurs ont glissé comme les tempêtes, ils se sont déplacés vers l'est ou le sud. Mais à l'époque l'œil du cyclone était braqué sur nous. Brüning, notre chancelier d'alors, n'avait que le mot « récession » à la bouche. Je m'en souviens très bien, je ne pouvais pas le sentir. C'était un crâne d'œuf hautain du *Zentrum*, un type auquel on n'aurait pas confié un malheureux réveil à réparer, tant il semblait planer dans son monde de hauts-de-forme et de flonflons, détaché des gens et de leurs problèmes. Depuis le temps qu'ils votaient au centre, mes parents s'en mordaient les doigts... Leur ultime argument, c'était Hindenburg. Pour eux, il représentait Dieu le Père. Et s'il maintenait Brüning à son poste, ma foi, c'est qu'il y avait une raison.

Je brassais du vent ou moulinais dans le vide, comme on voudra, je me démenais en vain. Mon père m'a deux ou trois fois payé le train jusqu'à Münster. Il se disait que peut-être, dans une grande ville... En réalité, dans la très catholique cité, c'était pire. À Warenberg, on ne s'en rendait pas bien compte, la crise ne sautait pas tout de suite aux yeux, alors que là-bas... Tous ces commerces fermés, ces kiosques à journaux condamnés par des planches... Si les rues n'avaient pas été pleines d'hommes qui allaient et venaient, à attendre qu'un emploi leur tombe sur la tête, si les trams n'avaient pas été bondés de gens qui se rendaient Dieu sait où, on aurait cru que la ville se préparait à être évacuée. « Alors ? » demandait mon père à mon retour. Je n'avais pas ouvert la bouche que des larmes perlaient aux yeux de ma mère. Je haussais les épaules, mon père regardait par terre, à droite à gauche, comme s'il observait les cavalcades d'une souris le long de la plinthe, ma mère emplissait des mouchoirs de morve et de larmes, et c'était tout. Enfin, pas tout à fait...

Tandis que l'économie du pays sombrait, l'agitation gagnait du terrain. Même à Warenberg, il arrivait que ça chauffe. C'était une époque très politique, une époque où on défilait beaucoup. Les anciens combattants du Casque d'acier[1] paradaient pour l'anniversaire du Kaiser ou celui de la bataille de Tannenberg, ils sortaient de la naphtaline

---

1. Organisation paramilitaire d'inspiration monarchiste.

impériale les drapeaux de régiments dissous et les gens applaudissaient à tout rompre, ça leur rappelait de bons souvenirs. Les nazis applaudissaient aussi, avec leur propre drapeau. Ensuite ils se dépêchaient d'organiser un défilé plus imposant. C'était à ce moment-là que ça dégénérait… Parce qu'il y avait des Rouges dans nos murs, au 33 de la Linsen Strasse[1]. Un syndicat de la cimenterie. On ne peut pas dire qu'ils dérangeaient, ils restaient discrets. Quand les SA peignaient des slogans ou des croix gammées sur leur façade, ils se contentaient d'attendre le lendemain et de repasser un coup de peinture. Ils ne faisaient pas de vagues. Mais après les défilés, c'était autre chose. Les SA balançaient des pavés dans les fenêtres et bloquaient la rue pendant des heures, molestaient ceux dont la tête ne leur revenait pas. La police restait en retrait, le sort des Rouges ne préoccupait pas grand monde. Et puis, en septembre 31, coup de tonnerre : voilà qu'une centaine de députés en chemises brunes se retrouve sur les bancs du Reichstag. On ne parlait que de ça. On a découvert quelques visages qui allaient devenir célèbres, les Göring, Goebbels et consorts… Nos SA se sont senti pousser des ailes. Ils ont laissé tomber les pavés. Pour s'en prendre aux Rouges, les bouteilles enflammées étaient plus efficaces. Le bâtiment a en partie brûlé, des riverains ont poussé les hauts cris et les autorités ont enfin réagi. Comme notre maire avait le nez creux, il a expulsé les syndicalistes en les accusant de trouble à l'ordre public, et il a cédé la bâtisse aux nazis. On pourrait dire qu'il assurait ainsi la paix sociale pour un genre de plat de lentilles. Plus de

1. Rue aux lentilles.

Rouges, plus de désordre : la preuve par l'efficacité. En 32, la SA monopolisait le pavé. De temps en temps, on retrouvait une étoile de David sur la vitrine du tailleur Epstein, mais ça n'était jamais que de la peinture, on n'allait pas en faire toute une histoire. On se réjouissait plutôt de ne pas habiter Ahlenfurt, juste à côté, parce que là ça bardait pour de bon. Entre les meetings des socialos et les défilés de la Bannière du Reich[1], les SA ne manquaient pas une occasion de semer la pagaille. Il y avait tout le temps de la casse. Le Truppführer Karl Popst et ses copains s'en donnaient à cœur joie.

Je vais vous dire : tout ça est sans doute épouvantable vu de maintenant, mais à l'époque je n'en avais cure. Ce que je voulais, c'était un travail. Rien d'autre. Et les vieilles barbes de la droite, de la gauche, du centre, depuis le temps qu'ils promettaient tout et n'obtenaient rien... ils avaient fini par me convaincre qu'ils étaient juste bons à dérouler le tapis rouge aux communistes. Pas fous, les cocos... Ils se tenaient en embuscade, ils attendaient leur heure. Alors j'ai voté pour les nazis. Leurs candidats étaient jeunes, ils voulaient tout chambouler. Je reconnais que j'ai manqué de clairvoyance. Mais comment y voir clair, dans un pays qui part à vau-l'eau ? La voilà la vraie question, la question centrale. On ne l'a pas posée, ou si peu... On a préféré parler de « la faillite morale de tout un peuple », rien que ça... Bon sang de bois, ce que ça peut me taper sur les nerfs, ces jugements à l'emporte-pièce... C'est tellement facile, après coup, de jouer les saints. On rédige des thèses savantes, et on passe à côté de l'essentiel... Le charbon

1. Organisation paramilitaire favorable à la république de Weimar.

qu'on ne peut plus payer, les maisons froides, les manteaux des gosses qui raccourcissent, les ventres creux… Même si le reste du monde n'a pas voulu l'entendre, il y avait de quoi mettre ses scrupules de côté et vouloir renverser la table, non ?

3

J'ai vraiment vécu trop longtemps. La dernière fois que je suis venu à Warenberg, je crois bien que c'était l'année dernière, l'antenne de la Caisse d'épargne existait toujours, elle avait ouvert ses portes en 1948. Et tout à l'heure, qu'est-ce que je trouve ? Un restaurant, appelons ça comme ça, répondant au nom – je vous le donne en mille – de *Bosphore*, un boui-boui destiné aux gens pas fichus de lire une carte, où tous les plats figurent en photo au-dessus du comptoir… Je me suis dit que ma vue me jouait des tours, que j'avais dû descendre du bus au mauvais arrêt. Mais après vérification, à part la Caisse d'épargne qui avait disparu, tout collait dans l'environnement. Un moment, j'ai médité ma surprise sur le trottoir, et puis je l'ai laissée passer. Ce n'était pas la banque que j'étais venu revoir, les lieux plutôt. J'étais comme en pèlerinage. C'est là que j'avais travaillé, là que ma vie avait pris son premier tournant décisif. Avant le *Bosphore* et la Caisse d'épargne, à ce niveau de la rue, à l'angle du carrefour ou presque, celui qui conduit d'un côté à la gare, de l'autre à l'ancienne place du Marché et son dédale de ruelles disparues se trouvait une taverne florissante, l'établissement le plus prospère de l'arrondissement, *La Saucisse d'or.*

Depuis le temps que j'étais planté devant *Le Bosphore*, deux pas par-ci, trois par-là, voilà que la porte de la gargote s'ouvre et qu'une tête brune apparaît : « Ça va m'sieur ? Voulez entrer ? »

Je suis tellement pris de court que je n'ose pas refuser. Dieu sait pourtant que je n'ai aucune envie de mettre les pieds dans ce gourbi. Le Turc me sourit et me prend par le coude mais je me dérobe, je lui dis que ça va aller. Et lui il continue de sourire, on est entrés et déjà il tire une chaise pour que je puisse m'asseoir.

« Merci.

– Manger ? Boire ? »

Il m'a tout l'air d'un arrivant de fraîche date, son accent est épouvantable. Mais bon, je dois reconnaître qu'il fait tout son possible pour m'être agréable, et j'apprécie d'être assis, même si la chaise est affreuse, comme le décor, comme les photos des plats, comme tout le mobilier. On se croirait dans une cantine. « Une bière, s'il vous plaît. »

Il pose une main sur son cœur, comme si ma demande venait de le lui arracher. « Ah, désolé, pas d'alcool… Cola ? *Apfelschorle*[1] ? »

Va pour un *Apfelschorle. Made in Germany*, j'espère.

Le gars s'en retourne derrière le comptoir. Je le trouve bien sombre de peau, même pour un Turc. Dieu sait d'où il vient. Ça rend songeur, cette somme de gens qui rêvent de notre pays. Après-guerre on était des pestiférés, des infréquentables, j'ai connu ça, on n'avait pas de mots

1. Mélange de jus de pomme et d'eau gazeuse.

assez durs pour un peuple à terre... Et puis on s'est mis à fabriquer des autos, des bonnes, solides et puissantes, et des machines industrielles qu'on faisait mieux que personne, des frigos et des télés, on a gagné une coupe du monde de football... C'est comme ça qu'on est redevenus humains... La main sur le cœur, on a juré qu'on ne chercherait plus à envahir nos voisins, à s'étendre. Mais le monde est mouvement. Et dès lors qu'on avait décidé de ne plus bouger, les autres sont venus chez nous. Des Turcs, pas mal de Croates aussi, des Polonais, et maintenant des Syriens. Étrange renversement.

Je sirote mon *Apfelschorle*, et je me demande où je suis assis. Je veux dire : où je serais assis si *La Saucisse d'or* existait encore. Pas évident. Le bâtiment de l'époque était bien plus large et profond que *Le Bosphore*. Bon. Par rapport à la porte, admettons, il semble que je me tienne à peu près là où Josef Brauner, dit « Sepp » – il avait des origines bavaroises – m'a reçu quand il m'a embauché. Table 17, la ronde, avec ses six couverts. Une coïncidence un peu trop belle pour que je n'y regarde pas à deux fois. Je ferme les yeux, le plan de toute la taverne est encore inscrit dans ma mémoire, puis je les rouvre. Et j'en conclus que je suis bien là où je croyais être. La fameuse, l'historique table 17. Je m'aperçois aussi, une sorte de fulgurance, que la caisse d'alors se trouvait approximativement dans l'espace aujourd'hui occupé par une armoire réfrigérée, pleine de sodas multicolores. « Tout OK ? » s'enquiert mon pseudo-Turc.

Il a l'air inquiet, j'ai peut-être fermé les yeux trop longtemps. J'hésite à lui demander d'où il vient, j'aimerais en avoir le cœur net. Un Syrien ? Est-ce que les Syriens sont si foncés que ça ? J'ai du mal à m'y retrouver. Le XXIe siècle est bien déconcertant.

À l'automne 1931, *La Saucisse d'or* cherchait un serveur et je me suis présenté. Je n'avais aucune qualification pour le poste, mais si peu à perdre. Même les désillusions, c'était devenu de l'histoire ancienne. Si j'étais là le mardi matin en question, c'est parce que je n'avais rien trouvé d'autre à faire.

On était une grosse vingtaine à attendre d'être reçus, tôt avant l'ouverture. J'arrivais les mains vides, sans recommandation. Sepp Brauner m'a posé, quoi ? cinq, six questions, puis il a parlé d'autre chose, des prix du charbon et des détergents, de la qualité des patates, d'un tas de questions pratiques… J'attendais qu'il me congédie mais il m'a tendu la main : j'étais pris à l'essai. Plus tard, il m'a avoué que la largeur de mon bassin l'avait impressionné. Pour lui, c'était un gage de stabilité quand je devrais galoper entre les tables, un plateau sur le bras. Oui, je suis assez bizarrement fichu, je l'admets : le Créateur m'a donné les hanches d'une femme et des épaules étroites, le haut de mon corps ressemble à un trapèze. Mais cette légère difformité m'a servi.

Pour galoper, je dois dire que j'ai galopé. Combien de kilomètres j'ai parcourus, sur le plancher et les tapis de *La Saucisse d'or*, je serais curieux de le savoir. Pas autant qu'en Russie sans doute, mais plus qu'en France, où j'ai pourtant beaucoup marché. Cette taverne, dans un pays accablé par la crise, c'était une hérésie économique. Elle tournait à plein régime, c'est ce qui avait dû inciter Sepp Brauner à embaucher un nouveau serveur. Les chemises brunes se multipliaient plus vite que les punaises de lit, et elles ne se contentaient pas de boire. Pour taper dans le tas ou défiler au pas cadencé, il leur fallait une nourriture roborative, abondante. Parmi ces gars-là, il y avait de tout... Des types sans grand idéal et qui s'étaient trouvés dans le Parti une seconde famille, des armoires à glace désœuvrées, genre Popst, et puis d'anciens combattants. Ceux-là, c'était le haut du panier, ils portaient toujours leurs médailles. « Avec une Croix de fer, pas le droit à l'erreur », m'avait prévenu Herr Brauner, qui lui-même l'avait obtenue. Il bichonnait sa clientèle, quoi de plus normal ?... Il venait aussi d'adhérer au Parti. Les nazis rabâchaient déjà qu'ils étaient là pour mille ans, vous comprenez ? La logique commerciale la plus élémentaire commandait donc de ne pas se les mettre à dos... Alors la croix gammée est apparue au fronton de l'établissement, une photo de Hitler a orné la cheminée... Sepp Brauner priait pour sa victoire. Il avait dans l'idée que la bonne marche de son affaire était un minuscule avant-goût de ce qui attendait le pays, pour peu que le Chef vénéré atteigne les sommets.

J'ai commencé à voir la vie en rose, je me sentais ressusciter. Et pourtant c'était dur, vraiment dur. Pour tout dire, c'était parfois épuisant, mais quel bonheur, au final, de s'effondrer dans un lit, de dormir comme jamais, essoré par l'effort ! Ah, servir à quelque chose, pardon si ça paraît évident, eh bien ce n'est pas rien !... Tous les chômeurs savent ça. Enfin, ceux qui ne cherchent pas du boulot avec un fusil. Mes parents étaient pleins de doutes, ils pensaient que je regretterais vite mon ancien emploi. Ils se trompaient. Longtemps, j'ai été très content de mon sort. Un salaire correct, les pourboires qui tombaient... Dans leur ivrognerie, nos SA se montraient parfois généreux. De quoi aurais-je pu me plaindre ? Le chômage battait des records, Brüning rabâchait « Récession ! Récession ! », comme si son diagnostic à lui tout seul contenait le remède... Cet âne bâté poursuivait sans broncher la même politique qui ne marchait pas, et tout le centre lui emboîtait le pas. Pas seulement le centre, d'ailleurs, mais aussi les socialos, plus quelques autres... Insensé, c'était insensé... Bon... J'ai l'air savant tout d'un coup, pour un homme que la politique n'a jamais intéressé plus que ça, mais il faut savoir que Herr Brauner, seul maître après Dieu à *La Saucisse d'or*, épluchait la presse pour ses employés, et leur expliquait ce qu'il pensait de tout ça au déjeuner, et quelquefois en fin de service, vers minuit. Il m'en est resté quelques petites choses.

Non, je ne me plaignais de rien, même si j'aurais aimé gagner davantage, je ne vais pas le nier. Mes parents tiraient le diable par la queue. Edmund Uffen, principal quincaillier de Warenberg, finissait par prendre la teinte grise des vis, boulons et kilos de clous qu'il vendait au compte-goutte. À cette époque j'étais plein d'énergie, je lui parlais de Hitler et de ses promesses de prospérité. Mais mon père n'était pas né de la dernière pluie. Ce qu'il voyait surtout, c'était la brutalité de notre clientèle. « Tu veux dire que c'est cette bande de soudards qui va relever le pays ? » Je me souviens très bien du moment où il m'a sorti ça. L'atmosphère à la maison était lugubre, on s'éclairait peu pour économiser le courant, on ne chauffait que le salon. Il avait raison et je n'ai rien trouvé à lui répondre. Au lieu de me rendre à l'évidence, j'ai pensé que mes parents étaient trop catholiques pour comprendre, que les événements les dépassaient.

Au *Bosphore*, je laisse les dernières gouttes d'*Apfelschorle* m'imprégner la langue, quand le téléphone sonne. Mon pseudo-Turc marque une légère hésitation avant de décrocher. Ça se confirme : l'allemand, ce n'est pas son truc. Je tends l'oreille, et qu'est-ce que j'entends ? Impossible à dire. Pas du turc en tout cas, pas assez de « u » ; pas de l'arabe non plus, ce qui exclut que mon pseudo-Turc soit syrien... Alors quoi ? C'est assez doux et comme enroulé, plein de circonvolutions. Une langue que je n'ai jamais entendue. Tellement bizarre que l'employé du *Bosphore* doit avoir bien du mal avec la nôtre, c'est certain.

Maintenant que j'y prête attention, il y a de la musique dans la salle, un murmure. Ce n'est pas de l'allemand et ça ne m'étonne guère. Un langage oriental, plutôt, ce que la musique laisse d'ailleurs supposer. Je laisse tomber : cette planète, c'est une tour de Babel en orbite. Il y a tellement de langues étranges... Ce n'est pas la première fois que je me fais la réflexion. Le russe, déjà, il fallait s'accrocher, même si c'était assez joli à entendre. L'estonien, en revanche... Pour ce qu'en disaient les camarades, on s'y perdait comme dans une purée de pois. À l'Est on a côtoyé un paquet de dialectes... À se demander comment les gens arrivaient à se comprendre... Les hommes aiment bien se compliquer la tâche, dans ce registre ils sont capables des plus grandes excentricités. Le hongrois, tiens. Je l'ai pas mal entendu, et dans la bouche de gens qui le parlaient fort bien : dans le genre incompréhensible et à peine prononçable, on atteint des sommets. Non seulement ça ne ressemble à rien, mais en plus ça vous écorche les oreilles. Ce n'est pas un hasard si les Habsbourg ont bataillé pour imposer l'allemand dans leur empire. Qu'on l'aime ou non, notre langue est claire et rationnelle.

Le pseudo-Turc raccroche enfin. « Je vous dois ? »

Pas de réponse, mais son sourire est presque aussi franc que tout à l'heure. Pour qu'il comprenne, je frotte l'un contre l'autre pouce et index.

« Payer ? qu'il demande.

– Oui, payer. »

La lumière a baissé, quelques néons clignotent. Et soudain, alors que mon pseudo-Turc est parti chercher la note, j'ai comme une illumination : l'ombre de son nez très large imprime une moustache sur son visage. Subitement, je m'y retrouve : c'est un Hindou, ou un Indien, je n'ai jamais su faire la différence. S'il avait porté sa pastille rouge sur le front comme ses compatriotes, j'en aurais immédiatement déduit ses origines.

Il dépose la note sous mes yeux et je sors ma monnaie.

« Hindou ?

– Non, pas Hindou. Tamoul. Pondichéry. Grande ville en Inde.

– Oh… c'est loin, ça, dites donc… »

Je me lève. Sa prévenance ne faiblit pas, il m'escorte et m'ouvre la porte, on se salue et me voilà dehors. Drôle de monde, où des Indiens servent dans des restaurants turcs…

Je me sens déboussolé, assez las. Je ne m'y attendais pas. Je mets ça sur le compte du froid et de l'âge de mes artères… La nuit ça gèle, l'automne est humide. En cette saison, les vieux un peu raisonnables ne mettent le nez dehors qu'autour de midi, ensuite ils restent calfeutrés. Ils sont prudents… pas envie d'attraper la mort… Moi j'ai passé ma vie à la frôler, puis à l'attendre. Il y a beau temps que je devrais être allongé dans un cimetière. Pourquoi est-ce que je suis encore là ? Je commence à broyer du noir. Ça m'arrive rarement, mais quand c'est là… Ça m'apprendra à jouer les pèlerins, tiens…

Je marche vers l'arrêt de bus. Mon monde à moi était un monde de charrettes et de trams. Il est mort, enfoui sous les bombes, pulvérisé. Si ça pouvait se terminer maintenant, je ne dirais pas non. Dormir d'un sommeil sans rêves, ça ne m'effraie pas. Ce qui me tracasse, c'est ma longévité. Un siècle de vie, est-ce bien humain ?… Casse-tête insoluble. Si le diable existe, c'est sûrement lui qui en est l'auteur.

Une voiture passe. Une Golf, pour ne pas changer. Ses feux sont allumés. Quatre heures et demie et déjà la nuit pointe. J'aimerais me dépêcher, je ne peux pas. Alors je vais à petits pas, en prenant garde à ne pas poser ma canne sur une feuille glissante. Qui viendrait me relever ? Les trottoirs sont vides. La ville est à l'arrêt, suspendue, elle ne marche pas comme elle devrait. Personne, juste des autos. Les fenêtres restent sombres parce que les gens ne sont pas encore rentrés chez eux. Il ne faut pas chercher midi à quatorze heures, et pourtant je sens dans l'air comme une odeur de couvre-feu… Warenberg, autrefois, c'était quand même plus vivant.

4

La télé s'inquiète des scores de l'AfD[1]. Quelle que soit la chaîne, avant ou après les élections, c'est chaque fois le même cirque, l'indignation bien peignée, la pommade des grands mots... Moi non plus, ça ne me réjouit pas. Mais je ne joue pas les surpris. Quand la droite et la gauche gouvernent ensemble pendant longtemps, c'est qu'il y a un hic, ce n'est pas bon signe... Ah, ce que les gens ont la mémoire courte ! Je ne parle pas des votants mais des journalistes. Ils devraient savoir, pourtant, ils ont de l'instruction. Ils devraient dire à notre chancelière : « Brüning, sors de ce corps ! » Mais Brüning, ils ne connaissent pas. C'est à se demander ce qu'ils savent, en réalité, du pays dont ils parlent. On est censés être la locomotive de l'Europe, ceux qui font tout bien et qu'on prend pour modèle. J'ai des doutes. Rien qu'à Ahlenfurt, tiens : il n'y a pas si longtemps, j'ai compté sept commerces fermés dans la rue principale. Les gens se plaignent, ils parlent de leurs enfants, des boulots à trois sous qu'on leur propose et

1. *Alternativ für Deutschland* : parti d'extrême droite.

qu'ils ne peuvent pas refuser. Certains ont du mal à se soigner. Vous vous rendez compte ? Au XXIe siècle ?... Même dans les pages de l'*Ahlenfurter Morgenblatt*, il arrive que ça râle, entre les lignes. Le pays n'est plus ce qu'il était. Alors je dis aux journalistes, ou à qui veut l'entendre, qu'ils feraient mieux de s'habituer aux résultats électoraux de l'AfD. Ce parti a de beaux jours devant lui, son printemps n'est pas encore arrivé.

En 1932, le printemps, justement, était torride. Motif ? L'élection présidentielle, Hitler contre Hindenburg. Nos SA étaient remontés à bloc. Quelques-uns avaient entendu leur dieu vivant en meeting, ils électrisaient les autres. Je travaillais au milieu d'eux, je sais de quoi je parle. Je sentais cette énergie... Ce qui animait ces types, durant ces semaines frénétiques, c'était plus que de la brutalité, plus que l'addition de toutes leurs envies d'en découdre, de toutes leurs rancœurs... Ils croyaient au paradis à croix gammée comme les petits enfants s'imaginent que l'Enfant-Jésus, à Noël, dépose leurs cadeaux sous le sapin.

Entre les deux tours de l'élection, environ un mois, j'ai travaillé comme un dingue. J'aurais dû m'écrouler, je maigrissais à vue d'œil. Mes parents s'inquiétaient, moi je ne ressentais pas la fatigue. Comme au premier tour, j'allais voter pour Hitler. Il ne pouvait pas perdre, Sepp Brauner m'avait mis ça dans la tête... Et les SA aussi, et les membres du Parti qui ne se salissaient pas les mains. Les têtes pensantes, disons. C'est contagieux, l'énergie... On était si contents, les communistes étaient loin derrière, si loin qu'on avait un peu perdu de vue qu'Hindenburg avait frôlé la victoire au premier tour. La tension, l'enthousiasme écrasaient tout sur leur passage. Et puis, comme chacun sait, nous avons perdu. Et largement…

Le coup fut rude, j'en ai le souvenir très net. À *La Saucisse d'or* et au 33 de la Linsen Strasse, l'antenne du Parti, l'ambiance a sombré comme un *Titanic* frappé par son iceberg. Le temps d'une journée, on est passés de l'euphorie à la déprime. Cette défaite, on avait du mal à y croire. Pour se l'expliquer, on parlait de fraude massive, d'urnes truquées ou perdues. On tombait de haut, forcément c'était douloureux. Et pour corser le tout, Brüning restait chancelier !… Herr Brauner ne décolérait plus. Il était si sûr que le nouveau Reich était pour après-demain… Pendant quelques jours, il est resté à l'écart, la taverne a tourné sans lui. J'ai su plus tard qu'il avait de gros doutes sur l'avenir… La défaite d'Hitler l'avait commotionné. Il voyait tout en noir et craignait pour son chiffre d'affaires. Sans une victoire, les SA et le Parti n'auraient pas éternellement les moyens d'assurer la prospérité de son établissement. C'est sans doute ce qui l'incita à modifier sa carte, je ne vois pas d'autre explication.

Voilà le deuxième tournant de ma vie, l'embranchement de plus… À quoi tiennent les choses ? Je vais vous le dire : à presque rien. À une idée qui aurait pu ne jamais venir, qui tombe d'on ne sait où. Jamais je ne m'étais intéressé à la cuisine, jamais. Côtoyer des fourneaux à longueur de journée n'avait suscité chez moi aucune vocation particulière… Je gardais dans un coin de la tête que cet emploi était temporaire, qu'avec Hitler je trouverais quelque chose de mieux payé, de moins éreintant. Mais ça ne s'est pas passé comme ça. Si j'avais répondu autrement à la question que Sepp Brauner m'a posée ce jour d'avril 1932, il est probable que ma vie et l'histoire de notre malheureux pays auraient suivi des cours différents. « Il faut qu'on innove. Qu'est-ce qu'on pourrait bien leur proposer ? »

Je ne sais pas s'il attendait une vraie suggestion de ma part, peut-être qu'il se contentait de réfléchir à voix haute… Mais on ne se refait pas. Sepp Brauner était mon patron, j'ai pris sa demande au pied de la lettre. J'ai réfléchi, quoi ? deux secondes, et j'ai répondu : « Des pâtes. – Des pâtes ? » J'ai senti qu'il fallait argumenter : « Ça ne coûte rien, ça remplit, et avec un peu d'astuce on peut en tirer un plat original. »

Je n'avais jamais parlé aussi longuement, ni surtout avec autant d'assurance, à mon chef. Imaginez Moltke, moustaches comprises, et vous aurez une idée du physique de Sepp Brauner. Il en imposait, cet homme. Et tellement qu'il n'était pas du genre à se laisser séduire sans broncher. Il a émis un certain nombre de réserves. Des pâtes ? Si on n'en trouvait nulle part en dehors de Münster, c'est qu'il y avait une bonne raison à cela : *un déficit évident de germanité*. C'est exactement ce qu'il a dit. Je me suis senti bête, très bête. Puis il m'a rappelé que nos aïeux chérusques, pas si loin de Warenberg, avaient en leur temps décimé trois légions romaines à la bataille de Teutoburg. Proposer des nouilles à leurs descendants, n'était-ce pas leur offrir le plat favori des vaincus ? J'aurais pu objecter que les Italiens étaient entre-temps devenus fascistes, mais je n'ai pas osé.

Cependant, le mal était fait. L'été suivant, je me suis rendu compte que Herr Brauner avait de la suite dans les idées. À la fin de mon service, il m'a invité chez lui, sur sa terrasse. Je n'ai pas su dire non, pourtant il était plus d'une heure du matin… Il m'a demandé de l'attendre, j'ai tâché de ne pas m'assoupir sur ma chaise.

La nuit était douce. Le pays entier semblait dormir, naviguer dans de jolis rêves. C'est étonnant comme le noir, les étoiles, sont capables de vous faire oublier tout le reste. La violence, je veux dire. Parce qu'à cette époque, quel désordre… Le Reichstag était dissous, on se retrouvait à nouveau en campagne électorale. Dans ce pays, je crois bien qu'on n'a jamais autant voté qu'en 1932.

Le désordre, je disais. On pourrait dire aussi : le chaos. À Warenberg, on se sentait à l'abri. Le Parti avait assuré au maire qu'il protégerait la ville, les SA servaient d'auxiliaires de police. À Ahlenfurt, en revanche… Autant que possible, on évitait de s'y rendre. Là-bas, les Rouges et les Bruns se sautaient à la gorge et ce n'était pas joli joli, les trottoirs étaient tachés de sang, jonchés de dents arrachées. On ne comptait plus les bras cassés et les mâchoires en miettes, les blessures comme on n'en recevait qu'à la guerre. Ailleurs, loin de notre Münsterland, à Berlin ou à Munich, c'était encore pire. La presse parlait de dizaines de morts. La bataille suprême était engagée.

Je pense tout d'un coup aux hommes du Moyen Âge, ceux qui traversaient l'Europe à pied ou à cheval pour délivrer Jérusalem. Est-ce qu'ils étaient tous saints ? Bien sûr que non ! En chemin ils pillaient, ils n'hésitaient pas à massacrer en cas de besoin. Mais leur cause était sacrée, elle justifiait tout. Eh bien nos SA, c'était un peu la même chose. Ces types avaient la foi, ils étaient prêts au sacrifice. Y compris ceux qui avaient une petite situation. Je me souviens de Gerd Engelmann, un habitué du samedi après-midi. Un gars gentil, tout en os. Son nom m'est resté. Il est mort en Pologne, le premier jour de la guerre. Il travaillait dans une boulangerie, il se levait longtemps avant l'aube. N'importe qui, après ça, serait rentré chez lui pour se reposer. Mais lui, sitôt le boulot terminé, il revêtait son uniforme et filait sur sa bicyclette. Il allait à Ahlenfurt prêter main-forte à ses camarades. Il fallait vraiment en vouloir… Ça me laisse encore pensif, un tel engagement… La cause n'était pas la bonne, certes… Engelmann avait deux petites filles, la plus jeune tétait encore. Il pouvait tout perdre, s'esquinter assez pour que son patron décide de le remplacer. Il pouvait carrément y laisser sa peau. Pourtant il y allait. Qu'est-ce qu'on n'aurait pas accompli pour décrocher le ciel.

De retour, Sepp Brauner a déposé une assiette de pâtes sous mon nez. « Il est normal que tu sois le premier à les goûter, puisque c'était ton idée. J'aimerais que tu me dises, en toute sincérité, ce qu'elles t'inspirent. »

Après quelques tâtonnements, j'ai saisi le fonctionnement du tandem cuiller-fourchette. Impossible d'oublier ce que j'ai éprouvé à ce moment-là, mes papilles se sont excitées comme jamais. La première bouchée… Les goûts sont comme les parfums, le temps qui passe les épargne… Je tournais en bouche une sorte de merveille, un feu d'artifice savamment exécuté… Différentes saveurs s'accordaient, comme les pupitres d'un orchestre en train de livrer son œuvre aux oreilles du public… Si les Romains avaient disposé d'une telle recette, et si le sort des armes avait penché du côté des meilleurs cuisiniers militaires, nos ancêtres chérusques auraient été taillés en pièces. Je le dis comme je le pense : je n'avais jamais rien mangé d'aussi bon. J'ai félicité mon chef. Son visage rayonnait. « Ceux qui ne voyaient en moi qu'un ordinaire grilleur de saucisse vont devoir revoir leur jugement ! »

La recette était de lui, sans l'être, comme il me l'expliqua. Il s'était déplacé jusqu'à l'unique Trattoria de Münster pour en disséquer la carte. Herr Brauner se flattait d'avoir le palais sensible. Sans poser beaucoup de questions, il était parvenu à imiter assez fidèlement la recette du *Ragù alla bolognese* qu'il avait dégusté comme client. Et de préciser que le plus difficile avait été la fabrication des tagliatelles. Je le croyais bien volontiers. Dénicher une bonne recette de pâtes et un laminoir à main dans l'Allemagne de 1932, ça relevait de l'exploit.

La convivialité n'excluant pas le sens de la hiérarchie, j'ai vidé mon assiette sans oublier de multiplier les marques d'attention envers mon patron. Il était devenu intarissable et je hochais la tête autant de fois que nécessaire. Sepp Brauner n'était pas peu fier de sa performance. Je pense qu'il savourait, sans le dire, le retour tonitruant d'une ambition culinaire évaporée depuis des lustres. Il s'est interrompu, a désigné l'assiette, puis il m'a demandé mon avis sur ce qu'il y avait dedans.

Le talent était peut-être devenu contagieux, je n'en sais rien. En tout cas j'ai débité la liste des ingrédients qu'il avait employés comme si je l'avais tenue en main. Les yeux de mon patron s'agrandirent. J'eus le sentiment qu'il m'admirait. J'étais jeune et impressionnable, je flottais presque au-dessus de ma chaise. « Bravo, mon garçon ! »

Il ne m'a pas laissé m'acharner sur les ultimes miettes de nourriture, au demeurant difficiles à saisir, qui parsemaient la porcelaine. Il a poussé l'assiette sur le côté.

« Bon. Maintenant, imaginons que je décide d'ajouter ces pâtes à la carte. Qu'est-ce qui clocherait ? »

Il me posait une colle. J'ai évoqué un petit manque de sel, Sepp Brauner a grimacé. J'étais de retour sur ma chaise, je ne voletais plus. « Une pincée de poivre, peut-être ? »

Il envoya dinguer ma dernière hypothèse d'un geste éloquent, et son ton est monté : « Quelle est la principale qualité d'un plat de pâtes, du point de vue d'un restaurateur ? Tu me l'as dit toi-même, andouille ! – Son coût ? – Exact. Alors, qu'est-ce qui n'irait pas si je décidais de mettre ces pâtes, que tu viens de manger, sur ma carte ? »

Tout d'un coup, la réponse m'a paru évidente. J'étais certain que j'allais mettre dans le mille :

« Le bœuf ! me suis-je exclamé.

– Très juste ! Le bœuf est hors de prix, par les temps qui courent. J'y ai beaucoup réfléchi. Si on se contente de calquer la recette originale, on va avoir un sérieux problème. On pourrait le résoudre en réduisant des deux tiers la quantité de viande dans le *ragù*, mais nos SA ne sont pas des perdreaux de l'année : ils ne paieront pas pour ce qui s'apparentera, à leurs yeux, à un plat de crise. Ces gars-là, il leur faut de la bidoche. C'est pourquoi, si je ne tiens pas à précipiter ma propre ruine, il va falloir se passer du bœuf, mon garçon. Le remplacer… (il a pris un air rusé et levé un doigt)… par du cochon ! Maintenant que je maîtrise la fabrication des pâtes, je vais plancher là-dessus. Bien sûr, ça n'aura jamais le goût de bœuf, et là n'est pas mon but. Ce qu'il faut, c'est que ce soit si bon que ça n'ait même pas un goût de porc. Un plat original, comme tu disais. Tu saisis ? »

Sepp Brauner a bombé le torse. Il y avait dans ses yeux une lueur de défi. Hindenburg devait avoir à peu près le même air, la veille de la bataille de Tannenberg. Le plan était génial, mais son sort restait dans la balance.

« Si j'y réussis, on aura des pâtes à la carte, je te le promets. Et puis le porc ayant remplacé le bœuf, chacun pourra se dire qu'il a devant lui une authentique assiette *allemande*, les Juifs sauront à quoi s'en tenir. C'est important, ça. Très important. C'est pourquoi ce plat s'appellera *Deutsche Nudeln*[1]. Simple, clair, évident. Et même : *völkisch*[2].

---

1. Nouilles allemandes.
2. « Du peuple », dans son acception historique ethno-nationaliste.

5

Et voilà, j'ai pris froid, ma virée à Warenberg ne m'a pas réussi. Mon nez coule, la gorge me gratte. Trois fois rien, mais je me méfie. Quand j'étais gamin, mes angines à répétition commençaient toujours comme ça. Le nez plein, et rapidement derrière, des épingles de nourrice dans le gosier. Alors je guette. C'est un peu idiot, car il y a bien cinquante ans que je n'ai pas attrapé d'angine. Plus, même. Depuis que les Américains m'ont libéré, depuis 1947. Je vous l'ai dit, j'ai une santé d'acier trempé.

Ma dernière angine carabinée, je ne peux pas l'oublier, à cause de la date : c'était le 31 janvier 1933. Ce matin-là, pas moyen de me lever. Fièvre de cheval et gorge obstruée par des tessons de bouteille. J'avais travaillé une partie de la nuit. La neige qui tombait ne tenait pas, impossible de faire des boules avec, mais elle était lourde, pleine d'eau, il n'y avait pas mieux pour attraper la crève. Et moi, j'avais aggravé mon cas en transpirant tant et plus. J'étais entré, sorti, entré, sorti… *La Saucisse d'or* était comble, la mairie avait installé des tables dans la rue. La moitié du centre de Warenberg s'était transformé en *Biergarten*… On fêtait la victoire. La « divine surprise », comme Sepp Brauner la nomma. Elle venait après un automne noir, incertain. En novembre, on avait à nouveau voté et le Parti y avait laissé des plumes, quelque chose comme deux millions de voix et des dizaines de sièges au Reichstag. C'était beaucoup. Nos SA ruminaient, ils ne comprenaient pas. Douter du Führer et de son infaillibilité les exposait à une dangereuse gymnastique mentale.

Pour la recette de pâtes de mon patron, cette sinistrose d'automne ne pouvait pas plus mal tomber. Sepp Brauner n'avait pas ménagé ses efforts pour passer du bœuf au porc, ça lui avait pris des mois et le résultat était à la hauteur. Pourtant, les *Deutsche Nudeln* passèrent inaperçues. J'avais beau ouvrir nos cartes à la bonne page, souligner la nouveauté et la recommander chaudement, la clientèle boudait. Les SA surtout. D'habitude avec moi ils restaient corrects, j'étais devenu un familier. Maintenant ils nous envoyaient paître, mes pâtes et moi, au motif qu'ils n'étaient pas des chiffes molles d'Italiens. Ces ritals qui avaient édifié un État grandiose en mouillant leurs chemises noires, ils les avaient en horreur. Je crois bien qu'ils entretenaient une sorte de complexe.

Et puis, le 30 janvier 1933, le monde a changé. Le vieil Hindenburg s'était enfin rendu à la raison en nommant Hitler chancelier. C'est comme ça que Herr Brauner voyait les choses, et par conséquent, moi aussi. À *La Saucisse d'or*, le climat était étrange. Une bonne partie de l'après-midi, la taverne était restée vide. Notre brune clientèle était occupée ailleurs.

L'ambiance m'a rappelé Noël. Il y avait quelque chose d'inhabituel dans l'air, un frémissement. Les bergers de

Judée avaient vu briller une étoile, Sepp Brauner aussi. « Le jour se lève… » nous dit-il, inspiré, alors même que la nuit tombait. Il avait oublié l'échec de ses pâtes. À grand renfort de klaxons, une file de camions a surgi à l'autre bout de la rue principale. Les engins charriaient des grappes de SA instables, ils hurlaient dans tous les sens et sans la moindre coordination. On aurait dit le défilé d'une foule de supporters après la victoire de leur équipe, ou des carnavaleux excités… Puis les cloches ont sonné. Les mêmes qui, en dehors des offices, signalaient les incendies. On s'est tous précipités dehors, on ne voulait pas manquer l'événement. Beaucoup de gens nous y avaient précédés. Sur les trottoirs, sur les places, au milieu de la rue… Eux aussi ils tenaient à se réjouir. C'était Noël, vraiment… La nuit promettait des merveilles, on n'allait pas rester chez soi.

On n'a plus idée de ce que c'était… En un sens, c'est bien normal, puisque ceux qui pourraient en témoigner sont tous morts. Il ne reste que moi. Alors on s'en remet aux ouvrages savants, de l'encre séchée sur des pages, et à quelques vieux films. On les passe et repasse, avec leurs commentaires usés jusqu'à la trame, récités comme des mantras. Toujours les mêmes gros plans sur Berlin… Qui ne les a pas vus ?… La retraite aux flambeaux, interminable, Goebbels qui ordonne à quelques milliers de SA de tourner dans la capitale pour gonfler les chiffres et frapper les esprits, faire croire qu'ils sont un million à battre le pavé. Hitler au balcon de la chancellerie, Göring posté derrière, leurs têtes de cauchemar éclairées par une myriade de torches… C'est impressionnant, ça fait peur, mais qu'est-ce que ça dit du pays, au juste ? C'est du spectacle, de l'histoire à la va-vite.

La vérité, c'est que le IIIe Reich ne nous est pas tombé dessus comme une chape de plomb, un couvercle monstrueux. On ne le voyait pas comme un fléau. On était mûrs pour l'accueillir, tellement nombreux à en avoir envie... Oui, on pouvait désirer ces choses-là, en tout cas les juger préférables aux chamailleries des partis ou à leurs ententes suspectes, aux politiciens professionnels qui blablataient dans le vide, utilisaient des mots savants pour mieux noyer le poisson. Les nazis n'étaient pas tolérants, il fallait être sourd et aveugle pour ne pas s'en apercevoir, Hitler en personne s'en était félicité dans un discours, mais les temps n'étaient pas à la tolérance. Cinq millions de chômeurs au bas mot, un nombre incalculable de familles qui logeaient dans des taudis... *Ça*, c'était inacceptable. On voulait vivre des vies dignes, sans devoir s'inquiéter pour un oui pour un non, sans se demander quelle nouvelle calamité allait nous tomber sur le coin de la figure. Le reste, ma foi... la liberté de la presse, les syndicats vendus aux Rouges, les droits fondamentaux qui n'aidaient pas à remplir les ventres... tout ça pouvait bien disparaître, on ne verserait pas une larme dessus. Je ne sais pas si c'est effrayant, je n'ai pas envie de juger. Aujourd'hui, les gens se croient meilleurs, ils se fichent le doigt dans l'œil. La civilisation ou la barbarie, c'est une affaire de lieu et d'époque. C'est ça qui change, pas les gens.

On s'est retrouvés en rang d'oignons sur le trottoir, devant la taverne, patron et employés. Les camions du Parti tournaient dans Warenberg comme les SA à Berlin. Dans l'air claquaient les vivats, les « *Heil !* » et les « *Heil*

Hitler ! » Quelle exaltation… J'ai beuglé comme les autres, je mentirais en affirmant le contraire. Je tendais le bras bien haut, bien raide. Je ne sais plus si j'étais heureux ou si c'était un effet de contagion. Dans la foule, il y en avait de plus convaincus que moi, entrer au Parti ne m'avait pas effleuré. La politique restait l'affaire des autres, je ne voulais pas m'en mêler. Pour toutes les raisons que j'ai déjà exposées, je me contentais de dire *Amen*. Difficile de ne pas succomber à l'enthousiasme, cela dit. Ces *Amen* étaient des plus fervents. Des historiens ont décortiqué un tas de chiffres. Ils en ont déduit que les catholiques, dans l'ensemble, étaient moins séduits que les autres par le national-socialisme. Je suppose qu'ils disent vrai, mais alors Warenberg était une exception dans notre très pieux Münsterland… Jamais je n'avais vu notre ville dans un tel état d'euphorie, jamais autant de têtes radieuses sous la lumière des lampadaires, de larmes de félicité ruisselant sur les trottoirs. Rudi, mon collègue de la plonge, avait le visage incandescent des grands mystiques. Le Christ de retour sur terre aurait provoqué les mêmes réactions si Hindenburg l'avait nommé à la chancellerie.

Des fanions à croix gammée tombaient des camions. Mes concitoyens s'en emparaient pour les brandir avec frénésie. Ils ne savaient plus s'ils devaient saluer ou agiter leurs petits drapeaux, quelques-uns finissaient par s'y perdre et tendaient le bras gauche. En quelques minutes, ils étaient passés de la joie à l'ivresse, comme s'il était tombé du schnaps au lieu de la neige fondue. L'hystérie guettait. Des femmes portaient une main devant leur bouche pour étouffer leurs cris, parce que quand même, en pleine rue… Des gamins couraient partout, ils chantaient le long du cortège. Au printemps, il ne fait aucun doute que les camions du Parti auraient roulé sur des parterres de fleurs… Il se passait quelque chose de réellement extraordinaire. Et moi je barbotais là-dedans, les yeux d'abord, puis la tête, et enfin le cœur… J'aurais pu embrasser un Popst avec affection. Je gardais le bras en l'air comme un vieux membre du Parti, je souriais aux inconnus, nos sourires se télescopaient en des feux d'artifice invisibles. Je me découvrais aussi une belle capacité à gueuler fort et longtemps. D'habitude, si j'élevais la voix, c'est parce que mes doigts avaient effleuré une assiette trop chaude ou laissé tomber un bock.

Combien de temps ont-ils tourné dans nos rues, ces camions ? Une heure entière, sans doute davantage, on ne savait plus. En ce début de soirée, les aiguilles des horloges allemandes s'agitaient d'une drôle de façon… Si j'avais été plus perspicace, j'aurais flairé qu'elles venaient d'entamer un macabre compte à rebours… Mais j'étais dans le même état que ceux qui s'étaient précipités sur les trottoirs. La joie prenait toute la place, je ne pensais à rien. Pour finir j'ai croisé Engelmann, l'employé de boulangerie qui allait mourir en Pologne. Il m'a souri, m'a serré l'épaule. Ses yeux étaient humides, je suis sûr qu'il pensait à ses filles, à l'avenir qui promettait enfin autre chose qu'une interminable suite d'emmerdes… À ce moment-là, j'aurais pu chialer. Je n'en suis pas fier. Dans une foule, il arrive qu'on ne se reconnaisse plus.

Ça s'est calmé, un peu. Les camions ont bouclé un dernier tour, puis les SA se sont regroupés sur la place du marché, avec leurs flambeaux. Un type que je ne connaissais pas est apparu au balcon de l'hôtel de ville, à la place du maire. C'était notre *Kreisleiter*[1], comme Sepp Brauner nous l'apprit. On en avait déjà un, et on ne le savait pas. Il a prononcé un discours, je ne sais pas si la foule a écouté. Je ne suis pas resté jusqu'à la fin. Déjà, notre patron ordonnait à sa troupe de regagner la taverne : on n'était pas près de se mettre au lit.

Le paradis national-socialiste venait d'éclore, fleur carnivore, et moi je claquais des dents. Je suis entré dans le IIIe Reich avec 40°C de fièvre. Ma mère est partie prévenir le médecin et informer Herr Brauner de mon absence. Le mal de gorge, j'en ai déjà parlé. S'y sont ajoutés des maux de tête comme je n'en avais jamais connu. Je les sentais couver sous la température, à l'affût d'une occasion pour exploser. Vers dix heures du matin, *Tzim-boum Tzim-Boum*, les trompettes et les tambours du Parti se sont déchaînés, et ma migraine leur a emboîté le pas. Portés par la grâce surnaturelle du grand Adolf, les SA avaient récupéré de leur gueule de bois en un clin d'œil.

Autour de midi, un « *Heil Hitler !* » a retenti dans la maison, au 54 de la Schiller Strasse, l'ancienne qui n'existe plus, où se trouve à présent le gymnase... À la taverne, le salut nazi, j'y avais droit tous les jours. Seulement là, je ne m'y trouvais pas, et ça m'a troublé. C'était une première. Le centre gardait les faveurs de mes parents, chez eux le « *Heil Hitler !* » sonnait bizarrement. Je me rappelle que ma mère a mis un certain temps pour répondre... Elle hésitait. Deux longues secondes de silence, puis elle s'est contentée d'un simple bonjour. À notre porte venait

1. Chef de canton, dans la hiérarchie du NSDAP.

de sonner le Docteur Moitier, huguenot égaré en terre catholique et membre du Parti.

Il a monté l'escalier et s'est arrêté sur le seuil de ma chambre, raide comme un militaire. De nouveau : « *Heil Hitler !* »... C'était grotesque, je me suis demandé si notre bon docteur avait complètement dessoûlé. Il m'a ausculté, son haleine empestait la bière et le schnaps de la veille. Diagnostic : angine. Je m'y attendais, et Herr Moitier aussi, qui ne s'est pas longtemps extasié sur le volume de mes ganglions. Il a préféré s'asseoir au pied du lit, puis il a désigné la fenêtre. Une éclaircie se dessinait. Rien de plus normal après des jours et des jours de grisaille, mais le médecin avait décidé d'y voir un signe. « Regarde-moi cette lumière, les cieux sont avec nous ! » dit-il.

Il me soignait depuis l'enfance et me tutoyait.

« Je voulais te remercier pour le service impeccable d'hier. Bien sûr, tu ne peux pas t'en souvenir, tu n'y as pas prêté attention, il y avait tellement de monde... mais je suis venu, moi aussi, fêter à *La Saucisse d'or* la réussite de notre Führer ! »

J'ai articulé un pénible « merci ». Il a continué... Il reconnaissait que nos SA étaient parfois turbulents, que c'étaient des gaillards aux manières frustes, mais il me félicitait : je les avais servis avec zèle et efficacité, autant de vertus nationales-socialistes. Grâce à des hommes comme moi, la « communauté du peuple » était en marche.

J'ai souri comme j'ai pu, noyé dans ma sueur. Des vipères s'agitaient dans ma gorge, les points d'exclamation qui pullulaient dans le discours du docteur ajoutaient à ma fatigue. Il a bien fallu cinq minutes avant que son inspiration se tarisse, un vrai calvaire. Moitier parlait, parlait...

Derrière ses binocles, ses yeux m'apparaissaient de plus en plus bleus, son crâne chauve luisait comme si un invisible pinceau y avait appliqué une couche de vernis. L'homme de science s'était métamorphosé. Il proclamait l'avènement d'une ère grandiose pour le peuple allemand. On aurait cru un saint Jean-Baptiste en cravate et col amidonné, dissertant sur le règne à venir de son illustre cousin. J'ai dit que les gens ne changent pas, mais ce n'est pas vrai : il arrive qu'ils deviennent fous.

6

Cette nuit, je me suis promené dans Warenberg. Pas celui d'aujourd'hui, pas celui d'avant non plus, un mélange des deux. Je suis entré sur la place du marché et j'ai vu les échafaudages s'élever contre l'hôtel de ville, les vieilles maisons autour, étroites et hautes, leur façade en escalier comme c'était la mode au Moyen Âge et plus tard. L'ensemble sentait le plâtre et la peinture fraîche, des bétonnières tournaient. J'ai compris que la guerre avait eu lieu et qu'on était en train de tout reconstruire à l'identique.

Je me suis d'abord réjoui. Pourquoi et comment le cerveau peut-il reconstituer ce qui n'est plus, créer de toutes pièces ce qui ne sera jamais, avec une telle profusion de détails ? La lumière... Mon rêve de cette nuit empruntait son ciel à la journée du 31 janvier 1933 : un bleu froid mais intégral, un vent qui secouait les tilleuls nus sur la place de l'église... Mais j'étais dans un rêve, où la logique finit toujours par flancher. Un arbre est apparu, toutes feuilles dehors. D'un seul coup c'était le printemps. Je me suis souvenu de 1933. En avril-mai, on avait repeint l'hôtel de ville, on l'avait orné d'étendards à croix gammées flambant neufs. Le maire n'avait rien trouvé à y redire, la population encore moins. On était satisfaits. Ces drapeaux prouvaient que Berlin ne nous oubliait pas, que le changement serait pour tout le monde. Comme le Christ, le nouveau chancelier regardait chacun dans les yeux.

Curieux, je me suis promené dans ce Warenberg entre chien et loup. Au-delà de la place, la reconstruction laissait à désirer. Pour filer la métaphore, disons que la bête l'emportait vite sur l'animal domestique. Bientôt j'ai longé des ruines. Des façades et rien derrière, pas une brouette ou un outil de chantier pour suggérer qu'on allait rebâtir. Ici et là, de la chaleur montait des cendres, des débris de toutes sortes encombraient le passage. Ça devenait inquiétant, mais allez savoir pourquoi, j'ai poursuivi mon chemin jusqu'à la parfaite désolation. J'ai traversé des rues qui n'en étaient plus, les allées d'un cimetière à taille urbaine, un endroit où personne n'aurait songé à s'établir. Qu'à cela ne tienne, ai-je pensé, je vais me hâter d'aller voir plus loin, Warenberg n'est pas si grand, la campagne ne tardera plus à me tendre les bras. Et avec ses bras, son herbe tendre, ses relents d'étable et de terre noire… Alors ça s'est gâté pour de bon. Les beaux rêves pourrissent en accéléré, les patates ou les tomates abandonnées aux appétits des moisissures prennent plus de temps pour se flétrir. Une odeur infecte m'a submergé. C'était le parfum de la décomposition générale, celui des asticots et des ventres gonflés au soleil, la fragrance épouvantable des troncs épars et des têtes orphelines. Je ne pouvais plus avancer, j'étais cloué sur place. Les champs vert-de-gris, intégralement recouverts de cadavres, bourdonnaient sous des essaims de mouches en plein banquet. Mon dieu... Comment passe-t-on d'une agréable promenade à la dévastation complète ? Je crois que j'ai vomi, en tout cas j'ai toussé. Une quinte violente qui m'a ramené dans mon lit.

Comme toujours, Martyna a sonné trois fois pour prévenir qu'elle arrivait, puis elle a ouvert la porte. Je lui ai confié un trousseau de clés. Martyna est mon aide-ménagère, elle passe deux fois par semaine, pour le linge et le ménage, les courses... C'est une Polonaise efficace et ponctuelle, plus ponctuelle que bien des Allemands. C'est fou quand on y pense... Que des Polonais décident de venir vivre chez nous... Le temps passe, c'est vrai, les cicatrices s'estompent, mais je me pose quand même des questions.

Arrivée dans le salon, Martyna porte déjà sa blouse de travail et ses sabots en plastique, elle se change dans l'entrée. C'est une très jolie femme. Blonde et élancée, quelque chose d'angélique dans le visage, une poitrine conséquente. Comme je ne tiens pas à passer pour le vieux pervers qui mijote dans sa frustration, j'évite de trop la regarder. Non que je la désire. À mon âge, vous pensez bien que ces choses-là... Du moment que ma prostate tient bon, ça me convient. Non, ce qui m'interpelle chez Martyna, c'est qu'elle pourrait très bien être allemande. Elle ressemble comme deux gouttes d'eau à la femme parfaite que les nazis fantasmaient. C'est dire si c'était n'importe quoi, leurs théories raciales. Qu'on distingue les blancs des noirs et les noirs des jaunes, ça s'entend, mais au-delà le terrain devient vaseux. La preuve avec Martyna. N'importe quel imbécile porté sur les Aryens s'y tromperait, il la prendrait pour une Sieglinde ou une Brünnhilde.

Sur le beau visage de Martyna, une ombre passe. « Vous avez mauvaise mine, Herr Uffen. » Je voudrais démentir, mais la toux m'a rattrapé. Il semble que l'infection soit descendue de la gorge aux poumons, sans s'en prendre à mes amygdales. Des glaires grosses comme ça se retrouvent dans ma bouche. Pour ne pas inquiéter ma Polonaise, je les avale. Ce qui n'empêche pas Martyna de décrocher le téléphone : « J'appelle votre médecin. » Je tousse encore, je ne peux pas l'en dissuader. Enfin je retrouve l'usage de la parole et je proteste : « Vous n'auriez pas dû, Martyna. » N'importe qui d'autre m'aurait répondu : « Ne dites pas de bêtises » ou « Voyons, soyez raisonnable, Herr Uffen », quelque chose dans ce goût-là, une de ces phrases destinées aux enfants ou aux vieux qui ont perdu la boule. Mais Martyna n'est pas quelqu'un d'ordinaire, elle y met les formes et me traite en adulte. « Je ne vous ai jamais entendu tousser autant, c'est normal que je m'inquiète. » Puis elle vaque à ses affaires, c'est-à-dire aux miennes.

Elle part relever ma boîte aux lettres. Deux fois par semaine suffisent, je ne cours pas après le courrier. Tous ceux dont j'apprécierais d'avoir des nouvelles sont au cimetière, alors il reste quoi ? Des publicités, des factures, une fois par an les vœux d'anniversaire du maire accompagnés d'un bon d'achat chez un fleuriste. Je règle ce que je dois régler et le reste part à la poubelle.

Aujourd'hui, une grande publicité d'*Aldi* me rappelle que Noël se profile. Puis viennent les trois dernières éditions de l'*Ahlenfurter Morgenblatt*, auquel je suis abonné. Mais ce qui attire mon attention, c'est une enveloppe blanche à fenêtre. Pas d'expéditeur identifié, mon nom et mon adresse tapés à l'ordinateur. Je l'ouvre et c'est le choc. J'ai du mal à en croire mes yeux. Je pensais bien qu'ils avaient compris, ou oublié. La toux me reprend, c'est nerveux. Martyna accourt et me tape dans le dos, je crache la moitié d'un poumon. « Heureusement que j'ai appelé le médecin, vous ne croyez pas ? » Moi, tout ce que je crois à ce moment-là, c'est que vivent dans ce pays un paquet de gens qui feraient mieux de se taire. Toute cette nostalgie frelatée, cette façon très urbaine, très comme il faut, de signifier qu'on n'a rien compris à rien, et d'en être fier par-dessus le marché... Comme si le monde s'était arrêté de tourner en 1945.

Je vais parler comme parleraient beaucoup de morts s'ils pouvaient. Enfin, ceux qui n'étaient ni juifs ni communistes. Entre 1933 et 1939, on a été heureux. Ce furent de belles années. J'ai beau me creuser la tête, j'ai l'impression que la météo était différente à cette époque, qu'il y avait toujours de la lumière. C'est un peu comme penser à l'Antiquité. Imagine-t-on Rome ou Athènes sous la pluie, dans la grisaille ? Eh bien pour le Reich, jusqu'en 1939, c'était la même chose.

À Warenberg, on n'avait aucune raison d'avoir peur. Les plus frileux, comme mes parents, étaient rassurés : le vice-chancelier Papen, un homme du centre, veillerait à ce que Hitler se tienne tranquille. Pour eux, le fruit était pourri de l'intérieur, il suffisait d'attendre qu'il tombe. Quand notre chancelier à moustache aurait démontré son incapacité à régler les problèmes, tout rentrerait dans l'ordre... À la taverne, bien sûr, j'entendais un autre son de cloche. « Ce vieux croûton de Papen s'imagine qu'il va tenir la dragée haute au Führer. Je voudrais bien voir ça ! » disait Sepp Brauner. Il ne se trompait pas. Après la mort d'Hindenburg, on n'a plus entendu parler de lui. Quand on l'a retrouvé en 1945, à Nuremberg, on s'en souvenait à peine.

De quoi se serait-on inquiétés, de toute manière ? Depuis des années que ça se battait dans les rues... Les Allemands détestent le désordre, ce n'est pas une légende. Alors le calme retrouvé, la disparition des Rouges, on ne pouvait qu'applaudir. La révolution s'opérait dans le calme. Même le tailleur Epstein a conservé quelque temps son commerce vide. Ensuite il a plié bagages pour l'Angleterre, certains disaient l'Amérique.

Des journaux ont disparu, ça m'était égal. La paire de SA qui tournait autour du kiosque à journaux, à l'entrée de la place du marché, a été employée ailleurs. Les deux balaises regardaient qui lisait la bonne presse et qui achetait la mauvaise. Ensuite, ça a été le tour des différents partis, des syndicats... tous interdits... Ça me laissait froid. On avait de la mémoire, à l'époque, on ne se laissait pas tournebouler la tête comme ça... On n'oubliait pas que ces beaux démocrates bourrés de principes nous avaient conduits à la ruine. Le pluralisme n'ayant jamais nourri personne, on avait décidé de tirer la chasse. Adieu la République, sa pagaille permanente, son art inégalé de couper les cheveux en quatre...

Mes parents continuaient de broyer du noir, la quincaillerie allait fermer : ordre du gouvernement. « Il faut coordonner les énergies, m'avait expliqué Herr Brauner, abandonner ce qui ne marche pas, être pragmatique. »

Il voyait clair sur beaucoup de points, et la suite lui donna raison. Sitôt son rideau tiré, mon père a trouvé un emploi de magasinier à la cimenterie la plus proche. Le Führer voulait construire des autoroutes, des ponts, des tas d'ouvrages d'art... Il en fallait, du béton ! Et tous les gens du coin qui traînaient leur désespoir aux bureaux d'embauche qui n'embauchaient plus personne se retrouvèrent à fabriquer du ciment, à en extraire la matière première, à l'expédier, à le couler. Le chômage fondait à vue d'œil, le miracle avait lieu. On construisait des logements modernes, des petits immeubles avec leurs jardinets. Je n'y avais pas droit, on privilégiait les familles et les couples, mais j'étais sûr que mon tour viendrait. On a détruit aussi, c'est vrai... On ne fait pas d'omelettes sans casser d'œufs. Bien des masures ont été rasées, quelques synagogues ont flambé. Ma mère ne savait plus sur quel pied danser. Elle m'avait assez dit combien les Juifs étaient malfaisants et fourbes. Je ne devais jamais oublier qu'ils avaient tué le Christ. Et en même temps, elle trouvait que les SA y allaient un peu fort de ce côté-là. Sepp Brauner aussi était remonté contre ces façons de faire. Pendant la Nuit de cristal, l'incendie de la synagogue d'Ahlenfurt avait bien failli emporter le bâtiment voisin, où mon patron possédait un appartement. Ça l'avait mis en rogne. « Des pogroms en Allemagne, on aura tout vu ! Quelle idée d'importer des méthodes de Slaves ! »...

Je lis et je relis la lettre, je voudrais être sûr que ma vue ne me joue pas de tour, que je ne suis pas en train de me tromper. Martyna pose son fer à repasser. « Une mauvaise nouvelle ? », et moi je pense tout de suite : « Non, une bonne. » Mais la jolie Polonaise ne comprendrait pas, je me contente de secouer la tête. Nous ne parlons jamais de la guerre, du passé. C'est une sorte d'accord tacite. Martyna connaît mon âge. Elle a pu faire le calcul et en déduire que j'ai servi dans la Wehrmacht, envahi son pays – bien que ce ne soit pas le cas : je n'ai pas combattu en Pologne. Elle ne sait rien de mon parcours, ou alors ça ne la dérange pas. Je penche quand même pour l'ignorance. Le temps ne peut pas tout effacer. Je n'ai pas appartenu à la SS mais ce que j'ai fait, ma foi, considéré d'un certain point de vue… Je comprendrais que Martyna me maudisse et claque la porte.

Ces quelques lignes que je n'en finis pas de relire m'annoncent, avec plusieurs mois de retard, la mort de Gudrun Burwitz. J'étais au courant, la télé en avait parlé. Madame Burwitz est née Himmler, c'était la fille de notre exterminateur en chef. Si ça se trouve je l'ai côtoyée quand elle était gamine. Elle devait avoir, quoi ? douze ou treize ans, je ne sais pas. Il y avait tant d'enfants sur l'Obersalzberg… Ça me remue. Des images me reviennent, vraiment beaucoup d'images, je n'avais pas prévu qu'elles arrivent si tôt, je ne suis pas prêt. « Nous vous prions d'accepter nos excuses pour cette annonce tardive. Les funérailles ont eu lieu dans la plus stricte intimité. Passé ce moment de deuil intense, la famille Burwitz vous convie à adresser vos témoignages de sympathie à… » Pas d'adresse, juste une boîte postale ouverte à Wuppertal, c'est-à-dire pas très loin. J'en frissonne… Gudrun Himmler, Püppi pour les intimes… Cette saleté qui n'a jamais renié et a continué de tresser des lauriers à son père… qui a passé sa vie à venir en aide à des gens abominables, des gardiens de camps et j'en passe, des tortionnaires de la pire espèce. Et puis quelqu'un de ses amis, ou elle-même, s'est souvenu de moi. Nous n'étions pas si nombreux à avoir fréquenté Hitler. Je pense qu'ils ont aussi contacté mes anciens collègues. Moi, ils m'ont couru après pendant plus de vingt ans. Chaque année, je recevais leurs vœux, tous datés du 30 janvier… Les nazis ont toujours raffolé des dates et des symboles… Je leur répondais d'aller voir ailleurs, ou je ne répondais pas du tout. Ils en ont mis, du temps, pour se décourager… Je crois que c'est à la fin des années quatre-vingt que Gudrun et sa clique ont laissé tomber. Et puis ils ont retrouvé mon adresse. Je n'ai jamais souhaité déménager, surtout pas à cause de ces gens-là. Mais je ne pensais pas qu'ils reviendraient à la charge.

Je froisse la lettre entre mes mains, je me lève pour la mettre à la poubelle, dans la bonne poubelle j'espère. Aujourd'hui les Allemands ont gardé leur passion du tri, du classement. Mieux vaut cependant les déchets que les êtres humains… Je me lève, donc, et je me rassieds illico. Je frissonne, mes jambes tremblent : je crois bien que j'ai de la fièvre.

7

Martyna a voulu m'envoyer au lit mais j'ai refusé tout net. Je ne suis quand même pas à l'article de la mort. J'en ai vu d'autres, et de bien pires. Ma peau est pleine de taches, flasque ici, fripée là, le temps ne m'a pas épargné, mais cette peau tient bon, mes tripes aussi. J'ai donc décidé de rester dans mon fauteuil, le temps que le médecin arrive.

J'allume la télé. Il y a tant de chaînes, de nos jours. Et voilà que je tombe sur un reportage à la noix, où des agriculteurs polonais dénichent des obus de la Seconde Guerre mondiale. Ça me poursuit…

Martyna a levé les yeux de sa planche à repasser, du coup je n'ose pas changer de programme. Je me cramponne, même. Des obus… Ça aurait pu être pire… Imaginons qu'ils soient tombés sur une fosse commune ou un vieux stock de Zyklon B… Je regarde les paysans, leurs yeux sont ronds comme des soucoupes… On parle de bombes mais tout ce qu'on voit, pour l'instant, ce sont des bouts de ferraille. La jeune journaliste – le portrait craché de Martyna, je suis en train de m'en apercevoir – exhibe des squelettes de fusils, des rognures métalliques informes, et enfin : un morceau de casque. C'est un casque allemand, aucun doute là-dessus. Le gars qui le portait a eu la tête explosée. Un coup au but, direct.

Je glisse un œil vers Martyna : elle repasse, ne regarde pas, mais je sens qu'elle écoute. Enfin, on en vient aux explosifs. Une caméra téléobjectif filme des démineurs, au loin, au beau milieu du champ que le paysan était en train de labourer. Pétera, pétera pas... Finalement non. Et les reporters de s'approcher de la munition rendue inoffensive. L'obus, long et fin, est exposé sur une bâche. L'expert ne met pas longtemps à rendre son verdict : munition soviétique. Les paysans grimacent. C'est idiot, mais je suis soulagé. Il me revient en mémoire que les Polonais ne peuvent pas piffer les Russes. Quarante ans d'occupation communiste, ça laisse des traces. Quand même, je juge préférable de prendre la tangente. Le reportage glisse vers des considérations historiques, une carte s'affiche, des flèches animées figurent l'offensive soviétique sur la Vistule, celle de janvier 1945. Je sens que dans pas longtemps on va évoquer le martyr de Varsovie, ça me fiche mal à l'aise. Cette ville, c'est nous qui l'avons rasée.

« Ça vous dérange si je change de chaîne ?

– Bien sûr que non, Herr Uffen. C'est le passé, tout ça. »

Pas contrariante, Martyna. J'ai toujours eu le don de m'inquiéter pour des clopinettes. Je zappe, et nous voilà rendus au télé-shopping. Un type déguisé en chef, toque comprise, vente les mérites d'un autocuiseur révolutionnaire. Je sens que je vais encore être contrarié.

Début 1936, dans ces eaux-là, j'ai commencé à me dire que je pourrais trouver un autre travail. L'euphorie, le soulagement, c'était du passé. J'en avais ma claque de courir du passe-plats aux tables, de brosser les tapis, d'astiquer les planchers, de nettoyer tout ce qui devait être nettoyé en salle. Et puis je restais célibataire, ça me pesait... Un homme a certains besoins... La très catholique Münster avait tout de même son bordel, c'est là-bas que j'épanchais ma solitude. Mais je voulais davantage. Et avec des horaires comme les miens, une clientèle masculine à 95 %... Les jeunes femmes fréquentaient d'autres endroits.

Que s'est-il passé ? Si je croyais au diable, le vrai, celui qui ne se contente pas de se cacher dans les détails, ce manipulateur suprême capable de mener n'importe quelle partie avec cent coups d'avance, je dirais qu'il a murmuré à l'oreille de Sepp Brauner. En toute logique, le patron de *La Saucisse d'or* n'aurait pas dû m'embaucher, d'autres étaient bien mieux qualifiés pour le poste. Ensuite il aurait dû ne rien faire du tout, me laisser partir quand je serais parti, et me remplacer. Mais Sepp Brauner, Dieu sait pourquoi – ou plutôt le diable – m'a proposé de le rejoindre en cuisine. Un simple : « Ça te plairait ? » Ça ne me plaisait pas vraiment, j'ai simulé l'enthousiasme. Question de déférence... Pareil changement n'allait pas de soi, le patron m'offrait une promotion. Depuis que je travaillais à la taverne, j'avais compris qu'il y avait une frontière entre la salle et les cuisines. On ne la franchissait pas comme ça. Ce n'est pas pour rien que le passe-plats avait été inventé.

On peut aussi ne pas croire au diable... Moi-même, après ce que j'ai vu en un siècle, je ne suis pas loin de penser que les Enfers sont vides, que tous les démons habitent la terre, et puis Shakespeare – oui, j'ai lu Shakespeare – l'a dit avant moi. Alors, pour ne pas perdre pied, je me suis mis à croire au destin, à la prédestinée, à un plan quelconque… Les aiguillages improbables et les coïncidences brûlantes, je connais, j'en ai eu mon compte. Peut-être que je me raconte des histoires. N'empêche que si Sepp Brauner n'avait pas décidé de me former en cuisine…

Enfin… quand je dis « former »… En réalité, ce brave homme n'a pas eu grand-chose à m'apprendre : je n'étais pas aux fourneaux depuis deux heures que je savais à peu près tout et que je devinais le reste, comme si mon patron s'était contenté de me rafraîchir la mémoire. Je *sentais* les choses. Les gestes, les doses, la chimie qui opère. Car la cuisine n'est rien d'autre qu'une chimie qui ne dit pas son nom. Les éléments interagissent, se transforment, se séparent… Moi, j'étais capable d'entrer en contact avec cette mécanique subtile, je lisais dans les molécules comme un aveugle dans le braille de son livre. L'école m'avait appris que les corpuscules les plus infimes contenaient leurs charges électriques… Je les sentais aussi. Mes doigts d'abord, tout mon corps ensuite. Il y avait une tension, des creux et des bosses, des ondes et des crépitements… Difficile à décrire…

Ça m'a beaucoup troublé. Qu'est-ce que j'étais censé connaître à ce métier ? De nos jours, tout le monde se pique de cuisiner, avec le résultat qu'on sait, mais il y a un siècle… À la maison, et partout ailleurs, les fourneaux étaient une chasse gardée féminine, l'idée de me préparer seul un œuf au plat ne me serait jamais venue à l'esprit. Les hommes ordinaires étaient capables de tout, en ce temps-là, sauf de s'installer devant une gazinière. Pour moi, ce fut donc comme une révélation. Un catholique aurait dit : un cadeau du Saint-Esprit.

C'est cet émerveillement qui m'a conduit à commettre quelques erreurs, au départ. Et heureusement. Sans ça, Sepp Brauner m'aurait pris pour un dissimulateur ou une sorte d'espion, il aurait cherché à savoir chez qui j'avais travaillé avant et pourquoi je ne lui en avais pas parlé... Sans doute qu'il ne m'aurait plus témoigné la même confiance. Quand j'ai compris que j'allais m'en tirer haut la main, j'ai continué à me tromper. À oublier un conseil, par-ci par-là, pour ne pas éveiller ses soupçons. Il était content de moi – comment ne pas l'être ? – et de lui aussi. « Tu apprends vite et tu as la main, Heinrich. Je te félicite. » Aucune fausse note dans ce compliment... Mon patron avait admis que mes dons reléguaient les siens loin derrière et, plutôt que d'en prendre ombrage, il s'enorgueillissait d'avoir déniché un talent rare. C'était un type bien.

Après trois petites semaines à me faire travailler les classiques : viandes panées, patates sautées, ragoûts et pot-au-feu divers, soupes, crêpes aux pommes et j'en oublie, Sepp Brauner m'initia aux *Deutsche Nudeln* et à leur vrai-faux *ragù alla bolognese*. Malgré leur peu de succès, mon patron les avait maintenues à la carte. D'un point de vue commercial, c'était discutable, mais il ne voulait pas tirer un trait sur sa création, on peut le comprendre. Bien lui en prit. En mars 1936, c'était de nouveau l'euphorie dans le pays : le Führer avait ordonné à nos troupes d'entrer en Rhénanie, la France et l'Angleterre n'avaient même pas fait semblant de se fâcher. Résultat : *La Saucisse d'or* ne désemplissait plus, on avait tellement envie d'y fêter l'événement que tout d'un coup il fallait réserver... Sepp Brauner a profité de l'occasion pour remettre ses pâtes à l'honneur. Il a commandé une paire de placards, hauts d'un mètre cinquante, et rédigé lui-même le slogan : « Fêtons la réussite de notre Führer avec les *Deutsche Nudeln* ! » Je me souviens encore de leur couleur, de leur police gothique, « Führer » et « *Deutsche Nudeln* » se détachaient en grosses lettres. C'était malin, l'air de rien les deux se retrouvaient aussitôt associés. Il suffisait d'y penser. Voilà comment le plantage de 1932 se transforma en une incroyable réussite. Une *success story*, comme on dit de nos jours. La demande a explosé, Sepp Brauner avait besoin de mains expertes pour ne pas trahir sa recette, et c'est à moi qu'il a pensé.

Cette recette, mon Dieu cette recette... Tout ce que je peux en dire, c'est qu'elle défiait les lois élémentaires de la cuisine, le bon sens marmiton. J'ai compris pourquoi mon patron s'en réservait la préparation : d'un point de vue culinaire, on marchait sur la tête. Pourtant le résultat était là. Ce *ragù* avait la richesse d'un vin... Je pourrais vous parler de sa robe, de ses arômes, de son attaque, de sa longueur en bouche. J'en salive rien que d'y penser... Cette texture... Un truc pareil, ça n'avait jamais été fait, et ça ne se fera jamais plus. En s'échinant des mois entiers à passer du bœuf au porc, Sepp Brauner avait sondé des voies inconnues, franchi des seuils insoupçonnés. Il avait trouvé plus que ce qu'il cherchait. J'ai suivi ses traces, et son chemin tortueux est devenu l'allée familière où je me suis épanoui.

C'est beau, n'est-ce pas ? Mais une petite voix me murmure déjà que je suis en train de m'attendrir sur moi-même, de contempler ma propre image en y prenant plaisir, et que ce n'est pas bien. Chez les catholiques, on évite de s'autoféliciter. Si le bonheur se présente, c'est le Seigneur qu'on remercie avant tout, on n'en revient à soi que pour mesurer le poids de ses fautes... Certes, je n'ai pas mis les pieds à l'église depuis trente ans, depuis que les derniers de ma génération ont rejoint le cimetière. Mais voilà, je suis né catholique, j'ai grandi de la même façon, et je me dis que l'âme doit contenir un peu de marbre, sinon certaines choses n'y resteraient pas gravées si longtemps.

Quand même, ça s'estompe un peu. Un siècle a passé. Mais en 36 et après, j'aurais bien été en peine de célébrer ma réussite en cuisine. Mes parents, ces braves bigots (paix à leurs âmes calcinées), n'y auraient vu que vanité. Et pourtant, pourtant... Imaginez une sorte de Mozart qu'on aurait installé devant une batterie de casseroles et d'ingrédients plutôt qu'au clavecin. Eh bien j'étais cet enfant-là. Je pouvais déchiffrer n'importe quelle recette sans me casser la tête, en détecter les faiblesses et les atouts, et corriger le tir. Bon sang, ce que j'étais doué. Je crois que je le suis toujours. Malgré moi, dès qu'une assiette me passe sous le nez, ça frémit. Un tas d'informations remontent du plat, je les trie sans m'en apercevoir, j'établis des conclusions silencieuses que je voue à l'oubli. Je fonctionne comme ça depuis près de soixante-dix ans, depuis que j'ai décidé de tout laisser tomber, d'abandonner la fortune que j'aurais pu bâtir. Quand je pense que de nos jours, les végans tiennent le haut du pavé... Si le remords ne m'avait pas accablé, je me serais depuis longtemps commandé un château. Et vous savez quoi ? c'est le Truppführer Popst, devenu entrepreneur en bâtiment, qui me l'aurait construit.

8

Il n'y a plus que la clique à Gudrun Burwitz, ou les toubibs, pour s'intéresser à moi. Les uns et les autres me font les yeux doux. Une relique vivante, voilà ce que je suis.

De temps en temps, mon médecin, que j'attends toujours, remet sur le tapis la question de ma longévité, de ce qu'elle représente pour la science, etc. Il voudrait soumettre mon cas à je ne sais quel ponte gérontologue, une autorité mondiale paraît-il. Grâce à moi, on en apprendrait beaucoup sur les processus du vieillissement, ce genre de choses… Mais moi je n'ai pas envie. Les cobayes, d'ailleurs, j'ai toujours été contre. Si je suis encore là, je le dois à la chance, d'abord, et à une sorte de malédiction, ensuite. C'est aussi simple que ça. Pas sûr que ça intéresse un gérontologue.

Ah, le voilà enfin…

« Herr Uffen ! » s'exclame monsieur le docteur en médecine, tout sourire. Il a toujours la mine réjouie quand il me voit, et ça m'agace. Comme si, chaque fois, il s'attendait à me trouver mort. Martyna s'éclipse et j'ôte moi-même mon pull.

« Vous avez pris froid ?

– Oui, pendant la visite d'un restaurant turc tenu par un Tamoul. À ne pas confondre avec les Hindous. »

Il ne tient aucun compte de ce que je viens de dire, occupé qu'il est à déboutonner ma chemise. Je pourrais le faire seul, Dieu merci j'en suis encore capable, mais la faiblesse est là et je le laisse m'aider. Ensuite viennent l'empreinte froide du stéthoscope, devant derrière, puis le « respirez profondément et par la bouche » qui me vaut une quinte de toux agrémentée d'un chapelet de glaires, et enfin le visage soucieux du praticien. « Vous êtes bien pris », lâche-t-il. Merci, j'avais remarqué. Il renseigne une ordonnance, des lignes et des lignes. C'est si long, copieux dirais-je, que le souvenir d'un autre médecin, mort depuis longtemps, me revient. On le prenait pour un charlatan, ses remèdes étaient sans doute discutables, mais grâce à lui ma jambe a guéri. Lui aussi aimait rédiger des ordonnances à rallonge.

Monsieur le docteur en médecine en a fini mais il ne s'en va pas. Avec moi il cause toujours un peu, surtout en cette saison. Dans les profondeurs de l'automne, c'est bien connu, les vieux dépriment. Ils cassent leur pipe en novembre ou juste après Noël. Alors les centenaires, je ne vous explique pas.

« Et votre moral ? » demande-t-il. Peut-être que ça se voit, après tout… Ces tombereaux d'images, ces cargaisons de souvenirs qui se déversent depuis quelques jours… Mais comme je n'ai pas envie de parler, je réponds que ça va.

« Bon, je repasse vous voir demain dans la matinée. »

La fièvre a dû monter, j'ai l'impression qu'à force de rester dans ce fauteuil je vais me dissoudre sur place, finir en flaque immonde. Pauvre Martyna ! devoir passer la serpillière sur un truc pareil... Mais pour l'instant elle enfile son manteau et discute avec le médecin, elle va partir à la pharmacie. Je ne lui ai rien demandé. Quelle femme !...

Me voilà seul, je mijote dans mes 38,5 °C – dixit le thermomètre. À vue de nez, je dirais plutôt 50. J'étouffe. J'aurais dû écouter ma Polonaise et m'allonger. Le salon n'est pas si sombre, aujourd'hui novembre est clément. Mais je sens tout le vide qui s'y trouve. Un côté déserté qui me rappelle la maison de la Schiller Strasse, à Warenberg, un certain matin du mois d'octobre 1939, le 4 ou le 5, j'ai un doute. Mon père était allé travailler comme un jour ordinaire, ma mère n'était pas là non plus. Je me demande bien où elle était passée, elle qui mettait si peu le nez dehors.

J'étais là avec ma valise, je tournais en rond. J'avais rendez-vous à *La Saucisse d'or* puis je prendrais le train, direction une caserne de la Ruhr, à cent cinquante kilomètres de chez nous. La guerre avait commencé quelques semaines plus tôt. Fichus Polonais qui ne voulaient rien entendre. Et même, qui roulaient des mécaniques. À l'époque, on avait tous une dent contre eux. Depuis le temps qu'ils maltraitaient leurs Allemands... Beaucoup de mes compatriotes partageaient cette façon de voir, et moi avec eux. Il suffisait de regarder une carte, ça vous sautait à la figure. C'était quand même dingue, cette histoire de corridor, non ? La Prusse-Orientale isolée du reste du pays... un genre de rideau de fer avant l'heure.

La guerre, pourtant, je vais vous dire, je n'ai pas rencontré grand monde pour s'en réjouir, en 1939. On n'en avait pas envie. Et en même temps, vu la façon dont la précédente s'était terminée, on voyait mal comment elle aurait pu ne pas éclater. On était tellement persuadés que la victoire nous avait été volée par les Rouges, les mutins, les grévistes et les démocrates. Maintenant il fallait en finir, une bonne fois pour toutes. Nos pères avaient combattu, ils avaient été spoliés. Notre tour était venu, on allait leur rendre justice et terminer le boulot. Tel était notre devoir. Ensuite ce serait fini, on vivrait en paix jusqu'à la fin des temps. Cette guerre-là, c'était notre der des der.

Allez raconter ça de nos jours... On a mené une guerre d'agression, c'est vrai ; ce ne sont pas les Polonais qui l'ont déclenchée, c'est vrai aussi. Mais de là à s'imaginer qu'on voulait en découdre à n'importe quel prix, qu'on n'attendait que ça, finalement... C'est faux, archi faux. Hitler nous a bien eus. Fin 38, quand ça chauffait avec les Tchèques, on avait été soulagés que ça se termine par une conférence. L'année d'après, on espérait toujours que les Français et les Anglais comprendraient notre point de vue. On ne leur voulait aucun mal, et qu'est-ce que ça pouvait leur faire, à eux, que Dantzig redevienne allemande ? Ils ne savaient même pas où cette ville se trouvait. Il avait fallu que nos relations avec les Polonais dégénèrent pour qu'ils s'y intéressent...

Le jour où je suis parti pour la guerre, j'ai refermé la porte derrière moi et déposé la clé sous un pot de fleurs. Je la sens encore dans ma main, cette clé. C'était la mienne... Un objet familier depuis mon entrée à la *Realschule*[1]. C'est la dernière fois que je m'en suis servi. Aujourd'hui, c'est

1. Collège professionnel.

idiot, je ne devrais pas m'émouvoir pour si peu, je me dis que j'aurais dû la prendre, la mettre en sécurité quelque part pour la retrouver ensuite, pour qu'il me reste quelque chose de cette époque, de ce monde.

Un joli soleil d'automne, voilà ce que je me rappelle. Warenberg calme, les tilleuls et les marronniers qui jaunissaient, les couleurs vives des façades et des toitures humides... Les bombardements, les mitraillages, on se les représentait en noir et blanc et en musique, comme aux actualités filmées. C'était loin. J'ai marché lentement jusqu'à *La Saucisse d'or*. Au début de la guerre, on pouvait se promener en plein air sans guetter le ciel en permanence. Les plans des bombardiers qui allaient réduire Warenberg en cendres n'étaient peut-être même pas sortis des bureaux d'étude.

Sepp Brauner m'avait préparé une assiette de pâtes. J'ai mangé sans appétit, en l'écoutant tresser des lauriers au Führer et à ses soldats. Mon patron était remonté comme une horloge à coucou. « On ne va pas se contenter de battre la France et l'Angleterre, on va leur infliger une telle raclée que nous aurons les mains libres en Europe pour un bon bout de temps », voilà ce qu'il m'a dit. Ensuite il m'a parlé des exploits de notre XVIe corps blindé, il suivait les opérations militaires de très près. Nos chars avaient déboulé sur les arrières de l'armée polonaise, entre Lodz et Varsovie, trois semaines plus tôt. C'était grandiose. Moi, comme souvent, je me tenais coi. Les chars et avions des actualités ne m'étaient pas montés à la tête. La suite, en revanche, a titillé mon attention. À la joie patriotique de Sepp Brauner s'ajoutait le calcul commercial. Mon patron estimait qu'en cas de triomphe le chiffre d'affaires de *La*

Saucisse d'or crèverait le plafond : « Voyons les choses en grand ! Après la victoire, l'Allemagne se portera mieux que jamais. Nous serons très vite en mesure d'ouvrir un deuxième restaurant, et je t'en confierai les rênes. De l'ambition, Heinrich, de l'ambition ! » Sur le coup, j'y croyais autant que lui. Pas que sur le coup, d'ailleurs... Longtemps, longtemps, je me suis vu à la tête d'un restaurant, jusqu'en 44 je crois bien... C'est après que j'ai eu des doutes.

Rien à faire : je suis passé du fauteuil au lit. Je n'ai jamais eu autant de mal à enfiler mon pyjama, ça m'a pris un sacré bout de temps. Martyna se tenait derrière la porte, prête à intervenir, mais j'ai tenu bon. Pas envie qu'elle me voie en slip. Un corps de vieillard, c'est quand même affreux.

Je me suis glissé sous l'édredon. « Vous ne pouvez pas rester comme ça », a gémi ma Polonaise. Je l'ai entendue passer des coups de fil. C'était du polonais et je n'ai rien compris. Mais j'en ai déduit qu'elle s'organisait pour rester près de moi. « Je vous prépare une soupe. »

Et maintenant, quoi ? Je grelotte, j'entends des bruits dans ma poitrine, un vrai soufflet de forge. Je me repose si on veut. J'avais oublié ce que c'était, une fièvre carabinée. Claquer des dents – façon de parler, la dernière qui me restait est tombée avant le fameux Mur – et cuire tout à la fois. Sentir ses jambes s'évanouir, quand bien même on ne leur demande rien. Avoir mal aux yeux, éprouver la sensation pénible que son cerveau a rétréci, glisse, se cogne aux parois de son crâne. Alors rester immobile, le plus immobile possible, pendant que globules blancs et autres mènent le combat contre l'envahisseur microbien. C'est pour ça que ça chauffe, c'est pour ça que la fièvre est là.

Parce que c'est la guerre.

9

J'ai vu des choses… Tous les soldats ont vu ça. On s'habitue, on n'a pas le choix. Sinon on ne tient pas, on devient dingue. Et on file tout droit vers la cour martiale, le peloton d'exécution. « Tiens, voilà douze balles, des allemandes de beau calibre. Elles vont pas mal te secouer le buffet, mais tes états d'âme n'y résisteront pas. » Alors on compose. J'en ai aussi connu quelques-uns, une poignée, qui ne se contentaient pas de faire avec. Ils l'aimaient, la guerre. Des émules de Jünger et de ses *Orages d'acier*. Oui, j'ai lu ce type, ce vieux schnock collectionneur de papillons, et je l'ai détesté. Comme tous ceux que la tuerie rend lyriques.

Mais d'abord, ça n'a pas vraiment été la guerre. J'ai marché, marché, traversé la Belgique et une partie de la France à pied. Les blés étaient verts. Je suis né un 10 mai. Ce jour-là, en 1940, l'offensive a été lancée. « Bon anniversaire, Heinrich ! » Tu parles d'un cadeau. Mais bon, la campagne à l'Ouest, c'était plus sportif que sanglant. En face, l'attente ne leur avait pas réussi. Ils appelaient ça la « drôle de guerre », les Français, mais ils ne la trouvaient pas amusante. Nous, on multipliait les exercices. Je ne sais pas pourquoi on a parlé de « guerre assise » : on courait tout le temps. Les armées, quelles qu'elles soient, ne sont jamais fichues de nommer les choses correctement.

On savait que ça bardait, on était au courant. Notre percée dans les Ardennes, cette fantastique chevauchée chenillée jusqu'à la Manche, l'ennemi dos à la mer, à Dunkerque... Nous, on voyait les opérations par le petit bout de la lorgnette. On marchait derrière, dans les décombres. Le premier Français en uniforme que j'ai aperçu, et qui ne soit pas un cadavre, c'est un gendarme à bicyclette. On cherchait un cantonnement, il s'est plié en quatre pour nous le dénicher. Ni peur ni haine... J'avais du mal à m'expliquer son attitude. Au départ j'ai cru qu'il était saoul. On nous avait assez dit combien les Français étaient portés sur la bouteille. Un peuple en pleine décadence, obligé de rameuter des Nègres pour se défendre... Mais ce Français-là était sobre. Bref, je ne m'attendais pas, ni personne d'ailleurs, à ce qu'il se montre aussi coopératif. On avait déjà vu quelques horreurs. Des vieux, des femmes et des enfants éparpillés sur le bord des routes, dans les champs juste à côté. Avec leurs valises, leurs oreillers, leurs casseroles. Ils avaient l'air de dormir, parfois, de piquer une sieste au soleil. On évitait de s'attarder, de regarder de trop près. Ça vous soulevait le cœur : ils nous ressemblaient. Nos Messerschmidt s'en donnaient à cœur joie. Une route est une route : on mitraille tout ce qui s'y trouve. Mais ce gendarme-là n'avait rien vu, sauf peut-être une affiche dont je me souviens, rédigée en français : un de nos soldats qui tenait un petit enfant dans ses bras. Bienveillant, l'envahisseur. Civilisé. Et c'était vrai, ou pas complètement faux. Sauf les aviateurs, on prenait garde à ne pas se mettre la population à dos. Cette guerre, on n'en voulait pas plus qu'eux. Ces malheureux Français étaient avant tout victimes de leur gouvernement et des Anglais va-t-en-guerre.

Et puis voilà, on a gagné sans presque s'en apercevoir. On venait d'entrer dans Châteauroux quand la nouvelle est tombée : l'ennemi demandait l'armistice. La France succombait, l'Angleterre ne tarderait pas à suivre. Si Churchill s'obstinait, on franchirait la Manche pour lui régler son compte. On fêterait Noël à Londres, quelque part par là, et puis on rentrerait chez nous. Fin de l'histoire. On était si contents d'être en vie, on se pinçait pour y croire. Le Führer était un génie. Rendez-vous compte : la France à genoux en un mois, et sans hécatombes ! Aujourd'hui on connaît le bilan, on a oublié tout ça… On n'imagine plus ce qui nous passait par la tête. Que Hitler avait trouvé une méthode infaillible pour battre n'importe qui, qu'il était économe du sang de ses soldats…

Toute la compagnie logeait dans une ferme, sur de la paille fraîche. Un brave paysan tirait de l'eau pour nous, il continuait de traire ses quelques vaches et nous offrait leur lait. Je dormais à poings fermés, à l'étage d'une grange, quand un sergent que je ne connaissais pas s'est mis à brailler quelque chose. Un camarade m'a secoué : « Heinrich, je crois que c'est pour toi. » J'ai regardé en bas. Le sous-off était tout rouge, un fâché de nature. Il écorchait mon nom : « C'est toi, Ruffen ? – Uffen j'ai corrigé. – Ramène tes fesses, bougre d'abruti ! » J'ai descendu l'échelle, de la paille partout sur mon uniforme. Le sergent se défoulait, la taille de mon bassin l'avait induit en erreur : « Ah, elle est belle, l'armée allemande ! Déjà gras et sale comme un Français ! » On est partis dans Châteauroux à bord d'une *Kübelwagen*[1]. Il regardait tout le temps sa montre. On est arrivés dans une sorte de château, une grosse propriété au bord de la Loire et, enfin, le sergent a daigné m'expliquer le pourquoi de cette précipitation : Hauser voulait me voir. C'était notre général de division, rien que ça. « Je veux t'entendre claquer des talons depuis le portail, compris ? » a beuglé le sous-off. Je me suis retrouvé dans une pièce très haute de plafond, cheminée géante, tapisseries poussiéreuses… Assis derrière un bureau monumental, Hauser a levé la tête. Je me demandais ce qui allait me tomber sur le coin de la figure. « Votre colonel m'a soufflé que vous étiez cuisinier, Uffen. C'est pourquoi vous êtes ici. Notre intendance est débordée et je vais avoir besoin de vos services. Pour quinze à vingt personnes, disons. Vous saurez vous débrouiller ? (Hauser a tiré une montre à gousset de sa poche.) Tout doit être prêt d'ici deux heures. Préparez-nous quelque chose de savoureux, qui sorte un peu de l'ordinaire et tienne au corps. Nous avons tous besoin de nous requinquer. Pour les détails pratiques, voyez avec mon aide de camp. Vous pouvez disposer. »

Claquements de talons, raideur martiale, *Zu Befehl Herr General*, etc. C'était, en quelque sorte, le premier chapitre d'une histoire intitulée : *Les* Deutsche Nudeln *façon Wehrmacht.*

« Vous avez parlé de la guerre », me dit Martyna avec son accent si charmant. Elle vient d'entrer, une assiette creuse

1. Équivalent de la Jeep dans l'armée allemande.

entre les mains. Mon Dieu, voilà que je parle tout seul… Je ne suis plus seulement malade, je suis terrorisé. On dit que les vieux ont peur de tout, et il y a du vrai là-dedans. Cent huit ans, 39 de fièvre : difficile de rassembler son courage. Qu'est-ce que je vais bien pouvoir répondre, ou expliquer, si ma jolie Polonaise insiste ? « C'était un cauchemar, je suis sûre », ajoute-t-elle. Elle ne m'accuse de rien, elle ne sous-entend qu'une chose : qu'après toutes ces années, la guerre continue de me poursuivre.

Cette femme est une bénédiction vivante, mais plus elle m'aide, plus je me sens mal. Je me suis tellement trompé, j'ai tant voulu ne rien voir. Allez-vous-en, Martyna… Vous ne savez pas ce que j'ai fait, vous ne savez rien, vous ne cherchez même pas à savoir… Je suis un chien et moins qu'un chien, je suis une cochonnerie cosmique, un monstre à rides humaines ; je suis une bête à canne et à dentier, une saloperie centenaire. Alors soyez gentille, mettez un peu de cyanure dans la soupe de cette créature infiniment veule : je ne suis pas digne de votre dévouement.

Mais la soupe coule dans ma bouche, la main de Martyna manie la cuillère avec patience, son autre main essuie mes lèvres, l'inquiétude tire un trait vertical entre ses yeux bleus. Ce qu'on appelle la ride du lion, je crois. Martyna est une lionne aimante.

Les cuisines du château étaient pleines, je n'ai pas eu de mal à trouver ce qu'il fallait. Ils avaient fui si vite. Jusqu'à Bordeaux, et même plus loin. Où était-on, exactement ? Chez un préfet. Une sorte de *Gauleiter*, de ministre-président. J'ai improvisé une variante de notre *ragù* et régalé tout un état-major avec. En récompense :

une bouteille de cognac et une permission pour Noël. Sans ça, je serais resté en France. Les pères de famille étaient prioritaires, on le comprend.

L'automne 1940 fut étrange. L'euphorie était retombée. Tout le monde connaît l'histoire : les Anglais tenaient bon. Par-ci par-là, leurs avions s'aventuraient dans notre ciel et lâchaient quelques bombes. Rien de méchant, comparé à ce que la Luftwaffe infligeait aux Londoniens. Ce qui était étrange, c'est que nous n'avions pas débarqué. Maintenant il fallait attendre le printemps. On avait le moral entre deux eaux.

En décembre, j'ai retrouvé Warenberg. Je voyais la ville intacte pour la dernière fois et j'aurais dû mieux la regarder. M'y promener davantage, malgré le mauvais temps, au lieu de rester au chaud... Qui pouvait deviner les tempêtes à venir, les bombardements quotidiens ? Qui pouvait savoir ?... Cet enragé de Churchill avait beau rabâcher qu'il ne capitulerait pas, il n'avait aucun moyen de l'emporter. La Wehrmacht était invincible. Elle venait d'écraser la meilleure armée du monde, non ? Ce n'était quand même pas rien... Imaginons qu'à cette époque un visiteur du futur se soit pointé pour nous avertir que, d'ici 1945, Warenberg serait réduite en cendres. Et non seulement Warenberg, mais la quasi-totalité de nos villes. On aurait hurlé de rire, puis on aurait passé la camisole à ce prophète de malheur. À Noël 1940, sur la place du marché, on était une centaine de permissionnaires des environs à endurer le discours fiévreux d'un faisan doré. Une fanfare SS venue de Detmold jouait spécialement pour nous. Il gelait à pierre fendre. Ce soir-là j'ai attrapé un rhume. Mes parents... Ils étaient soulagés, heureux que je m'en sois tiré, mais nos victoires leur passaient au-dessus de la tête. Hitler continuait de leur poser problème, je le sentais bien. C'est mon père qui m'étonnait le plus. La boucherie, le peu d'égards pour la troupe, la vermine qui s'installe et les assauts suicidaires, il connaissait. Il aurait dû applaudir aux exploits du Führer, et il n'applaudissait pas. Les vieux ne comprenaient rien.

Les gamins, au contraire… Sitôt fini le discours devant l'hôtel de ville, on nous a conviés à la salle des fêtes. Après la fanfare SS, celle des Jeunesses hitlériennes. Ils malmenaient leurs tambours, de parfaits petits automates. Ils étaient beaux, ces garçons. Ils avaient l'air increvables. La plupart sont partis mourir sur le Rhin, la Vistule ou l'Oder, en 1945… Mais on n'en était pas là. La fin de la guerre, on la voyait pour le printemps à suivre, l'été au plus tard… « Nous prendrons les plages anglaises d'assaut ! claironnait notre pharmacien, membre du Parti. Le drapeau du Reich flottera sur Buckingham palace, si nos avions ne l'ont pas rasé d'ici là ! » Et c'était bien là sa seule crainte : qu'il n'y ait plus rien sur quoi hisser notre étendard victorieux… Personne ne relevait, l'union sacrée du grand Adolf et du petit Jésus rendait tout le monde béat. Aux actualités filmées, on voyait Goebbels métamorphosé en *Christkind*[1] distribuer des jouets à des marmots au comble du ravissement.

Je suis retourné en France, où j'ai trouvé le temps long. Je n'avais jamais vu la mer qu'en carte postale, j'aurais bien aimé cantonner dans un port, au Havre ou à Brest… La troupe tournait en rond. Le calme avant la tempête,

1. Enfant-Jésus.

n'est-ce pas ? On se disait un tas de choses, mais pas qu'on partirait si loin à l'Est. Mon Dieu, ce qu'on était bêtes. D'abord on s'en est allés du côté de Leipzig, et puis en Roumanie. En Roumanie, vous imaginez ? Qu'est-ce que l'armée allemande allait fiche dans un pays pareil ? Des chevaux partout, des routes en terre, l'eau courante et l'électricité dans quelques villes, guère plus. Le Moyen Âge, quoi... Mais c'étaient nos alliés, ils nous vendaient leur pétrole, et on venait les défendre contre les Russes qui se massaient à leur frontière. C'est ce qu'on nous disait... Tu parles... Quand même, on y croyait. On avait toujours en tête cette image du Rouge menteur comme un arracheur de dents, la langue mielleuse et les poches pleines de grenades. Alors, s'il fallait défendre les Roumains, on les défendrait. Et comme la meilleure défense, c'est l'attaque...

Ici commence la pire période de ma vie. Oui, tout bien réfléchi, je n'ai rien connu de plus affreux. Même à Berlin en 45, même en prison quand Trapp m'interrogeait. Ça n'a pourtant pas duré si longtemps. Un an, à tout casser. Entre l'automne 41 et celui de 42. Jusqu'à ma blessure. Pourquoi est-ce que j'ai encore l'impression d'avoir passé dix ans en Russie ? Peut-être parce que les moments furent rares où on pouvait estimer qu'on ne risquait rien. La campagne à l'Ouest, c'était de la rigolade, une petite mise en jambes. La vraie guerre, celle qui ampute ou décapite, éviscère sans crier gare ou oblige à plonger dans le premier trou venu, y compris celui qui a servi de latrines à tout le monde, cette guerre qui fauche les camarades et rend la vie préférable à la victoire, cette lutte implacable venait de commencer.

10

On a traversé un fleuve, je ne sais plus lequel, et on est entrés en Union soviétique. Les Roumains étaient très contents, ils récupéraient la Bessarabie. Un joli nom pour une terre de poussière et de pauvreté, comme toute l'Ukraine. C'est ce qui nous a d'abord marqués : une telle misère, on n'en revenait pas. Rien que des villages, des hameaux plutôt, et des maisons en bois... Pas de bitume, encore moins de trottoirs, rien de tout ce qu'on trouvait chez nous. Les intérieurs étaient d'un fruste... Quelques meubles et un poêle, mais à part ça... aucune de ces petites choses, bibelots ou photos qui font qu'on est chez soi et pas ailleurs. Ah, il était beau, le paradis des travailleurs ! Et la propagande qui affirmait que l'Ukraine regorgeait de ressources ! Bon sang, si c'était ça, l'opulence, qu'est-ce que ça devait être, la pauvreté... Mes grands-parents ne roulaient pas sur l'or, mais ils avaient un service en porcelaine et leurs habits du dimanche... Voilà où menait le bolchevisme : à la ruine.

On avançait, maintenant on n'avait plus le choix. Il fallait continuer. On irait jusqu'à Moscou, jusqu'à l'Oural peut-être, mais on ne s'arrêterait plus. Le ciel était splendide, on y voyait filer les rassurantes croix noires de nos avions. Sur le plancher des vaches, la progression était plus laborieuse. Il n'y avait presque pas de routes, le moindre véhicule soulevait des nuages gros comme des cumulonimbus. En fin d'après-midi des orages éclataient, c'était encore pire. On en venait à regretter la poussière qui grippait les cardans et torturait les moteurs. Comme disait un proverbe local, il suffisait d'une goutte d'eau, dans ce pays, pour transformer un seau de terre en seau de boue.

Ce fut quand même un bel été, c'est après que ça s'est corsé. Jusqu'à la fin août, on a cru dur comme fer à la victoire. Autour de nous, les gens répétaient « *Stalin kaputt !* » avec le sourire. Enfin, ceux dont on n'avait pas brûlé les maisons... Certains nous accueillaient avec des fleurs, du sel et du pain. Le maire d'une petite bourgade, j'ai oublié son nom, parlait deux mots d'allemand. Il est venu nous demander l'autorisation de rouvrir l'église. Les Soviétiques l'avaient transformée en étable. Le capitaine a accepté. Pauvres gens, ils nous prenaient pour leurs libérateurs.

Au départ on souriait beaucoup. On riait, même. Les moujiks nous observaient, étonnés. Ils devaient croire que les fascistes tiraient tout le temps la tête, je ne sais pas... Le beau temps, les communiqués de victoire qui n'en finissaient pas de tomber, on trouvait là matière à rester joyeux. Les pertes ? Bien sûr, il y en avait, mais elles restaient raisonnables, et dans une guerre, que voulez-vous... Quand on gagne, je ne dis pas qu'on les accepte, mais ça passe mieux. On voyait le fruit de nos efforts, on se battait pour une grande idée. Je ne sais plus comment j'en étais venu, moi aussi, à considérer qu'on était comme des conquistadors, des tuniques bleues ou des légions romaines, qu'on allait se constituer un empire, installer des colons, apporter la civilisation à ces terres barbares.

Et puis la peur s'est insinuée. On s'est aperçus que derrière les amabilités de la population, ou plutôt à côté, les partisans recrutaient à tour de bras. Dans notre secteur, on se demandait où ils pouvaient bien se cacher : les forêts, pour ainsi dire, on n'en trouvait pas. Ailleurs, au nord du front, les copains avaient moins de chance. Des marécages partout, des bois sombres. Les arrières sûrs, il ne fallait pas y compter. On n'était pas les plus mal lotis.

Je ne vais pas jouer à me demander lequel des deux camps a commencé le premier à perpétrer des horreurs. Tout le monde a son opinion là-dessus, on ne parviendra jamais à s'entendre. Le problème, c'est que les Russes ne se battaient pas qu'à la régulière, voyez-vous. Ils aimaient bien nous tirer dans le dos. Alors on a brûlé quelques villages, c'est vrai... Mais qu'est-ce qu'ils font aujourd'hui, les Américains, en Afghanistan ou ailleurs, quand ils envoient un missile sur une ferme isolée, hein ? je vous le demande... Nous, à la place des missiles, on se servait de lance-flammes. C'est la seule différence. Et si vous pensez que les Russes se comportaient en gentlemen, vous n'y êtes pas du tout. De notre côté, on se contentait de pendre ou de fusiller, mais eux, s'ils vous attrapaient...

Je me souviens d'un jour terrible, le premier d'une longue série. C'est là que ce que j'appelle le pire a véritablement commencé. C'était en août, sous un soleil comme je n'en avais jamais connu, tellement puissant, tellement lourd... Le soleil d'un autre monde, rustique comme la Russie. Nos casques étaient brûlants...

On approchait d'un kolkhoze perdu dans un océan de blé. Une construction moderne pour une fois, dotée de silos à grains hauts d'une dizaine de mètres. Le commandement redoutait une mauvaise surprise, comme des franc-tireurs embusqués à leurs sommets, des fanatiques restés en arrière pour éliminer un maximum de fascistes imprudents. Dieu sait que c'est plat, l'Ukraine… Dès que l'ennemi pouvait grimper quelque part et nous surprendre, il ne s'en privait pas. Alors, quelques hommes ont été dépêchés en reconnaissance. Une longue demi-heure s'est écoulée. Pas un tir n'était parti des silos, mais l'escouade ne revenait pas. Sur ordre du colonel, deux sections entières, dont la mienne, se sont mises en branle pour aller y voir. Il était près de midi, heure de Berlin.

Cette opération, comme on dit, on ne la sentait pas. Qu'est-ce que ça signifiait, au juste ? Il y a là un grand mystère. À la guerre, bien des choses affreuses se produisent sans qu'on les ait vues venir… Mais parfois, c'est étrange, la peur vous imbibe sans qu'il se passe rien. Le cœur se met à battre une sale chamade, comme s'il devinait que bientôt il ne battrait plus du tout. Enfin… Ce jour-là, on n'en menait pas large. À quoi ça tenait ? Tout aussi bien, on aurait pu considérer que notre escouade n'en avait pas fini avec sa reconnaissance, que le kolkhoze était grand, qu'ils allaient surgir devant nous, au milieu des blés… Je me rappelle le silence et, dedans, le bruit de nos bottes sur la terre cuite et recuite, le froissement banal et inquiétant, sans cesse recommencé, des épis contre nos pantalons, nos vareuses, contre la gueule de nos fusils. On ne lâchait pas les silos des yeux. Une position de tir aussi évidente, mais inoccupée, c'était trop beau pour être vrai. Ça cachait quelque chose. « Pourquoi ils tirent pas, bordel ? » Mon voisin marmonnait ça tous les cinq pas, je lui ai demandé de la fermer. Je croyais au mauvais œil, à l'art qu'ont les hommes de s'attirer tous seuls les coups d'un sort pervers. Ce copain, je le voyais déjà s'écrouler, un bref geyser vermillon jaillir de son casque ou de sa poitrine... Je redoutais aussi le moment où notre homme de tête s'immobiliserait en levant la main. Ça s'était produit une seule fois depuis le début de la campagne, mais on avait retenu la leçon : le gars était condamné, il avait posé le pied sur une mine. Personne n'osait plus l'approcher. Pendant toute la guerre, j'en ai vu une douzaine à qui c'est arrivé. Certains restaient très calmes, d'autres craquaient et précipitaient leur mort, la plupart braillaient un ultime message à adresser à une femme, une mère, n'importe quel parent. On leur répondait à distance. « On leur dira ! Je te jure qu'on leur dira ! Et on aura la peau de ces salopards ! » Quand la mine explosait, seigneur... ils ne mouraient pas tous sur le coup.

Cette fois-ci il n'est rien arrivé de semblable. Nos deux sections étaient intactes en pénétrant dans le kolkhoze. Qui l'eût cru ? Point de tireurs sur les silos ou dans les coins, l'exploitation était déserte. On aurait pu se réjouir, profiter un peu de notre soulagement, mais après la peur, c'est la rage qui nous a submergés. On a retrouvé nos camarades éclaireurs attablés dans une sorte de réfectoire. Ils étaient ligotés à leur chaise, et décapités. Leurs têtes reposaient devant eux sur des assiettes, bouches maintenues ouvertes par autant de paires de testicules fraîchement coupés. Voilà le genre de traitement qu'ils vous réservaient, les Rouges, quand ils vous prenaient vivant. Mieux valait se tirer une balle plutôt que se rendre. C'est ce qu'on nous répétait, maintenant on comprenait mieux.

Qu'est-ce qui s'est passé ensuite ? Je me souviens qu'on a tiré sur des chiens, des poules, des chats, des oiseaux. Pour commencer. Ensuite, ordre a été donné de liquider la cinquantaine de prisonniers qu'on n'avait pas eu le temps de conduire dans un camp et qu'on traînait avec nous. Ils sentaient qu'ils allaient y passer, ils nous ont suppliés dans leur langue pendant qu'on les enfermait dans un hangar du kolkhoze. Et puis ils se sont tus, avant de recommencer à hurler. Quelques-uns de nos gars ont arrosé le hangar au lance-flammes.

Je n'ai jamais pipé mot de cet épisode au lieutenant Trapp, il aurait sauté sur l'occasion pour m'accuser de crime de guerre. Et c'est vrai que c'en était un, si on considère que les prisonniers ne pouvaient pas se défendre. Seulement, cette notion me dérange. Depuis que je l'ai entendue, depuis toujours. Qu'est-ce qui peut bien sortir d'une guerre, à part des crimes ? Mais ces crimes sont admis, ils ont leurs lois, leurs procédures… Nos prisonniers ne pouvaient pas se défendre ? La belle affaire ! Si on s'imagine qu'il est possible de se battre contre un shrapnel ! Une position est bombardée, et tout ce qui ne s'est pas sauvé assez vite, tout ce qui ne s'est pas enterré assez profondément finit en bouillie. Les obus, ou les bombes, on n'y résiste pas, on y échappe. Ou pas. Et les snipers… Est-ce qu'ils sont eux aussi des criminels ? Quand ils tiennent leur proie dans la lunette de leur fusil, qu'ils attendent en retenant leur souffle qu'elle se découvre juste assez pour lui envoyer une balle en pleine tête, ce n'est pas un crime de guerre ? Le gars n'a aucun moyen de s'en sortir, il n'a même pas le temps d'entendre tinter la munition contre son casque – ce *ping !* sinistre que j'ai entendu, moi, plus d'une fois – parce qu'il est déjà mort.

J'ai dû crier ou m'agiter davantage sous l'édredon, voilà que Martyna surgit. Sa main se colle sur mon front. Elle ne dit rien mais je ne mets pas longtemps à avaler quelque chose. « Tenez, buvez. » Maintenant ma lampe de chevet est allumée. J'ai mijoté pendant des heures, subi cette épouvantable campagne à l'Est ; plus qu'une campagne : un abattoir mobile, une guerre dans la guerre, la plus sanglante et la plus cruelle ; j'ai marché de la Roumanie à l'isthme de Perekop, le tiers de mes camarades sont morts ou blessés, c'est plus dur et plus long que prévu, l'Ukraine est tellement vaste ; et les Russes qui sortent des divisions de leur chapeau, on en détruit dix et il en arrive vingt ; parfois on manque de balles, ou nos mitrailleuses ont tellement craché que leurs canons n'ont plus le temps de refroidir. On s'accroche au terrain avec ce qui reste : les grenades, les obus de mortier, les pièces antichars. Contre de l'infanterie. Vous imaginez le résultat. La terre est maculée de chair humaine, de bouts bizarres qu'on échouerait à remettre à la bonne place dans leur corps d'origine si Dieu nous en prêtait le pouvoir. Mais j'en ai aussi vu de plus éloquents... Mon Dieu, ces moitiés de cervelle poussées comme des champignons dans les taillis, ces doigts errants sous le soleil, ces oreilles entières et ces guirlandes d'intestins, ces testicules pendus aux branches mortes d'un bouleau... Un obus de 37 dans le ventre, ça vous éparpille un homme sur cent mètres à la ronde, un qu'on dira porté disparu plutôt qu'atomisé. Quelquefois l'ennemi termine sa course sur nos baïonnettes. Les Russes mènent des attaques de saturation, ils envoient des régiments entiers au massacre, en ligne, sans couverture. C'est chaque fois un bain de sang mais ils recommencent. Ils sont fous, c'est tout ce qu'on peut en conclure.

La nuit. Comme si j'avais passé l'après-midi dans une salle de cinéma, et que le soleil s'était couché pendant le film. Je me rappelle la France, l'automne de 1940, les séances du dimanche au *Soldatenkino*[1]. À l'Est, je ne suis jamais allé au cinéma. Pas le temps, pas de salles non plus. J'entends Martyna rire : « Un film ? Il va falloir attendre un peu, Herr Uffen. » Manifestement je divague. La chaleur. Je ferme les yeux, je fuis la nuit qui coule par la fenêtre, la lumière blanche de la lampe et son halo de bunker, je me retrouve en plein jour, un jour de kolkhoze comme il y en a tant eu cet été de 1941, un jour de grand Est sans nuances, brut, à vous assommer un bœuf et peut-être bien un rhinocéros, à vous cramer la peau du crâne, même à l'ombre, même avec un casque. Un soleil pour les bêtes qui sont nées sous lui.

Au catalogue des horreurs, celle-ci : non contents de s'approprier le grenier à blé de l'Europe, les Allemands liquident tous ceux qu'on leur a demandé de liquider, et comme ils sont obéissants, comme ils ont horreur du travail mal fait, comme ils sont sûrs de leur bon droit en tout, ils liquident sans coup férir. Contre le soleil qui devrait les tuer, ils s'abritent, ils trouvent toujours un bosquet, ils installent une table et des chaises pour un minimum de confort, ils trouvent aussi de l'eau, ils s'en versent des

---

1. Cinéma pour soldats.

seaux entiers sur la tête, et puis ils rigolent, ils boivent un peu de schnaps pour se donner du cœur à l'ouvrage, tout ça n'est pas très héroïque, c'est un peu le sale boulot, pas le genre d'exploit dont on osera beaucoup se vanter, même s'il fallait s'y coller.

Alors ils sont trois, sous le ciel bleu qui fond, qui va s'écrouler sous sa propre masse, ils sont trois et parmi eux il y a Heinrich Uffen, un cuisinier talentueux, il n'a jamais demandé à venir là, il se fiche pas mal de l'Ukraine, de l'Est en général, même s'il commence à aimer l'idée qu'il vit quelque chose d'historique, une guerre qui changera le visage de l'Allemagne, de l'Europe, d'une partie du monde. Il est là et c'est calme, les Russes ne se montrent pas, ils sont trop occupés à éviter les nasses géantes de l'armée allemande ; mais sur les arrières la guerre se poursuit, une autre guerre comme il y en a déjà eu sans doute, on pense aux Indiens d'Amérique sous le feu des Winchesters, aux Indiens d'Inde écrasés par une poignée d'officiers de Sa Majesté qui boivent le thé entre deux charges ; on songe aux troupes françaises enfumant des rebelles dans leurs grottes d'Afrique du Nord. Quel empire ne s'est pas bâti sur des monceaux de cadavres ? Heinrich Uffen pour le moment ne songe à rien. Mais tout le monde a entendu les tirs. Impossible de s'y tromper : ce sont des armes allemandes. Et ce qui est étrange, c'est que personne ne réplique. Heureusement il y a l'adjudant Kass, il sait beaucoup de choses et il explique : « Ben quoi les gars, vous savez pas que ça grouille de youpins, dans ce pays ? » Bien sûr, on sait. On dit qu'on sait parce qu'on n'a pas envie de passer pour un ignorant. Des Juifs, d'ailleurs, on en a déjà vu pas mal depuis qu'on est entrés en URSS. Ils sont aussi pauvres que les autres, sinon plus. Ils cachent bien leur jeu. « Les youtres, c'est comme les caméléons, dit l'adjudant Kass. Chez nous ils ressemblent à des Allemands, et ici à des loqueteux. »

Alors ils sont trois, comme je disais, et ils décident d'aller y voir. Ils ont aperçu une grange, pas loin, une construction agricole, qu'est-ce que ça pourrait être d'autre, dans ce coin où il n'y a rien ? Où vivent les gens, on se le demande. Il faut du temps, de l'expérience aussi, pour apercevoir les villages derrière les blés, les maisons sont basses. Et les shtetls, les hameaux juifs, sont encore plus discrets que les autres, plus miséreux. L'adjudant Kass précise qu'il y en a deux à quelques kilomètres, et qu'on s'en occupe.

Les trois hommes, dont Heinrich, se mettent en route dans la lumière brûlante qui dégouline, ils approchent de la grange, une baraque plutôt. En réalité on ne sait pas de quoi il s'agit. Les tirs ont repris, ils font mal aux oreilles, on se demande pourquoi. Il n'y a donc personne pour répondre ? Qu'est-ce que c'est que ce cirque ? Ils voient deux SS, clope au bec, devant la grange. Ils demandent à regarder à l'intérieur, on les y autorise. Mais leurs yeux se sont à peine habitués à la pénombre que déjà ils se détournent, regrettent d'avoir vu. La baraque est pleine comme un œuf : des femmes, des enfants et des vieux, des râles, des gémissements, des sanglots, des plaintes obscures. « C'est par là que ça se passe », dit un SS. Les trois hommes s'éloignent vers le bosquet voisin. Parmi les champs coule une mince rivière où des bouleaux ont trouvé à s'établir. Ils sont serrés les uns contre les autres. L'Ukraine est un pays de bouleaux.

Une clairière, puis une engueulade. Un SS se met à vociférer, traite les trois hommes d'imbéciles avant de leur ordonner de poser leurs fesses plus loin, hors du champ de tir. Ils voient une fosse et des cadavres. Les corps sont plus ou moins en ordre, alignés tête bêche. Vu les circonstances, ce n'est pas mal, on ne pourra pas dire que les Allemands s'y prennent n'importe comment. La fosse n'est pas si grande, il s'agit d'y faire entrer tout le monde. Ceux qui l'ont creusée sont morts les premiers, ils en tapissent le fond, on ne va pas maintenant prendre du retard, aller en chercher d'autres au prochain shtetl ; on ne va pas agrandir la fosse non plus, ce n'est pas un boulot de SS, alors ils tiendront tous dedans, il le faudra bien. De quoi on aurait l'air si les cinq ou six derniers n'avaicnt pas de place ? Mais on est en bonne voie, semble-t-il. D'ailleurs un disque passe sur le gramophone, c'est dire si on est optimiste.

Enfin, alors qu'ils sont contents parce qu'à l'ombre des bouleaux, tout de même, on respire mieux, alors les trois hommes voient les femmes. Sans elles, sans ceux qui les ont précédées, sans les autres qui attendent leur tour, les SS seraient occupés ailleurs, peut-être aux mêmes choses, mais pas à deux pas du bivouac d'Heinrich Uffen et de ses copains. Pourtant ce sont ces femmes qu'ils voient en dernier. Elles sont à genoux, recroquevillées sur elles-mêmes, ceci explique peut-être cela : elles occupent peu d'espace.

Ça tire, les corps tombent. On dirait que les exécuteurs tirent au sort. Puis l'un d'eux, le perdant, se colle un mouchoir sur le nez et descend dans la fosse, quelques balles partent encore. Le SS distribue coups de grâce aux mourantes, coups de pied aux cadavres tombés de travers. On va pouvoir s'en aller chercher la fournée suivante.

11

Je me sens brinquebalé dans tous les sens, un poids mort qui ne décide plus de rien.

Entre deux fournaises, un air vif, la griffure d'une brise inoffensive et même bienvenue, mais finalement sournoise. Pas le temps de savourer cette fraîcheur que déjà elle me rentre sous la peau, s'empare de mes nerfs, de mes muscles – enfin, ce qu'il en reste – et m'inocule des vagues de frissons. Ça dure. Quand enfin une sorte de calme s'installe, j'ai mal partout, à la tête en particulier, mon cerveau a rétréci comme un fruit sec et recommence à heurter les os de mon crâne au moindre mouvement.

Me voilà aux aguets, le plus immobile possible. Je suis allongé mais plus chez moi, je me trouve quelque part où vont les gens qu'il faut garder, et bien garder, à l'œil, dans une chambre qui n'est pas celle d'un hôtel : d'un hôpital, puisqu'il faut le dire. Pourquoi n'en suis-je pas convenu plus tôt ? Mettons que ma faiblesse y est pour quelque chose. Quarante ans que je n'ai pas mis les pieds dans ce genre d'endroit. Et encore, pour une broutille. Je ne comptais pas y retourner de si tôt. La mort ne m'effraie pas. Les hôpitaux, si.

Un tuyau dans chaque narine et deux perfusions, rien que ça, plus des choses collées sous l'affreuse tunique que je porte, le tout relié à différents appareillages, paisibles comme des réveils, rassurants si on veut. L'Allemagne prend soin de ses centenaires : pas question de les laisser calancher chez eux, il faut les exposer au grand jour thérapeutique et voir ce qu'on peut faire, quelles leçons en tirer. Puisqu'il paraît que les progrès de la science vont permettre à chacun de vivre jusqu'à des âges extraordinaires, des âges bibliques, autant s'y préparer avec ce qu'on a sous la main. En l'occurrence : moi. Ô camarades humains ! Allemands, Français, Russes, faux Hindous et vrais Turcs, Syriens, Polonais, peut-être que la fièvre me tord le jugement, peut-être que le convoi de mes souvenirs pèse trop dessus, mais au bout du compte, laissez-moi vous dire que vous vous fichez le doigt dans l'œil. Vivre tout ce temps, c'est une abomination.

Un homme entre, je suis incapable de dire quelles sont ses dispositions. Sans lunettes, son visage reste indécis. Puis la voix, chaleureuse, empathique : plus de doute, ce type est un uffenologue dans l'âme, il est ravi de compter le doyen du pays parmi ses patients et il ne se privera pas de m'examiner à fond, sans doute a-t-il déjà commencé. « Vous êtes un miraculé, vous savez ? » dit-il. Qu'est-ce que je peux répondre ? Que j'y suis habitué ? Que des miracles comme ça, je n'en souhaite à personne ? Je n'avais pas prévu ça, j'avais même souhaité le contraire. Je veux dire : mourir dans mon lit. Mais là, je ne serais pas contre. J'aimerais couper l'herbe sous le pied du toubib, prendre la tangente pour le néant. Je suis rincé, rincé, rincé. Comme si j'avais couru depuis la frontière roumaine et ce fleuve dont le nom, décidément – je n'aime pas ça –, continue de m'échapper, jusqu'à la Crimée. Rincé, seigneur, et essoré par-dessus le marché, *kaputt* comme Staline au dernier trimestre de 1941, et plus encore. Je suis une sorte d'Ötzie, un homme des glaces qui n'aurait pas passé cinq mille ans congelé sur un col des Alpes mais cent huit au soleil ou sous la pluie, ce n'est déjà pas si mal. D'ailleurs cela suffit à asseoir mon statut d'authentique momie pensante et sensible, au moment où je réalise que mon extrême faiblesse a atteint une sorte de palier et qu'elle ne descendra pas plus bas. Mon cadavre attendra. Je suis maudit jusqu'au bout, c'est une certitude absolue. Voilà le revers des miracles. On ne survit pas impunément aux catastrophes qui auraient dû vous engloutir. Maudit aussi parce que ma mémoire se décompose moins vite que tout le reste. Il me revient en bouche le goût d'une eau agrémentée de chimie, une eau de gourde désinfectée par le savoir-faire de nos ingénieurs, une eau pour temps de campagne caniculaire, de puits possiblement empoisonnés. Ainsi s'est achevé ce magnifique et terrible été en Ukraine : dans ce parfum d'antiseptique, dans une débauche de mouches grasses et de cadavres rangés comme des sardines dans leur boîte, dans une pestilence de victoire.

Mon Dieu, qu'est-ce que j'ai pu dire ? Révéler ? Les momies parlent peu, mais rien ne semble en mesure de contrôler ce qui sort de leurs bouches antédiluviennes, de leurs esprits multiséculaires, pas même la volonté qu'elles auraient de tout garder pour elles, dans leur âme de cuir bouilli, pour les siècles des siècles et jusqu'à la fin des temps. L'uffenologue m'a-t-il écouté ? Et Martyna ?

Le docteur me parle, je remarque enfin qu'il n'est pas seul. Trois, quatre blouses blanches se tiennent derrière lui. Je dirais que ce sont des jeunes. Ce qu'on appelle des internes, je crois. Des pas-tout-à-fait médecins. Ils écoutent leur patron autant que ses paroles m'échappent, car je ne suis pas en état. Vraiment pas. Les oreilles des momies, même vivantes, laissent à désirer. De toute façon, je ne me sens pas disposé à faire l'effort. Je n'ai jamais beaucoup apprécié les hommes de médecine, c'est comme ça. Enfant, je ne dis pas. Monsieur le Docteur Moitier, avant qu'il vire au brun et décide en conscience qu'une bonne part de l'humanité ne méritait aucun soin, cet homme-là savait se montrer rassurant. Quand on est gosse, que voulez-vous... La science, on se sent tout petit devant elle, on s'en remet aux cerveaux qui l'exercent. Mais plus tard, bien plus tard, fin 1942... un autre m'a regardé de la même façon que l'uffenologue ci-présent, il pensait comme lui que j'étais un miraculé, mais ça ne lui plaisait pas. À ses yeux, je représentais une anomalie, j'aurais dû être mort et je ne l'étais pas. À mon sujet, ce digne représentant de la médecine militaire soupçonnait Dieu sait quoi.

On me laisse avec mes machines, une pluie drue commence à noyer la fenêtre. Au-delà de la vitre, on croirait qu'un océan a pris la place des nuages et qu'il entend retourner d'où il vient et le plus vite possible. Tout ça fait un bruit incroyable, le monde est figé sous cet Atlantique céleste en pleine hémorragie, la terre ne s'en remettra pas avant des jours et des jours. Pour ainsi dire elle cessera d'exister en tant que terre, elle passera à l'état de boue, de vase, de marécages éclos en plein champ, de fondrières où chaque pas voudra vous engloutir plutôt que vous porter plus loin.

C'était ça, la Crimée. Une mer sombre qui dégringolait d'un ciel presque aussi noir. C'était comme ça partout, d'ailleurs. En septembre, on ne s'en plaignait pas trop. C'est à partir d'octobre que c'est devenu exténuant. De la boue, de la boue, et encore de la boue. Oubliée, la terre ferme. Jusque-là on se débrouillait sans véritables routes, on avait fini par s'adapter. Et puis les routes ont disparu, les chemins, les pistes, et même les ornières. La pluie tombait, un déluge qui s'est transformé en naufrage : on cherchait notre Ararat. Vous imaginez des chevaux empêtrés, de la glaise jusqu'au ventre ? L'eau ne se contentait pas de descendre du ciel, elle remontait des profondeurs. Sous la boue, de la flotte, et sous la flotte : de la boue. Nos tenues avaient changé de couleur, les gamins de la Hitlerjugend qui nous acclamaient à Warenberg ne nous auraient pas reconnus. Notre vaillante Wehrmacht ressemblait de plus en plus à l'armée de Guillaume embourbée dans les Flandres. Il arrivait que le moral flanche. À la longue, l'humidité vous émousse toute velléité de triomphe. Ailleurs, ce n'était pas mieux. Partout, la raspoutitsa s'était jointe à l'ennemi pour nous empêcher d'aller plus loin. « Eh voilà, on a trop attendu ! » on se disait. « On a pris Smolensk, et puis quoi ? On aurait dû foncer sur Moscou tout de suite, au lieu d'envelopper Kiev ! » On en voulait aux généraux, pas au Führer. On ne savait pas. Maintenant on ne pouvait plus faire un pas sans s'épuiser. La victoire était devenue une savonnette humide, elle nous échappait chaque fois qu'on pensait la tenir. « Un dernier effort ! » ils disaient… Et de dernier effort en dernier effort on s'est retrouvés en 1942, des Ivans de tous les côtés, des qui ne se rendaient plus, qui s'acharnaient à ne pas vouloir perdre. À Noël, ils ont déboulé à travers le détroit de Kertch, par dizaines de milliers. Ils arrivaient des confins, on s'en apercevait à leurs traits. On savait que la Russie était grande, on nous avait prévenus et on l'avait constaté nous-mêmes, depuis le temps qu'on marchait sans en apercevoir le bout, mais il fallait le voir pour y croire… En tout cas, si Staline était *kaputt*, ceux-là n'avaient pas l'air au courant. Ils venaient pour nous écraser, pas pour distraire la galerie. Des attaques pareilles par moins 20 °C, certains jours moins 25 °C, ça ne ressemblait pas à un baroud d'honneur. Oh bon sang, ce Noël… J'ai beaucoup pensé à *La Saucisse d'or*, comme d'autres pensaient à leur femme, à leurs enfants. Je voulais me persuader que j'allais m'en sortir. Pour ça, j'inventais des souvenirs du futur. Chacun ses fantaisies. Je m'imaginais en cuisine, je travaillais, le calendrier indiquait le printemps 1944. J'étais persuadé qu'à cette date, bien ou mal, on en aurait fini avec les Russes.

Et alors, et alors…

Voilà, j'y suis, avec mes deux paires de gants, avec une cagoule sous le casque, emmitouflé comme une babouchka, des couches et des couches… Je porte des bottes russes, je les ai récupérées sur un cadavre, une bénédiction. Je leur dois d'avoir conservé mes dix orteils durant l'hiver. À la différence du poisson, c'est par les pieds qu'un fantassin commence à pourrir. J'ai froid, j'ai tout le temps froid et personne n'y échappe, alors je me prépare quelque chose qui ressemble à un café, avec mon réchaud bricolé, la peur au ventre. Tous, on attend l'arrivée du « canon à goulasch », la cantine roulante. On l'attend avec autant de ferveur qu'un paroissien du Münsterland son hostie dominicale. Quand elle ne passe pas, on se contente de rations et de pain noir qu'on découpe à la hache. Tout gèle, l'huile de moteur aussi, les oreilles et les nez tombent quand ils ne sont pas bien protégés. De novembre à mars, c'est un calvaire. Dans les moments de détresse, on pense à la Grande Armée et à Napoléon, et on ne comprend pas. On est allemands, nous ! On aurait dû prévoir ! Nos uniformes partent en morceaux, le bataillon aussi. Maintenant je fais partie des vieux. En face il y a du monde, mais chez nous les renforts arrivent au compte-goutte. Des gars tout frais sortis de leur impeccable caserne allemande et jetés au feu comme du petit bois. On évite de copiner avec, parce qu'on estime qu'ils ne vont pas tenir. Oui, je sais bien que c'est affreux de penser de cette manière, de les considérer avant l'heure comme de la bidoche. Mais on se trompe rarement, et on cherche à se protéger. L'expérience ne peut pas tout. En réalité elle vaccine à peine, c'est un rempart poreux. S'endurcir n'a jamais permis d'éviter les balles ou les obus. La guerre désigne ses morts à l'aveuglette, la chance d'un soldat est oublieuse comme la pire des traînées. Un beau jour elle l'abandonne, et le voilà avec la cervelle trouée ou les tripes à l'air.

J'ai peur qu'il neige, c'est idiot. Mais il semble que non. Les années passent et il neige de moins en moins. Ce doit être à cause du réchauffement climatique. Si ça se trouve, avant la fin de ce siècle, on aura planté une palmeraie à Ahlenfurt, les essences locales n'auront pas résisté. Certains affirment qu'une catastrophe nous pend au nez, et je les crois. L'homme d'aujourd'hui n'est pas meilleur que celui d'hier, je n'ai jamais pensé autre chose. Les circonstances, rien que les circonstances. Ça va être gratiné, quand tout ça s'écroulera, quand les gens suffoqueront, qu'ils seront prêts à s'égorger pour un verre d'eau... Je souhaite bonne chance aux générations à venir. Quand elles vont s'apercevoir qu'elles ne valent pas mieux que les précédentes, que leurs convictions démocratiques, leur humanisme, leur liberté de conscience, c'était du flan... Dieu merci je ne serai plus là.

Une jeune femme entre, toute de blanc vêtue. « Bonjour, je m'appelle Simone, vous vous souvenez ? Ça fait plaisir de voir que vous allez mieux. » J'ai beau chercher, pour moi cette tête est celle d'une inconnue. Mais bon, si elle le dit... Elle s'active. Gestes précis et économes, Simone est l'envoyée d'élite de l'uffenologue en chef que j'ai vu tout à l'heure. Elle m'avertit que c'est bientôt l'heure du dîner. Quoi, déjà ? Je ne me rappelle pas avoir déjeuné. « Vous devez avoir faim, non ? » J'apprends qu'une de mes perfusions permet de me nourrir et de m'hydrater, que jusque-là on m'estimait trop faible pour avaler quoi que ce soit. J'ai comme un doute, et je pose la question : « Depuis combien de temps est-ce que je suis là ? – Oh, quelques jours... » C'est fou comme certaines personnes mentent mal. Dans ce domaine, il n'y a que des professionnels patentés et des amateurs. L'infirmière appartient à la seconde catégorie : ça sonne faux. Embarrassé et faux. Maintenant on dirait qu'elle se dépêche d'en finir, de réajuster mon oreiller et de vérifier tout ce qu'il faut, pour ne pas devoir mentir davantage. Et moi qui suis un grand sensible, je m'en tiens là. « Quelques jours », voilà qui offre matière à réflexion : je pensais être arrivé la veille. Tantôt le temps s'étire, tantôt il se contracte, ce n'est pas la première fois que j'en fais l'expérience. En Crimée, par exemple, l'hiver a duré deux ou trois ans. Quand le printemps est arrivé, on ne pensait plus à la victoire, seulement à dégeler.

Après le dégel, on a gagné. Ça nous a pris jusqu'à l'été. Sébastopol est tombée, toute la Crimée est passée sous notre contrôle. On était heureux, vraiment heureux ! Si vous saviez... Et même : on était fiers. Combattre à un contre trois, parfois plus, et l'emporter... Moi aussi, j'étais content. Une joie de vainqueur, après tant de sacrifices. Aujourd'hui on ne peut plus se représenter ça, l'ivresse d'une victoire acquise dans la douleur. L'époque manque de grandeur... De quoi pourrait-on se réjouir ? De nos chiffres à l'export ? En y réfléchissant, je ne vois que le football. Un vulgaire jeu de balle, quoi. On n'envahit plus personne, ce qui est tant mieux, mais on compense. Pour que le pays s'enflamme, on gagne des coupes du monde, les drapeaux sont de sortie. *Deutschland über alles*, comme on ne dit plus. Mais alors, alors... Une victoire, on en avait bien besoin pour se remettre en selle : on avait manqué Moscou, après tout. Et puis la lumière était revenue, et les victoires avec elle. On se sentait redevenus invincibles, le soleil recommençait à nous taper sur le casque. En face, on pensait qu'ils étaient cuits. Des hémorragies pareilles, aucune armée ne pouvait y survivre. Rendez-vous compte, ils avaient dû ratisser la Sibérie pour trouver des divisions ! On était optimistes, restait à porter l'estocade...

Déjà on rêvait du Caucase, des champs de pétrole de la Caspienne… Au nord, la mer d'Azov était d'un bleu à inspirer les poètes. Toute cette barbaque, tous ces morts, et on restait romantiques, on parlait de l'Asie comme les explorateurs d'un autre temps, quelquefois avec de grandes phrases. Sous nos yeux s'étiraient les côtes du Kouban. Nous n'attendions plus qu'un ordre pour nous y ruer.

12

Nous autres Allemands, nous sommes des littéraires dans l'âme. Je suis sûr qu'un jour Goethe effacera Hitler, et Hölderlin Goebbels. Moi-même, tiens, si j'osais, j'écrirais ceci : « Le chemin de ma gloire, et de ma damnation, fut semé de chaudrons de la Wehrmacht », phrase que je proposerais pour une quatrième de couverture si je devais publier mes mémoires.

C'était au début de juillet 1942, je n'ai pas retenu la date. Appelons ça comme on voudra, cette conjonction qui n'avait pas une chance de se produire et s'est quand même produite. Sans elle… J'en ai le vertige… Oui, c'est le mot juste : le vertige. Soixante-quinze ans après. Heureusement que je suis allongé.

Un soir, un seul soir, parce que j'avais eu le temps, pendant tout l'hiver, de mettre l'eau à la bouche des copains avec mes histoires de *ragù* et de pâtes, un seul soir, donc, je me suis mis aux fourneaux. Et le soir en question, un soir parmi tant d'autres, un soir où Manstein, commandant de notre armée et maréchal de fraîche date, aurait pu rester dans son cantonnement d'état-major ou s'inviter ailleurs,

Manstein a débarqué chez nous. Et non seulement chez nous mais dans notre tente, voyez-vous, parmi la multitude des tentes du bataillon. Pourquoi nous avait-il choisis ? Je ne l'ai jamais su. La XIe armée comptait plusieurs centaines d'unités éparpillées dans toute la péninsule, et c'est la nôtre – elle n'avait rien de remarquable, vraiment – qui eut l'honneur de le recevoir.

Pour ces *Deutsche Nudeln façon Wehrmacht, chapitre deux,* je m'affairais près d'une paire de fourneaux de campagne, on n'avait pas trouvé mieux. Kertch, c'est là qu'on cantonnait, ne ressemblait guère à Châteauroux. La ville était en ruines. Où aurait-on pu dénicher des cuisines ? Plus au sud, peut-être, au-delà de Feodosia, où les apparatchiks passaient leurs vacances. Mais ici... Alors je me suis débrouillé. Mon talent était resté intact, je n'avais rien perdu de mes repères ni de mon nez. C'était un peu comme avoir appris à nager ou monter à vélo : ça ne s'effaçait pas.

Je travaillais d'arrache-pied, avec des tomates fraîches et de splendides oignons locaux, des filets de poulet et quelques-uns de porc, que les marmitons de la popote régimentaire s'étaient procurés en même temps qu'un stock de spaghettis secs. Ce retour aux éléments, à la matière brute, me rendait tout chose. J'aimais les toucher, les trancher, les humer, leur dire tout le bien que je pensais de leur présence, de leurs propriétés respectives. Aujourd'hui, nos prétendus experts en cuisine, ceux qui paradent à la télé, c'est à peine s'ils jettent un œil à leurs produits. Une étiquette *bio*, et les voilà satisfaits ! Consternant... Moi, j'entrais d'abord en communication avec mes ingrédients, tant pis si ça fait sourire. Je n'avais pas fini de renifler un oignon que déjà il m'avait livré son âme, raconté comment il s'y prendrait pour donner le meilleur de lui-même. J'ai réfléchi, oh... pas longtemps. J'étais inspiré, ça venait tout seul. Les copains de la roulante me tournaient autour. Je me rendais bien compte qu'ils ne comprenaient rien à cette manière de s'y prendre, qu'ils n'avaient jamais vu ça. Et c'est vrai qu'il y avait de quoi s'y perdre.

Tout d'un coup, un copain s'est mis à brailler : « Le Chef ! Le Chef ! » « Quoi, le Chef ? » Ce n'était ni le major, ni le colonel, ni même le général, c'était celui qu'on pensait ne jamais voir que de loin, ou seulement en photo : le vainqueur de Sébastopol en personne, sa Majesté le Feldmarschall Erich von Manstein, escorté par un quatuor d'officiers supérieurs.

La tente entière s'est levée, garde-à-vous général. On était tous raides comme des colonnes de la porte de Brandebourg. Le maréchal a souri sous son calot (on raconte qu'il ne portait jamais la casquette), serré quelques mains, tapoté une épaule par-ci par-là. Enfin il s'est approché, le nez en l'air. Il l'avait aquilin et quelque peu busqué, ça me mettait vaguement mal à l'aise. C'est plus tard, après le repas, que j'ai compris pourquoi. En tout cas, les effluves de mon *ragù* semblaient ravir ses narines.

« C'est vous, le cuistot ?

– Soldat de première classe Uffen ! »

Manstein a examiné la mixture qui glougloutait près de moi, avant de la renifler avec ostentation.

« Nous allons festoyer, dirait-on... Hâtez-vous de remuer, soldat, il ne faudrait pas que ça attache.

– *Zu Befehl, Herr Generaloberst !* »

Et pendant que je mettais une dernière main à mon chef-d'œuvre improvisé, il est parti s'asseoir au milieu des hommes de troupe.

Il y avait tant de bruit, de toasts portés, de chants, de rigolades, et tant de choses à surveiller... Ce soir-là, c'est à peine si j'ai trouvé le temps d'avaler un morceau. Vous pensez bien qu'un chaudron de *ragù* ne suffisait pas, qu'il avait fallu en préparer un autre, que la présence de Manstein avait attiré les curieux, les ambitieux aussi, tous ceux qui voyaient là l'occasion d'être remarqué par le grand chef. Le crépuscule venu et les lampes allumées, je titubais de fatigue. La tente nageait dans le brouillard des cigarettes, un cognac local nappait les gosiers. Les panses étaient pleines, je suis sorti. J'avais besoin de respirer. J'ai marché deux ou trois cents mètres, jusqu'aux limites du cantonnement.

Ah, ce calme, l'air doux du large, la mer qui se cachait un peu plus loin... C'est en Crimée que j'ai découvert la mer, et l'odeur de l'iode, et le chant des oiseaux marins. Je ne suis plus jamais retourné sur une côte, je n'ai pas osé. J'ai eu peur que tout ça me saute à la figure comme une grenade dégoupillée, peur de me souvenir de ces heures qui ont tant porté à conséquence. Je me suis assis dans l'herbe, le dos contre un mur écroulé, et le nez de Manstein m'est revenu en mémoire. J'y ai aussitôt associé l'adjudant Kass, ce puits de science raciale. Pour notre éducation, il lui arrivait de croquer des nez, des paupières, des oreilles, et pas n'importe lesquels : des nez, des paupières et des oreilles de Juifs. Alors j'ai compris le fond de mon trouble : indubitablement, Manstein avait un nez d'israélite. Ça alors ! J'aurais pu en rire, mais je n'en ai pas eu l'occasion. La conjonction des événements avait prévu un acte supplémentaire, une petite scène qui scellerait la place que j'allais occuper dans la mémoire du Feldmarschall.

Ils sont apparus dans la pénombre. Un petit groupe. C'est à son calot que je l'ai reconnu : Manstein se dirigeait droit vers moi. « Épatantes, vos pâtes ! Avec les moyens du bord, c'était un joli tour de force. » Les autres ont opiné, je ne savais plus où me mettre.

« Où avez-vous appris à cuisiner, soldat ?

– Dans la meilleure taverne du Münsterland, Herr Generaloberst. À *La Saucisse d'or*, à Warenberg.

– Dans ce cas, il paraît évident que vous vous rendriez plus utile ailleurs, vous ne croyez pas ? »

Du moment qu'il estimait que je n'avais pas ma place en première ligne, j'étais prêt à croire ce qu'il voulait. En cuisine ou dans l'armée, le patron a toujours raison. Je m'attendais donc à ce que l'un ou l'autre de ses aides de camp note mon nom, pour le moment où Manstein déciderait de m'affecter ailleurs. La roulante ne m'aurait pas déplu, quoique, en réalité, je pensais à autre chose. La petite voix de la vanité me murmurait que servir dans un mess d'état-major serait tout à fait dans mes cordes. Un état-major, ça voulait dire du chauffage, un sol sec, un toit contre la pluie, et pas mal de kilomètres supplémentaires jusqu'aux premières lignes russes : qui n'en aurait pas voulu ?

J'ai vite déchanté, Manstein me regardait tout à coup avec un drôle d'air. « Messieurs, je trouve que nos uniformes sont parfois taillés n'importe comment, dit-il. La production n'est pas assez contrôlée. Voyez la silhouette de notre cuisinier... » Lui aussi, il s'était laissé prendre. Des hanches comme les miennes, je l'ai déjà dit, on n'en trouvait que chez les femmes. Autour de lui on a approuvé. « Certains sous-traitants ne sont pas sérieux », dit l'un. Un autre a ajouté qu'il faudrait y mettre rapidement bon ordre, parce que (je cite) « un vétéran de Crimée n'a(vait) pas le droit de ressembler à une *toupie* ». J'aurais pu me vexer, mais il en faut plus pour qu'un simple soldat s'offusque de la remarque d'un officier à feuilles de chêne, et bien sûr, je n'ai pas relevé... « Nous allons réfléchir à tout cela, cher *Feldkochmeister*[1] ! » a conclu Manstein. Il m'a tapoté l'épaule, puis il m'a serré la main. Ils sont repartis comme ils étaient venus, en silence. La nuit qui tombait les a absorbés. J'étais un peu sonné.

Je me rappelle que j'ai levé les yeux vers le ciel et regardé les premières étoiles. L'air sentait bon la terre gavée de chaleur, les herbes sèches qui rendaient grâce après des heures de cuisson. J'ai murmuré un « Merci seigneur », je débordais de reconnaissance. Comme je n'étais pas sûr que Dieu fût pour quelque chose dans tout ça, j'ai aussi remercié un hypothétique ange gardien, celui qui avait soufflé à Sepp Brauner de m'embaucher, celui qui plus tard l'avait incité à m'envoyer en cuisine. Je ressentais une sorte d'ivresse, une élévation du cœur, ou de l'âme, je ne sais comment le dire. Je ne pensais plus qu'à mon ange.

Dans ma chambre d'hôpital, je passe la nuit en compagnie de Gerd Engelmann, notre SA commis de boulangerie mort en Pologne le 1er septembre 1939. Ça nous

1. Cuisinier militaire.

avait pas mal secoués, à Warenberg. On ne s'y attendait pas. On l'avait su très vite, autour du 10. Le maire en personne s'était déplacé pour annoncer la nouvelle à sa veuve, le portrait d'Engelmann s'était retrouvé en une du *Warenberger Kurrier*.

Et maintenant il est là, près de mon lit, tel que je l'ai connu avant son départ. Non, je ne suis pas devenu fou, je sais très bien qu'en réalité il n'y a personne à mon chevet, mais je me sens si mal en point que je ne cherche pas à le chasser. D'autant que ce Gerd-là, pauvre spectre, fait peu cas de ma personne. Pour ainsi dire il parle tout seul, pour lui-même. « C'est quoi le plus bête, hein ? Mourir le premier jour de la guerre, ou le dernier ? – Quelle importance ? je dis. Mourir au milieu de la guerre, par exemple, c'est tout aussi idiot. Est-ce que ce n'est pas toujours bête, en définitive, de finir avec une balle dans le ventre, dans la tête, en morceaux ? » Je suppose que Gerd doit m'entendre, au moins un peu, sans quoi il me couperait la parole.

Je parle en connaissance de cause : en septembre 1942, le 23 pour être exact, alors que j'étais resté en première ligne et que Manstein m'avait oublié, ce jour-là j'ai été très près d'y passer. C'est ce que je raconterais au fantôme d'Engelmann si je croyais possible qu'il m'écoute. Je lui expliquerais, à lui qui n'a rien su de l'évolution du conflit, que, contrairement à ce qu'on croyait, on n'était pas partis conquérir le Caucase mais qu'Hitler avait ordonné à Manstein de prendre Leningrad, à l'autre bout du front. Une sorte de grand roque. On s'était retrouvés là-haut, dans ce pays de malheur et de forêts sauvages, pleines de taillis qui vous arrivaient à hauteur d'épaule. Le groupe d'armées Nord se préparait à l'offensive quand les Ivans avaient attaqué les premiers. En masse, comme toujours. Une surprise pour nous, une hécatombe de leur côté, mais au final ils étaient parvenus à leurs fins : pour Leningrad, il faudrait attendre 1943.

Est-ce que le nord de la Russie était pire que la Crimée ? Je ne sais pas. Plus sinistre, ça c'est certain. Sur les cartes d'état-major, on trouvait des lignes, des positions, ce qu'on appelle un front. Sur le terrain, en revanche… Mon Dieu, des forêts pareilles, je ne savais pas qu'il en poussait en Europe. En Afrique, en Asie, en Amérique du Sud, où vous voulez, d'accord… des jungles, quoi, avec des singes et des tigres, des oiseaux qui vous cassent les oreilles, mais pas ici, pas aux alentours de Leningrad. Un pas de côté et ce qu'on avait sous les yeux se retrouvait chamboulé, illisible. Je commençais à me dire que les arbres, eux aussi, avaient choisi leur camp. On pensait à nos propres forêts. Non que chez nous les arbres aient choisi de pousser dans un certain ordre pour séduire les promeneurs… Non, ils poussaient où ils poussaient, voilà tout. Mais nous, nous avions des sentes, des gardes forestiers qui gardaient un œil dessus, des bûcherons et des débardeurs, de jolies clairières. C'était entretenu, quoi. Alors que là…

On y voyait très mal, on ne distinguait rien au-delà de vingt pas. Mais les Ivans avaient des yeux mieux préparés que les nôtres, une sorte de sève leur coulait dans les veines. Ils avaient grandi là ou dans des endroits semblables, joué à cache-cache dans les taillis pendant des années. Nous autres Allemands, eh bien… nous ne nous sentions pas dans notre élément. Les tactiques de harcèlement, les escarmouches qui vous saignent à petit feu, ce n'était pas notre genre. On préférait les batailles rangées. Mais bon, à la guerre comme à la guerre, on s'est adaptés. Comme ceux d'en face, on a commencé à se promener, nous aussi, ordre de la hiérarchie, ou bien on restait à l'affût, un jour ici, l'autre là, en avant des lignes.

Voilà comment c'est arrivé : on n'a rien vu, rien entendu. On avait beau soupçonner la présence des Russes, ça ne nous aidait pas à savoir où ils se cachaient. Ce 23 septembre 1942, on revenait de patrouille. On se sentait un peu plus détendus, on se disait que c'était bon pour cette fois. Et puis j'ai vu l'adjudant Kass scié en deux par une rafale, un nuage rougeâtre s'épanouir dans l'air avant de retomber dans une pluie d'hémoglobine. Ensuite j'ai entendu les cris, les tirs, impossible de savoir de quel côté ça venait, de plusieurs directions sûrement. Je suis tombé à mon tour, avec les autres, et j'ai sombré dans les ténèbres. Et ce n'était ni bête ni injuste, ce n'était même pas tragique : c'était fini.

« Je n'ai pas souffert, raconte Engelmann.

– Moi non plus, je réponds.

– Quelle importance ? Tu n'es pas mort. »

Un dialogue à dormir debout... Depuis le temps que les antibiotiques coulent de la perfusion jusque dans mon bras, je me demande ce qu'ils fichent au juste : la fièvre est comme les Russes, elle feint de se retirer pour mieux revenir.

C'est le milieu de la nuit, peut-être, et je baigne dans mon jus. J'ai le sentiment qu'Engelmann se répète, ce qui n'a rien d'étonnant. Sans vouloir l'offenser, il faut bien dire qu'il n'a pas eu l'occasion d'en voir grand-chose, de cette guerre. À peine le temps de passer la frontière, à l'aube, et puis quoi ? Il s'écoule deux heures – c'est ce que le maire a raconté à la veuve Engelmann – deux petites heures de rien du tout pendant lesquelles Gerd progresse dans notre futur Warthegau[1], les bottes trempées par la rosée. Au début, c'est très calme. Allemande ou polonaise, la campagne reste la campagne, des nappes de brume s'étalent, indifférentes, sur les pâtures traversées par la guerre. Dans les fermes alentour on ne possède pas de radio, on ne sait rien mais on suppute. Il est fort probable que les paysans claquent des dents. Ils ont des oreilles, après tout. Ils ont entendu les bombardements se déchaîner dans leur dos. « J'étais heureux, dit Engelmann. Aussi heureux que lorsque je prenais mon vélo, après le boulot, pour aller aider les camarades. Je pensais déjà à ce que j'allais écrire à ma femme. Quelle fantastique aventure c'était ! »

Je hoche la tête autant que me le permet ma position semi-allongée. Ainsi cet homme est mort dans la joie, il n'a pas eu le temps de déchanter, de voir le désastre se profiler puis s'accomplir.

Ce 1er septembre 1939, donc, deux heures passent, la plupart des Polonais sont maintenant sortis de leur lit. Tant bien que mal, la riposte s'organise. Les régiments, les divisions, les armées se mettent en branle. Et dans la campagne où Gerd Engelmann chemine avec le sourire, au milieu des champs où le brouillard hésite à se lever, un essaim de métal furieux jaillit d'un talus, d'un bosquet, d'un toit peut-être. On ne saura jamais. Plus rapide que le son, l'essaim part à l'assaut de l'envahisseur germain,

1. Partie de la Pologne annexée par l'Allemagne.

en ligne droite et dans une direction approximative. Avec un peu de chance, le nombre des assaillants compensera le manque de précision : on fera mouche. Mais cet essaim-là vient juste d'entrer en guerre, sa nervosité nuit à sa force de frappe. Et parmi toutes les balles qui fendent le brouillard à l'aveuglette, une seule rencontre un obstacle : la tête, ou la poitrine, du grenadier Engelmann – il est mort sur le coup et sans souffrir, a assuré le maire. C'est donc le cerveau, ou le cœur, qui ont trinqué. « Je n'ai rien senti, rien du tout. J'ai vu un soldat étendu par terre, juste à mes pieds. Et là j'ai pensé : "Mince ! J'ai failli marcher sur un copain !" Il m'a fallu une bonne minute pour comprendre que j'étais mort. »

Alors Engelmann éclate en sanglots, la tête entre les mains.

13

En 1939, Gerd n'avait pas compris qu'il n'était plus de ce monde ; moi, trois ans plus tard, c'était le contraire : je me pensais en route pour le royaume des morts, étendu au fond d'une barque engagée sur le Styx, un sinistre barreur juché à sa poupe. J'emportais avec moi une statuette de la Vierge et un chromo de sainte Rita, l'avocate des causes désespérées. J'ai toujours eu l'imagination fertile.

Le voyage a duré longtemps. Je n'irais pas jusqu'à dire que la mort me convenait, mais je n'étais pas fâché d'être soustrait à la pénombre des forêts, aux moustiques, aux Russes. Et puis soudain, sans préavis, sans rien d'autre qu'un énième instant ajouté à tous ceux que je venais de passer sur le fleuve sombre, j'ai eu mal, de plus en plus mal. À la cuisse, dans la poitrine… On était peut-être sur le point d'atteindre la rive, je ne sais pas, le barreur n'ouvrait pas la bouche. Mais je sentais que la douleur me tirait des limbes. Des bouts de monde aveuglants, des flashs, traversaient mes paupières et me torturaient les yeux. Cette souffrance m'a paru de mauvais augure. Je me suis souvenu que j'étais un catholique romain, que notre catéchisme enseignait l'existence de l'enfer... Ça s'annonçait mal.

Quand j'ai cessé de délirer, je me suis retrouvé en Poméranie, au bord de la Baltique. On était quelques centaines de blessés, répartis sur plusieurs étages, dans un bloc de béton long d'un demi-kilomètre et construit à deux pas du rivage. Un établissement de l'organisation La Force par la Joie[1], reconverti en centre de convalescence. On m'a expliqué que je revenais de loin, que j'avais pris trois balles. Deux m'avaient déchiré la cuisse, la troisième m'avait perforé le poumon avant de se ficher dans une de mes omoplates. En résumé, j'avais eu une chance du tonnerre. J'avais survécu à tout. Aux balles pour commencer, puis aux hémorragies, aux infections, au jugement expéditif du chirurgien de l'hôpital de campagne qui rangeait les fichus d'un côté et les sauvables de l'autre ; pour finir j'avais survécu au transport. À l'ambulance, au train, à l'avion. Mon premier vol, et je ne m'en souvenais pas. Moi qui croyais voguer...

« Vous êtes un miraculé, vous savez ? » m'a dit une infirmière. C'est elle qui a inauguré le mythe : Heinrich Uffen, le chouchou de la Providence.

Ce prodige, toutefois, n'était pas du goût du médecin-chef. « Remerciez le destin, soldat. Avec des blessures pareilles, personne n'est censé s'en sortir. Surtout pas à l'Est. » Il s'appelait Ochsendorf, il était major, cassant, et pas vraiment populaire chez les malades. Il soignait des dizaines de blessés, il avait du travail par-dessus la tête, mais mon cas le turlupinait tellement qu'il passait me voir

1. Organisation de loisirs contrôlée par le Parti et l'État.

trois ou quatre fois par jour. Ça intriguait mes voisins. « Qu'est-ce qu'il te veut, ce connard ? » Allez savoir, justement, ce qu'un connard peut bien souhaiter. Quelqu'un comme ça ne désire pas les mêmes choses que tout le monde. Et donc, je n'ai jamais bien compris pourquoi Ochsendorf m'avait pris en grippe. Peut-être parce que j'étais une exception et que l'armée n'en tolère pas.

J'ai passé environ six mois en Poméranie. Six mois à cauchemarder et, par conséquent, à avoir peur de m'endormir. C'est pour ça que je déteste les hôpitaux. Trop de mauvais souvenirs. Pourtant les couloirs et les rangées de lits, l'antiseptique qui vous grille l'odorat en s'y incrustant, les râles des uns et des autres, la suspicion d'Ochsendorf, je l'aurais supporté. En toute logique, j'aurais même dû m'en réjouir. Qu'est-ce qu'il y avait de redoutable là-dedans ? J'étais au chaud, au sec, loin des Russes... Mais je n'étais pas là depuis deux jours que mes nuits devenaient de véritables excursions en enfer. Je n'étais plus capable de sombrer, comme au front, de trouver refuge quelques heures au fond de mon sommeil, dans un abri de rondins. Les yeux fermés, je passais la frontière d'un arrière-monde, et alors, alors... Si je parle de cauchemars, c'est faute de mieux. J'ai encore du mal à me convaincre que c'étaient juste des rêves abominables. Il n'y a pas de mots pour ça. En tout cas, moi, je suis incapable de les trouver. J'ai posé la question à Ochsendorf : « Est-ce que c'est un effet secondaire des médicaments ? » et bien sûr il a haussé les épaules. Mais il était au courant de ce qui m'arrivait. Comment aurait-il pu ne pas l'être ? Je réveillais tout le monde. Mes voisins de chambre se plaignaient, le personnel perdait patience. Pourtant je n'étais pas le seul à crier, tous les soldats convalescents cauchemardent. Mais pas comme moi, pas au point d'effrayer comme j'effrayais. Tout se paye, et les miracles aussi. J'imagine que j'étais ce qu'on appelle un traumatisé. J'avais encaissé, encaissé, tenu bon, et maintenant que je n'avais plus de raison d'avoir peur, mes terreurs de soldat de première ligne s'en donnaient à cœur joie. Elles batifolaient à l'ombre de mes nuits, elles grouillaient comme des nuisibles dans toute ma tête. Le matin, j'avais mal partout. Au réveil, mon Dieu... Autant avoir passé la nuit sous les décombres. Pour m'extraire de ce merdier, il me fallait des heures.

On peut considérer que je vais m'apitoyer sur moi-même : je m'en fous. Que Trapp et tous les saints de son espèce, que les purs, les sans tache, les humanistes qui aiment tant pointer du doigt et vous parler de votre conscience comme d'un fruit pourri, que tous ceux-là aillent au diable. Oui, j'ai souffert en Poméranie. Pourtant, mes blessures, ce n'était rien. Ça se passait ailleurs : j'ai cru que je devenais fou. On ne peut pas rêver qu'on se rase, et qu'à la place des poils de barbe on coupe sa propre peau, qu'on s'écorche vif, sans se questionner avec sérieux. Pourquoi cette scène de rasage ? Aucune idée. La plupart de mes visites dans l'arrière-monde tournait autour de cet épisode. Il y avait des variantes. Au lieu de me montrer tel que j'étais, le miroir de cette salle d'eau inconnue, de cette maison inconnue, dans une ville inconnue, ce miroir me renvoyait l'image d'une tête cadavérique, gonflée par la putréfaction ou sèche et brune comme celle d'une momie. Quelquefois un œil me démangeait, une oreille, mon nez... J'y portais la main, et mes doigts sentaient remuer quelque chose de mou. Oh, seigneur !...

c'était un asticot. Je pourrissais de l'intérieur. J'ouvrais la bouche et ma langue n'était plus là, des vers me bouffaient les gencives et l'intérieur des joues. Quelquefois je portais mon casque. Je voulais me peigner et je l'enlevais. Mais en le soulevant la moitié de ma tête partait avec. À qui aurais-je pu me confier ? Chacun ses horreurs.

Au bout du compte ils m'ont drogué. Sans ça, mes voisins de lit auraient craqué. Qui sait s'ils n'auraient pas fini par m'étouffer sous un oreiller, au beau milieu de la nuit ? Le personnel n'y aurait vu que du feu. Des gars qui d'un coup rendaient l'âme alors que leur état s'améliorait, ça arrivait. « J'avais un camarade, de meilleur il n'en est pas, comme dit la chanson, mais il valait mieux que celui-là meure et emporte ses cauchemars avec lui. » C'est ce que mes voisins auraient pu chanter. Ils avaient assez de fil à retordre avec les leurs, de cauchemars.

J'avais beau savoir que j'étais de retour au pays, je ne me sentais nulle part. Même quand j'ai pu me déplacer, avec une chaise roulante d'abord, une paire de béquilles ensuite, l'évidence d'être en Allemagne ne me sautait pas aux yeux. Le rivage était morne, la Baltique aussi lugubre que la mer d'Azov en automne. Drôle d'endroit pour fonder une colonie de vacances. C'était peut-être très différent en été, je ne sais pas.

Je ne me rappelle pas quand j'ai entendu parler de Stalingrad pour la première fois. J'étais peu attentif aux nouvelles. Les rumeurs, en quelque sorte, s'arrêtaient au pied de mon lit. Et puis c'est venu, comme c'est venu partout ailleurs dans le pays. Un genre de gaz anxiogène. Dans le reste du monde aussi, on devait en parler.

Depuis le temps que les Anglais, c'est à eux que je pense, guettaient les signes avant-coureurs de notre défaite... Ils savaient bien que sans les Russes, sans Staline, ils pourraient batailler cent ans et perdre quand même. Alors ils devaient se réjouir de nous savoir en difficulté aux confins du monde, face aux Ivans. Les Anglais, de toute façon, je n'ai jamais pu les sentir. Encore moins que les Américains. Toujours à donner des leçons de morale au reste de la planète.

J'ai fini par m'intéresser aux journaux, à ce qui se disait. En Poméranie, il y avait des gars plus inquiets que d'autres : avoir un frère, un copain, un cousin à Stalingrad, ça donne un autre relief aux événements. Et ceux-là, sans mauvais jeu de mots, ils étaient du genre à vous coller des sueurs froides. Glaciales. Au départ, je me suis dit qu'on répétait le scénario de l'hiver précédent, quand on avait les toits du Kremlin à portée de jumelles ou presque, et que les Russes avaient soudain repris du poil de la bête. Regrettable, mais pas fatal. Là... quelque chose d'immense était en train de se jouer. À quoi ça tenait ? Au nom de la ville ? À la longueur de la bataille ? À la fatigue de la guerre ? C'est possible. En réalité je ne sais plus. Stalingrad a fait couler tellement d'encre, j'ai lu trop de livres sur le sujet. Maintenant j'ai du mal à démêler ce que j'en savais à l'époque de ce que j'en ai découvert ensuite, tout se mélange... Enfin, disons qu'on avait alors comme un sombre pressentiment, ça au moins je peux en témoigner. Mes voisins de chambre m'enviaient d'autant plus. Ces balles qui m'avaient arraché une partie de la cuisse, c'était le genre de blessure dont personne n'osait rêver. On évitait le front tout en restant entier. Au royaume des estropiés, les boiteux sont rois.

Le jour. Gerd est parti avant l'aube, et ma fièvre avec lui. Ce n'est pas la jolie main de Martyna qui me l'indique, mais un nombre parmi d'autres, sur un écran qui en est rempli. Le seul qui me parle, en réalité : 37,8. Je me sens flagada, vidé de ma substance. La nuit, les spectres visitent les presque morts et leur pompent ce qu'ils peuvent, avec leurs baisers qui n'en sont pas, leurs petites dents qui ne tranchent rien. Seigneur, qu'est-ce que je raconte ? J'ai le cerveau avarié.

Quelque chose commence à m'intriguer. Il y a si longtemps que je n'ai pas bougé, je me demande depuis quand je ne suis pas allé pisser. J'hésite à poser la question à Simone, venue changer ma perfusion… Elle s'affaire, j'ai le sentiment que je vais avoir du mal à être entendu. « Un brin de toilette, Herr Uffen ? » Pas besoin de feu vert, elle y va. Devant, derrière, au milieu. Simone s'empare de mon…, enfin, de mon truc, après l'avoir dégagé du tuyau, appelons ça comme ça, où il était inséré, et c'est là que je comprends pourquoi je n'ai pas encore vu l'émail d'une cuvette de WC : je pisse dans une poche, je ne m'en suis même pas aperçu. Ça me désole. « Laissez-le dehors, s'il vous plaît… » Elle hésite, mais obtempère. Mon Dieu, que je suis mal à l'aise ! La dernière fois qu'une femme a promené ses doigts dans ce secteur, je n'arrive pas à m'en souvenir. Mais Simone a l'habitude, c'est certain, bien qu'elle n'ait pas dû fréquenter beaucoup de centenaires. C'est qu'au-delà d'un certain plafond… vous voyez ce que je veux dire. Un machin de vieux, qu'il ait quatre-vingts ou cent ans, ça reste un machin de vieux. La différence ne peut pas être considérable.

L'uffenologue est de retour. Maintenant que j'ai récupéré un peu d'acuité, je lui trouve des airs d'Ochsendorf. Tempes grises, visage chevalin. Pour compléter le tableau, il ne lui manque que des lorgnons et un col d'officier sous la blouse. « Alors, comment allons-nous, ce matin ? »

Cette façon de me parler, comme s'il me manquait une case... Mais je trouve la ressource de m'en tirer par le haut : « Nous allons mieux, merci. Et d'ailleurs nous nous demandons à quelle date vous prévoyez de nous laisser sortir. »

Le voilà tout surpris, le toubib. Il ne s'attendait pas à ce qu'un type de cent huit ans ait conservé le sens de la réplique. Je le vois qui hésite, et puis son sourire faussement filial s'amplifie : « Oh ! Là, vous grillez un peu les étapes, Herr Uffen. »

Il est passé du « nous » au « vous », c'est toujours ça. Mais déjà il embraye : « Nous devons d'abord examiner vos poumons, vous allez passer un scanner. Vous êtes loin d'être rétabli, vous savez ? »

Mes poumons ? Je crois que c'est plutôt ma tête qu'il faudrait examiner, après les hallucinations de cette nuit. Mais si j'aborde le sujet, mon séjour risque de se prolonger... À présent on m'emporte, mon lit est équipé de roulettes. Tout ce cirque, alors que je pourrais marcher... L'uffenologue, principe hiérarchique oblige, a délégué mon transfert à un sous-fifre basané – un Turc à vue de nez, un vrai, pas comme au *Bosphore*. Le gars est souriant, il pose une main sur son cœur en disant bonjour (Bingo ! Sûr, que c'est un Turc, ils font tous ça), puis il prend mon lit en main, s'arrange avec les perfusions, tire ou pousse tout en bavassant, m'avertit chaque fois qu'on tourne, compte les portes que nous franchissons. Je ne devrais pas ronchonner, il transpire la bienveillance. N'empêche. Ce ne sont pas des couloirs, puis un ascenseur extra large, puis des couloirs à nouveau, qui vont me terroriser... Encore que. Il ne faudrait pas qu'on descende trop bas, je n'aime pas les sous-sols. « Ça va bien se passer », déclare le Turc après m'avoir garé près d'une double porte. Je m'entends dire alors : « J'aimerais me rendre aux toilettes, si vous permettez. » Ça m'est passé par la tête, comme ça. Je n'en ai pas vraiment envie. Mais je n'ai pas envie non plus d'attendre dans le couloir, inerte comme un lot de barbaque. « Eh bien... » Je pousse mon avantage et tente de descendre du lit. Aussitôt les mains du Turc me saisissent à l'aisselle, je voudrais m'en agacer mais ma tête tourne un peu et surtout, surtout, ô malheur ! heureusement qu'il me tient, parce que j'ai à peine posé les pieds par terre que ma cuisse flanche. Ma vieille cuisse blessée, censément guérie depuis si longtemps, tout d'un coup se souvient de son infirmité et ploie lamentablement. J'ai cent huit ans, six mois et quelques jours et, pour la première fois depuis 1942, je ne peux plus mettre un pied devant l'autre.

14

Un peu avant Noël, mes parents sont venus me voir. Un long voyage, depuis la Westphalie. Long, mais pas téméraire. Pas encore. Fin 1942, nos trains circulaient sans trop de problèmes.

Je me souviens à peine de leur passage, les drogues que j'absorbais m'avaient rendu à l'état d'ectoplasme. Le barrage chimique qui contenait mes terreurs nocturnes, et permettait à mes voisins de dormir, était devenu poreux. Ochsendorf avait augmenté les doses… Le résultat, c'est que je barbotais toute la journée dans une sorte de purée de pois mentale. Je n'ai pas vu arriver 1943, le mois de janvier s'est écoulé sans moi. Quand il a pris fin, j'ai vaguement entendu parler de Paulus, de Stalingrad, et même de Manstein appelé en vain à la rescousse. Il aurait fallu être sourd et aveugle pour passer à côté du désastre.

J'avais beau errer depuis des semaines dans mon univers de fantômes, j'ai réalisé que j'avais quitté le dortoir. Je me trouvais dans une chambre à deux lits, celui d'à côté était vide. Soudain prévenant, Ochsendorf est venu m'expliquer que j'étais sur le point de sortir et qu'il m'avait isolé pour cette raison. « Hein ? » C'est à peu près tout ce que je pouvais répondre, je n'y comprenais rien. En réalité, c'était simple : tant que je restais un ectoplasme, je ne pouvais pas quitter l'établissement, et en même temps, si on ne me droguait plus, j'allais recommencer à hurler comme un damné et les autres deviendraient fous. Il fallait donc m'installer à l'écart.

Comme je n'imaginais pas un instant que je rempilerais pour l'Est, je me suis demandé ce qu'Ochsendorf mijotait. Il ne me lâchait plus d'une semelle, sa sollicitude atteignait des sommets. Il assistait à mes séances de rééducation, auscultait ma cuisse qui tardait à se remplir malgré les exercices, m'observait marcher d'un air soucieux… Mon éducation religieuse me suggérait que j'avais peut-être jugé Ochsendorf trop vite, qu'il n'était pas si mauvais que ça. Du coup j'y mettais du mien, moi aussi, pour faciliter nos rapports : « Ne vous cassez pas trop la tête, Herr Major. Si je sors maintenant, je pourrai toujours achever ma rééducation ailleurs. » Quelle naïveté ! Au début, le médecin-chef ne réagissait pas. Et puis, comme je remettais la question sur le tapis, il m'a servi son sourire de pervers : « Ailleurs ? Qu'est-ce que vous entendez par là, au juste ? » Je suis retourné à mes cauchemars, toujours les mêmes. Enfin, pas que… J'allais pisser, et mon truc me restait entre les mains, ou un testicule, *plouf*, tombait dans la cuvette. En somme, j'avais l'horreur inventive.

Je n'aurais jamais cru que tout cela prendrait fin avec mon départ. La psyché d'un homme, quel bazar… Pendant quarante-huit heures, j'ai ruminé l'annonce de ma condamnation à mort : je partais pour l'Ukraine. Je devais rejoindre ma nouvelle affectation le 5 mars au plus tard, et le médecin-chef était décidé à m'y expédier, fût-ce en chaise roulante. J'avais tout envisagé, y compris de servir dans l'administration d'une usine ou d'un camp de prisonniers, assis derrière un bureau, mais le front... Depuis quand l'armée y renvoyait-elle ses estropiés ? « Quand même, Herr Major... Vous ne pensez pas qu'il y a une erreur quelque part ? Vous me voyez monter à l'assaut avec une béquille ? » Pour toute réponse, Ochsendorf m'a déniché une canne. C'était le mieux qu'il pouvait faire, disait-il. « Plus légère, plus maniable. Un atout pour un combattant », selon lui. Il m'a aussi promis un schnaps. Mais le jour de mon départ, je ne l'ai pas vu.

Cinq jours : c'est le temps qu'il m'a fallu pour rejoindre l'Ukraine, quelque part au sud-ouest de Kharkov. J'aurais dû parvenir là-bas épuisé : je ne l'étais pas. Parmi les permissionnaires, les marchandises et les malles de courrier des convois pour le front, sur les innombrables voies d'attente où les trains stationnaient des heures, j'avais dormi comme un bienheureux, sans déranger personne. C'était à n'y rien comprendre.

J'ai débarqué dans ce qui avait tout l'air d'un ancien kolkhoze, une voiture était venue me chercher. Une ordonnance nous avait déposés, mon barda et moi, dans une petite remise encombrée de sacs postaux et de colis, une sorte de vaguemestre. J'ai attendu des heures et des heures, jusqu'à la tombée du jour. Je commençais à me dire que j'étais peut-être là pour trier le courrier mais que l'ordonnance avait mangé la commission, quand Manstein est entré. Manstein ! J'ai tout de suite compris pourquoi Ochsendorf tenait tant à me retaper. Les ordres ne se discutent pas, moins encore s'ils tombent de la bouche d'un

Feldmarschall. Je me suis levé comme j'ai pu, Manstein n'a pas paru remarquer ma canne.

« Alors, soldat : comment allez-vous depuis la Crimée ?

– Très bien, Herr Generalfeldmarschall.

– Et vos blessures ?

– Elles guérissent, Herr Generalfeldmarschall.

– Dorénavant vous seconderez l'adjudant-chef Rübe à la cuisine de mon état-major rapproché. Vous ne serez pas trop de deux pour cette tâche. »

Tu parles... Mon arrivée en Ukraine, c'était la volonté de Manstein, un caprice de diva. En réalité, Rübe n'avait besoin de personne, il veillait seul à la popote de son Feldmarschall de patron depuis pas mal d'années et s'en portait très bien. Il me l'a tout de suite fait comprendre.

« Paraît que t'es un as en cuisine ?

– Je suis plutôt doué.

– Et modeste, avec ça... Bon, écoute-moi bien : les as, ici, on s'en cogne. Les corvées ne se font pas toutes seules. Donc, si je te dis : "Épluche !", tu épluches jusqu'à ce que je te dise d'arrêter. Vu ? »

Alors, les quelques jours que j'ai passés là, j'ai épluché. J'ai gratté aussi, récuré les chaudrons, nettoyé toute la vaisselle. La cuisine, pour ainsi dire, je n'y touchais pas. Rübe m'avait pris pour son larbin... Et pourtant, ça m'allait. Mieux valait servir de défouloir à Rübe plutôt qu'à une mitrailleuse russe.

Un soir, Manstein m'a convoqué.

« Un dîner important aura bientôt lieu, Uffen. Est-ce que vous saurez encore préparer vos pâtes ?

– Absolument, Herr Generalfeldmarschall !

– Votre *ragù* contient de la viande, n'est-ce pas ?

– C'est exact, Herr Generalfeldmarschall.

– Eh bien pour une fois, il faudra nous en dispenser. Ce n'est pas une question de pénurie, mais de principe. Vous sentez-vous capable de tirer de votre recette, d'ici quarante-huit heures, un plat végétarien ? »

Les bras m'en sont tombés : autant demander à un ingénieur de fabriquer des panzers sans acier. Pourtant, je me suis entendu répondre que je ne voyais là rien d'irréalisable. Ah, si j'avais su... Si seulement je ne m'étais pas senti aussi flatté... Si j'avais perdu mes moyens... Mais mon orgueil de petit génie ou ma vanité tout court étaient accourus au grand galop. Pas une seconde je n'ai songé à reculer, à aller dire à Manstein que j'avais sous-évalué la complexité de la tâche, qu'obtenir un équivalent végétarien de ce qu'il avait dégusté à Kertch, dans notre tente, ce n'était pas possible, pas en deux jours... Je ne me suis même pas demandé le pourquoi de la chose. Au lieu de ça je me suis échiné comme jamais. Une nuit entière en cuisine, vous imaginez ? Rübe traînait, il mettait un point d'honneur à se montrer au moins aussi endurant que son subordonné.

« Dis-donc, Uffen : tu comptes dormir là ?

– Je dormirai quand j'en aurai fini. »

Rübe est parti se coucher. J'étais maintenant le maître des lieux, l'autorité suprême de la cuisine après Manstein et Dieu. Ce silence... Le temps s'était éclipsé. Je me suis retrouvé à jauger, d'abord, la puissance des feux à ma disposition, l'épaisseur du métal des casseroles et leur conductivité ; à mener ensuite une série de tests de préparation sur des tomates en conserve, pleines de flotte, et des oignons qui n'étaient plus de la première jeunesse.

J'ai humé divers aromates, calculé finement le temps de cuisson des spaghettis, la marge dont il fallait tenir compte selon la composition, et par conséquent, la température du *ragù*… Et tout ça au nez, je vous prie, sans thermomètre de cuisine ! Je me suis fait des cheveux, de la bile aussi. Il y avait de quoi décider de jeter l'éponge, vous savez… Les difficultés étaient inouïes. Si indiqués qu'ils paraissaient pour remplacer la viande, la tenue des œufs à la cuisson laissait à désirer. Et puis leur goût, seigneur… C'est traître comme tout, un œuf. Ça semble docile, à première vue. En réalité, ça coopère mal. Mais je ne vais pas entrer maintenant dans les détails de cette recette miraculeuse. Ni maintenant, ni plus tard. Au crépuscule de ma vie, le serment que je me suis prêté après-guerre reste valable : végétariennes ou pas, les *Deutsche Nudeln* me suivront dans la tombe.

J'avais testé une multitude de procédés et je commençais à apercevoir le début d'une solution. À l'aube, Rübe est venu contempler, perplexe, la poubelle remplie de douzaines de coquilles brisées. « Si on m'avait dit qu'il faudrait tout un poulailler pour préparer des pâtes… » Je suis allé dormir. Deux heures m'ont suffi. Mon talent commandait. Il semblait dire à mon corps, comme un général impatient, que la logistique suivrait. Et elle suivait : je ne sentais pas la fatigue. J'ai passé la journée à peaufiner diverses trouvailles. Au soir, j'étais parvenu à conférer à mes œufs la texture d'une viande hachée, à les rendre assez insipides aussi pour ne pas perturber la chimie du *ragù*. Pour le plus grand malheur du monde, je venais de réussir : les *Deutsche Nudeln* végétariennes étaient nées.

15

Verdict du scanner : mon poumon est dans un sale état. L'infection s'est logée dans mes vieilles cicatrices, je ne suis pas près de dire adieu à la perfusion d'antibiotiques.

L'uffenologue n'a pas caché son inquiétude. Il m'a également informé de possibles effets indésirables, une liste aussi fournie que la facture d'un plombier... Ces armées microscopiques peuvent engendrer des frissons et des bouffées de chaleur – ce qui n'est rien –, mais aussi attaquer les reins et le foie, détraquer tout le système digestif, et même, même, cerise amère sur un gâteau déjà nocif, provoquer des hallucinations. Bref, un traitement de cheval. « S'il vous arrive d'apercevoir des choses, disons... inhabituelles, a conclu le grand professeur, ne vous effrayez pas, votre raison n'est pas en cause. » J'ai aussitôt pensé à la visite de Gerd Engelmann.

Les avertissements de l'uffenologue auraient dû me rassurer, mais j'étais déjà préoccupé par autre chose quand le brancardier turc m'a ramené dans ma chambre : ça résonnait dans les couloirs. Exactement comme à l'aller, le gars parlait tout le temps, si bien que je lui ai demandé de la mettre en veilleuse. « Écoutez !... » Silence. J'ai bien senti sa gêne, le pauvre. Il ne savait pas comment m'avouer qu'il n'y avait rien de particulier à entendre... Des bruits habituels et c'est tout, pas de quoi s'alarmer. Alors que moi je percevais des voix d'hommes qui n'étaient pas d'accord entre eux, j'en aurais juré, un salmigondis de tensions et de craintes, le tout enrobé d'un ronronnement sourd, insidieux comme une rage de dents.

Et maintenant, quoi ? Au loin, quoique pas assez pour me tranquilliser, les voix résonnent encore. Un œil à ma perfusion : si seulement j'étais certain, absolument certain que je n'entendrai rien d'autre que ce que tout le monde entend, quand les effets de cette mixture se seront dissipés... Oui mais voilà, en un siècle de vie j'ai peu progressé, je ne suis jamais sûr de rien, l'expérience ne m'a renseigné qu'au compte-goutte. Déjà que je n'étais pas du genre intuitif...

Ce que je sens venir, en revanche, c'est l'irruption dans la chambre de mon *Black Dog*. Qu'on m'excuse d'emprunter le mot à Churchill, cet homme qui nous a tenu tête et a souhaité nous voir disparaître plutôt que Staline : je le trouve très bon. Le gars en connaissait un rayon sur la dépression, et pas seulement depuis qu'il était vieux. Ça vous étonne que je le sache ? Qu'est-ce que vous croyez ? Que les petits employés de bibliothèque se contentent de romans populaires ? Ainsi donc, je me suis intéressé au Premier ministre britannique de l'époque. Une ténacité pareille, ça interroge. J'ai lu des choses, et j'ai appris que derrière la façade, mon Dieu... derrière la façade de molosse increvable se cachait un type à deux doigts de se foutre en l'air. Pour ne pas craquer, il noyait son *Black*

Dog dans sa haine de l'Allemagne, dans le whisky aussi, sans compter les liqueurs et le champagne. Hitler l'appelait « cet ivrogne de Churchill », ce n'était pas pour rien.

Moi je n'ai pas de bouteille sous la main, c'est bien dommage. Je descends, je descends, le bourdon me bouffe la tête et les tripes… Pourquoi est-ce que je ne me suis pas jeté sous les roues d'une voiture quand j'en avais encore la possibilité ? Sous les roues de cette Golf, par exemple, en sortant du *Bosphore* ? Plus d'Uffen, plus de *Black Dog*. Peut-être qu'à la fin des fins le lieutenant Trapp y voyait plus clair que moi. Peut-être que je suis un lâche.

Il y a des dates qui m'échappent, et d'autres non. Là, j'en suis certain, c'était le 10 mars 1943. C'est resté gravé. Et je sais aussi pourquoi cette case du calendrier n'est pas passée à la trappe…

Ce 10 mars 1943, quand j'en ai compris l'importance, je l'ai encensé. Je l'ai exposé dans ma mémoire comme une toile de maître. Avec des dorures, une vitre de protection et un cordon de sécurité. J'ai tout fait pour ne pas l'oublier. Je pensais que le sort, très indulgent dans l'ensemble, m'avait accordé la plus belle des faveurs. Que les sceptiques aillent vérifier si ça leur chante, au siècle d'Internet il paraît que c'est simple comme bonjour : ce jour-là, Hitler a rendu visite à Manstein, il a dîné et dormi sur place, les deux hommes se sont crêpé le chignon, si je puis dire, parce qu'ils n'étaient pas d'accord sur la stratégie à suivre. Bon, ça c'est pour les livres d'histoire. Ce que ces mêmes livres ne vous apprendront pas, c'est que l'encore bien-aimé Führer des Allemands, ce 10 mars au soir, a découvert mes pâtes, qu'il en a raffolé, et qu'une poignée de jours après je disais adieu à Rübe et partais pour la Prusse-Orientale sans rien comprendre, une fois de plus, à ce qui était en train de se passer. Si Rübe était au courant de quelque chose, il s'était bien gardé de me le dire. Quant à Manstein, les Russes lui donnaient trop de fil à retordre pour qu'il ait le temps de m'expliquer les raisons de cette mutation, le pourquoi du comment.

Mon ordre de route ne me renseignait pas beaucoup. La Prusse-Orientale, je ne connaissais pas. Pour moi, c'était juste un espace sur une carte, avec Königsberg écrit en gros. J'ai d'abord utilisé l'avion, un camarade m'a hissé dans la carlingue d'un Junker postal avec mon barda, ensuite j'ai pris plusieurs trains. Plus on approchait, plus les voitures se vidaient. J'ai oublié depuis longtemps le nom de la gare – Rastenburg, sans doute, mais ce n'est pas certain – où deux SS de la Totenkopf m'attendaient. Ils avaient de ces têtes... Ça vous dissuadait tout de suite de poser des questions. Je trouvais quand même étrange qu'ils soient venus spécialement pour moi. Je regardais de tous les côtés, j'attendais que quelqu'un d'autre nous rejoigne ou fasse signe, mais le quai restait désert. Je suis monté dans une Olympia.

L'Opel s'engageait entre d'infinies rangées de sapins enneigés. Légère oppression, quand je me suis souvenu que la Prusse-Orientale était aussi un pays de forêts. Ça n'a pas duré, j'ai vite retrouvé mes marques. Contrairement à la Russie, les arbres y avaient l'air mieux plantés, et pour tout dire : en ordre. Une forêt allemande, me suis-je dit. Sans taillis inextricables. Et surtout sans Russes. On s'est arrêtés cinq minutes, le temps de se soulager. Il régnait un silence d'église. Comme les arbres, la froidure aussi avait quelque chose de civilisé, de moins âpre. Puis nous avons repris la route, roulé une heure de plus. On n'a croisé qu'une poignée de chevreuils et un camion chargé de soldats.

Enfin un portail est apparu, herse et barbelés, barrière rouge et blanche, deux longues baraques aux toits recouverts de neige, de part et d'autre du bitume. Des SS, là encore. Des chiens aussi. Le chauffeur a montré patte blanche. Plusieurs minutes se sont écoulées avant que la barrière se lève, puis le Totenkopf en chef m'a tendu un document par-dessus le dossier de la banquette. Il le tenait fermement entre deux doigts. « Ceci est un laissez-passer spécial. Personne ne se promène dans le périmètre, n'y entre ou n'en sort sans cela. Gardez-le sur vous. Ici, les sentinelles ne rigolent pas. Est-ce bien clair ? »

En bon Allemand ou en bon soldat, les deux étaient synonymes à cette époque, j'ai acquiescé d'un martial coup de menton. Alors, seulement, le SS a consenti à desserrer les doigts, et j'ai pris possession du document.

ICH ARMER MENSCH, ICH SÜNDENKNECHT[1]

1. « Moi, misérable humain, moi serviteur du péché » J. S. Bach, Cantate BWV 55.

1

Changement de décor. Quelqu'un pourrait-il m'expliquer par quel prodige je me retrouve là où j'avais précisément indiqué que je ne voulais pas aller ?

J'avais à peine ouvert un œil que déjà je repérais un certain nombre de signes qui ne trompent pas. Des aquarelles sur les murs – des fausses, ça saute aux yeux – *mais* un lit médical ; une lampe de chevet *mais* un second interrupteur avec un bouton rouge – S.O.S ! S.O.S ! Le vieux flanche, ou il panique, ou il s'est fait dessus ; quelque chose qui ressemble au mobilier d'une chambre *mais* une porte si large que deux personnes pourraient y passer de front : bref, une porte à brancard. Quel bazar, Seigneur... Des endroits comme celui-là, mi-clinique, mi-hôtel, j'en ai pas mal fréquentés, il y a longtemps. Je rendais visite à ceux de ma génération qu'on avait casés là parce qu'on estimait qu'ils n'avaient plus leur place ailleurs. C'était formidable, c'était le progrès. Voyez un peu : vous avez la télé, les repas sont variés, les activités nombreuses ! Des jeux de cartes et des lotos comme s'il en pleuvait ! L'uffenologue a manœuvré, c'est certain. Ce qui me fend le cœur, c'est que Martyna ait accepté de lui prêter main-forte. En toute légalité, comme on est venu me l'expliquer tout à l'heure : « Votre amie s'est occupée des démarches pour votre transfert. » Je n'arrivais pas à répondre, ma gorge était plus sèche et rigide qu'un bout de carton cuit au soleil, mais finalement ça valait mieux. J'aurais prononcé contre elle des paroles que je serais en train de regretter.

La Sankt-Peter-Haus est un établissement tout neuf, poussé sur d'anciennes cultures, au milieu d'un quartier récent lui aussi, à même pas un quart d'heure à pied de mon appartement. Ce programme d'extension urbaine, je me rappelle, a trusté les pages de l'*Ahlenfurter Morgenblatt* pendant des semaines et des semaines.

Je me demande quand même pourquoi je n'ai pas protesté. Réponse, quoique partielle : personne ne m'a demandé mon avis. Ce qui n'explique pas, notez-le, qu'un soir je m'endorme ici, et qu'un matin je me réveille là. Enfin, quand je dis « réveiller »... C'est plus compliqué, je crois. C'est surtout plus effrayant. Je me souviens de l'irruption de mon *Black Dog*, de son acharnement à me pousser vers le toboggan de la ruine. Un genre de pente sans véritable terminus, tapissée de barbelés et de tessons de bouteille où l'âme se déchire millimètre par millimètre dans des douleurs sans nom, à peu près à la même vitesse, hélas et à vue de nez, qu'un Himalaya qui voudrait se changer en Eifel. C'est dire si ça promettait d'être long. Tel devait être le but de cette bestiole : promettre assez de souffrance pour me filer l'envie de sauter hors du toboggan et rejoindre le pays des anges, s'il existe. Mais allez vous balancer quelque part, vous jeter contre une voiture – ah, cette Golf... décidément, j'ai loupé le coche – quand vous n'êtes pas fichu de mettre un pied devant l'autre, qu'acheminer un malheureux gobelet jusqu'à vos lèvres sèches exige mille précautions...

Quitte à me trouver là où j'ai toujours refusé d'être, je préférerais dormir. Un bon coma, vous n'auriez pas ça en stock ? « Artificiel », c'est ainsi qu'on l'appelle, je crois. Allez, soyez humains : une injection, trois pilules, et on n'en parle plus. Vous me nourrirez par sonde, ça marche très bien. Vous m'enverrez sur une mer étale et sombre, sans une once de brise, sans aurore à naître, je resterai au calme et vous aussi, je ne vous poserai aucune question et je ne rêverai pas. Ce sera du gagnant-gagnant, comme vous dites. Et pour moi : le *Must*, comme vous dites encore, pauvres petits Allemands qui faites pénitence jusque dans votre langue.

Ah, votre langue, justement : parlons-en avant que je m'endorme. Si vous pouviez, vous la parleriez à voix basse, vous n'entendez plus sa beauté. Le nouvel allemand est une abomination, une chimère hideuse. *Management, Fit, Team, Care, Win to Win, Computer*... oui, oui, j'ai entendu tout ça, n'allez pas croire que je reste étanche à votre époque. J'aimerais bien mais je n'y arrive pas, votre trouille d'une langue un peu trop germanique transpire chaque fois que vous ouvrez la bouche, votre contrition contamine tout votre vocabulaire. Qu'une nouveauté surgisse, et d'un seul coup d'un seul, l'allemand passe à la trappe. Vous trouvez que j'exagère ? Rappelez-moi comment vous désignez ces bicyclettes qui font fureur depuis quelque temps, celles qui sont équipées de batteries... Vous les appelez « vélos électriques », peut-être ? Non : vous dites *e-bikes*...

Bien entendu, ils ne me laissent pas dormir. Au contraire, ils se démènent pour me tirer du lit. Je n'arrive pas à protester. Ma gorge, que se passe-t-il avec ma gorge ? Je me fais l'effet d'un poisson fraîchement pêché : le regard fixe, la gueule ouverte et silencieuse.

Ils sont deux, ils savent que je ne peux pas parler, alors ils s'occupent des questions et des réponses. « On y va, Herr Uffen ? Très bien, oui, comme ça. Parfait. Accrochez-vous, c'est parti pour la promenade. » Et souriants, avec ça. Ils m'ont collé dans une chaise roulante et l'un d'eux me pousse dans les couloirs, les ascenseurs grands comme des salles de bain. On me montre le réfectoire, la salle commune (déserte), la bibliothèque exiguë (déserte aussi), on se plante du côté de l'accueil, près de la baie vitrée qui s'ouvre sur le jardin (« Il fait encore un peu frisquet pour s'installer dehors, mais dès que les beaux jours reviendront... ») avant de repartir dans l'autre sens. Des téléphones sonnent, des visiteurs marchent dans les couloirs, nous croisons deux fauteuils. Alors une certaine absence me saute à la figure. Il y a des choses que je devrais voir et que je ne vois pas. Noël approche : où sont passées les décorations ? Les guirlandes électriques, les images de rennes, de chalets sous leur neige en plastique ? Le personnel aussi devrait entretenir l'ambiance, porter ces ridicules bonnets rouges qu'on vend chez Aldi et même au marché.

Me voilà chez le médecin. « Je sais que vous avez du mal à vous exprimer, dit-il. Rassurez-vous, c'est tout à fait normal, après... » Après quoi ? Le toubib cherche les bons mots. Je voudrais lui demander d'arrêter de tourner autour du pot. Toutes ces précautions de langage deviennent insultantes. « Vous vous souvenez de votre passage à l'hôpital, n'est-ce pas ? Eh bien, pendant qu'on vous traitait, votre état s'est fortement dégradé. Le temps que votre pneumopathie guérisse, mon confrère a jugé nécessaire de vous placer en coma artificiel. »

J'encaisse. Assez mal. C'est donc ça, le coma ? Une sorte de congélation à température ambiante ? « Vous comprenez ce que je dis ? »

Bougre de saleté de médecin, comment veut-il que je le lui fasse savoir ? J'arrive à peine à hocher la tête. « Clignez des yeux si vous comprenez. »

Je cligne. « Parfait. Je vous disais donc que vous avez passé plusieurs semaines en coma artificiel. Vos poumons sont guéris, et nous allons maintenant œuvrer pour que vous récupériez tout le reste. À commencer par la parole, bien entendu. »

Bien entendu.

Le printemps est imminent. Ce n'est pas le médecin qui m'en a informé, il n'a pas poussé la franchise jusque-là, mais l'éphéméride géant de la cantine, pendant le déjeuner. Mes yeux, alors, cherchent vaguement quelque chose à regarder pendant qu'une jeune femme, une Allemande à vue de nez, me glisse des cuillerées de purée de carotte dans la bouche.

Assis face à moi, un pensionnaire occupe la moitié de l'horizon. De temps en temps, il pioche dans son assiette, au ralenti. Bon Dieu, c'est interminable. Je déteste les vieux. Dire que je vais devoir supporter pareil spectacle chaque midi, chaque soir ! Contempler Wolfgang Schröder – son nom est inscrit sur son verre, comme le mien – dans son numéro de mâchonnements intermittents ! Entre deux mastications, il se fige. Il a l'air de tomber en panne, de ne plus savoir ce qu'il fiche là. Et son regard, aussi expressif que celui d'une poule empaillée, vient se fixer sur moi. Ensuite il fronce les sourcils, ses yeux descendent vers l'assiette. Tout d'un coup son visage s'éclaire : la lumière revient dans sa cervelle. Il prend une autre cuillerée de purée, un autre bout de jambon, et le cycle recommence. Ce n'est plus un déjeuner, c'est un supplice chinois.

Mais le sort est clément : sans préavis, Wolfgang Schröder s'effondre. *Plaf !* Le visage dans l'assiette. On croirait un sketch de Loriot. La purée fiche le camp de tous les côtés, un bout de magma blanchâtre m'arrive sur le nez. Ah, si je pouvais rire ! Mais l'heure n'est pas à la poilade. À la panique, plutôt. On intervient, Schröder est prestement déménagé. Voici comment l'horizon se dégage, voici comment se dévoile ce qui se trouvait derrière lui depuis le début, ce qu'il me masquait : l'éphéméride électronique, de petits bâtonnets rouge vif qui forment des chiffres et des mots, les mêmes que dans les pharmacies. Et quand je découvre que nous sommes *déjà* le 19 mars, quand l'information partie de mes rétines remonte vers mon cerveau, qui demande et obtient confirmation, quand mes yeux se plissent pour une ultime vérification, je commence à calculer. (Ah ! Fichez-moi la paix, vous, avec votre cuillère ! Vous voyez bien que je suis concentré, non ?) Je calcule, disais-je, et le verdict tombe : soixante-seize ans jour pour jour se sont écoulés entre mon arrivée en Prusse-Orientale et la Sankt-Peter-Haus.

Des arbres, des arbres, et encore des arbres… Appelons ça une conséquence du stress, il y en avait certainement moins que ce que j'en voyais, mais j'étais incapable d'apercevoir autre chose. À toute force, je cherchais à percer l'enchevêtrement des troncs. J'attendais le grand virage et la clairière qui rendraient sa lumière au monde. Alors surgirait un imposant bâtiment, pas forcément grandiose, mais dont la taille, l'allure, indiqueraient sans doute possible qu'on se trouvait bien là où mon laissez-passer affirmait qu'on était : *au quartier général du Führer.*

Le document tout juste parcouru, mon cœur avait bien failli flancher, et l'histoire s'arrêter là. N'allez pas croire que je force beaucoup le trait... Moi, simple troufion, affecté du jour au lendemain au sommet de la pyramide militaire, à la « Tanière du Loup », comme on l'appelait, et sans avoir rien demandé ? La situation m'échappait complètement. Peut-être que je suis le roi des idiots, mais au fond je ne crois pas. La perception des événements, quand on connaît leur fin, ou même leur suite immédiate, c'est souvent aussi limpide que l'eau de source, alors que sur le moment on dirait plutôt une coulée de boue.

La première chose qui m'est passée par la tête, c'est qu'il y avait erreur sur la personne, qu'on pataugeait en pleine homonymie : ils s'étaient trompés d'Heinrich Uffen. J'ai relu le laissez-passer. Je me souviens que je n'arrivais pas à fixer son en-tête, que le mot *Führer* me tétanisait la rétine. Pourtant, en 1943, le vocable était devenu tout à fait ordinaire. Vous pensez bien, depuis le temps qu'on nous le cornait dans les oreilles. Le Führer par-ci, le Führer par-là... Il s'était installé dans la vie de tous les jours. Quel temps demain ? Combien de kilos de patates en stock ? Qu'a dit le Führer ? Et voilà que cet élément de décor prenait chair... Je venais d'arriver quelque part où j'étais susceptible de l'apercevoir. Voire : de le rencontrer. Alors, une chose à la fois, je me suis concentré sur l'état-civil de mon homonyme. Et je me suis aperçu que lui et moi étions nés le même jour, au même endroit. J'ai dû convenir qu'il n'y avait pas d'erreur. Mais toujours et encore, je cherchais la clairière où nous finirions bien par déboucher.

Entre le moment où nous avons passé le portail et celui où nous nous sommes arrêtés, il s'est écoulé, quoi ? deux, trois minutes, grand maximum. Pourtant ça m'a paru très long. La peur dilate les secondes. L'Opel roulait au pas, mais mon cœur battait le genre de chamade frénétique que j'avais connu au front. J'ai découvert des constructions, ici et là, tapies sous les arbres. Rien d'impressionnant, de simples baraques. Je me suis dit qu'on approchait. J'ai tendu le cou par-dessus l'épaule du chauffeur, pour voir. Quand il s'est arrêté, je n'ai pas compris. Quoi, encore un point de contrôle ? Mais non : on était arrivés. Le Totenkopf en chef m'a obligeamment ouvert la portière. J'ai regardé autour de moi, comme à la gare. Qu'est-ce que je cherchais, au juste ? Peut-être un élément qui me remette d'aplomb. Les modestes constructions entre les arbres, la route pas goudronnée et les sentiers tortueux, le calme qui enrobait le tout… C'était donc ça, le quartier général du Führer ? Un camp de vacances en forêt ? Trapp, quand il m'a interrogé, n'a pas caché son scepticisme. Lui aussi, et tous les Américains avec, devaient s'attendre à plus de solennité, de raideur militaire. Sans doute qu'ils pensaient à un bunker monumental, le pendant en béton de la chancellerie de Berlin… Comment leur donner tort ? Tout ce qu'ils savaient de ce QG, ils le tenaient des Russes. Et au rythme où leurs relations se tendaient – ces imbéciles réalisaient enfin qui était Staline – ils n'étaient pas près de mettre le pied en Prusse-Orientale pour vérifier ce que les Rouges leur racontaient. Dès que j'ai évoqué les baraques et les petits chemins, les odeurs de feu de cheminée, l'atmosphère qui rappelait n'importe quoi sauf le centre d'un pouvoir politique et militaire, Trapp m'a sorti ses photos. Il en avait des classeurs entiers. Celles-là étaient russes, ça se voyait au premier coup d'œil. Qualité dégueulasse. À part les chars et les canons, les Ivans n'ont jamais été fichus de produire correctement quelque chose. Ah, si : des fusées – mais c'est venu plus tard, et grâce à nous. Bien. Trapp, disais-je, m'a montré une série de clichés, tous à moitié flous : « Et ça ? il m'a dit, ce ne sont pas des bunkers, peut-être ? » Bon dieu, mais quel sot… Évidemment, que c'étaient des bunkers. Seulement, en 1943, ceux qu'il me montrait n'existaient pas encore. C'est ce que j'ai dû expliquer, que les mastodontes n'avaient poussé qu'en 1944. Hitler n'était pas idiot. Les bombes qui ravageaient le pays pouvaient bien finir, un jour ou l'autre, par tomber sur son QG.

Maintenant j'ai regagné mon lit. Je ne sais pas comment. C'est triste, je ne me souviens de rien. Ni du dessert, ni du trajet jusqu'à la chambre. Hypothèse : ils ont glissé un sédatif dans la purée. C'est le plus probable. La sieste, je n'en ai jamais été un grand adepte.

Le volet roulant est baissé aux trois quarts, la chambre baigne dans la pénombre. Quelle heure est-il ? Quand va-t-on venir me chercher ? Je suis parti pour m'emmerder un bon moment. L'ennui pour les uns, la paix pour les autres. Quand les vieux sont cloîtrés dans leur chambre, le personnel peut flemmarder ou s'envoyer en l'air. Parce que, voyez-vous, préparer le goûter et sortir les compotes des placards, répartir le nombre réglementaire de biscuits entre les pensionnaires, ça ne prend pas la moitié de l'après-midi. Je le sais, j'ai travaillé dans la restauration. Alors qu'est-ce qu'ils fabriquent pendant ce temps-là ? Pendant que je devrais dormir ?

Je me sens partir, c'est curieux. Sombrer.

Après tout, pourquoi pas. Tant qu'à rester allongé... Quelque chose me berce, j'ignore ce que c'est.

Qu'y a-t-il dans ma perfusion ?

J'entends comme une voix. Elle garde une certaine rugosité, mais elle sonne doux. Elle est assez grave. Impossible de dire ce que cette voix raconte. Elle arrive de très loin.

Alors je me souviens que je n'ai plus de perfusion.

Je sursaute. Mollement. Je n'y peux rien. Je continue de descendre, de ramollir.

Comme un biscuit plongé dans un thé onctueux.

Et cette voix, cette voix...

Enfin, je la reconnais. C'est bien lui qui me parle.

Mon Dieu, quelle terrible douceur.

2

Tu avais raison, Traudl. C'était l'évidence même et je ne la voyais pas. Je ne voulais pas la voir. Toi, tu avais compris. Tu devinais qu'il se tiendrait toujours derrière nous, toujours en embuscade ; qu'on aurait beau parler d'autre chose, il trouverait le moyen de s'immiscer dans la conversation. Le soleil pourrait briller et la nature s'épanouir, ni le printemps ni les fleurs ne parviendraient à le chasser. On ne chasse pas une ombre. Pour la dissoudre, on éteint la lumière, on se réfugie dans les ténèbres. C'est comme ça que je suis devenu un cloporte. J'ai décidé de vivre sous une pierre, la plus lourde qui soit, assez massive pour qu'on ne la retourne pas, pour qu'on préfère la contourner.

Je ne t'ai pas parlé depuis cinquante ans. Même quand j'ai appris ta mort, j'ai enfoui ma douleur comme un cadavre au fond de son trou, j'ai coulé deux mètres de béton par-dessus. D'une certaine manière, je te suis resté fidèle, je n'ai pas voulu t'abîmer. En ne t'adressant pas la parole, en n'exprimant rien, j'ai évité de le convoquer. C'est curieux... J'ai lu tant de livres qui parlaient de lui.

Hitler intime, Hitler stratège, Hitler artiste, comédien, démiurge... tout ce qu'on voudra. Sur le papier, il restait mort. Dans les films aussi, archives ou fictions. Mais dès qu'il s'agissait de nous, il sortait de ses limbes.

Tous, nous sommes demeurés dans son orbite. Un jour, j'ai entendu un type à la radio. Il parlait d'étoiles énormes qui brillaient un million de fois plus fort que notre soleil mais qui ne vivaient pas longtemps. Quand elles explosaient, elles détruisaient tout ce qui se trouvait autour d'elles et même plus loin, puis elles devenaient des trous noirs. Tout ce qui s'en approchait était impitoyablement broyé, ou, dans le meilleur des cas, maintenu captif pour l'éternité. J'ai aussitôt pensé à lui. L'image me semblait parfaite. Hitler, ce trou noir. Alors j'ai gardé mes distances. Farouchement.

J'ai toujours refusé les invitations de nos anciens collègues, après la guerre. À la fin des années cinquante, ils m'ont proposé de les rejoindre en Bavière, sur l'Obersalzberg. Je sais qu'ils y sont allés, j'ai vu leurs photos dans un livre. Linge avait pris un sacré coup de vieux mais dans l'ensemble ils affichaient bonne mine, ils étaient bronzés. L'air un peu sur leurs gardes, peut-être, comme s'ils goûtaient des plaisirs défendus. Mais globalement satisfaits. Qu'est-ce qu'ils étaient allés faire là ? De quoi souhaitaient-ils se souvenir, qu'ils ne pouvaient pas se rappeler ailleurs ?

J'espérais en avoir terminé, tu sais. À la longue, c'est quand même fâcheux. Ça continue, hélas. Quatre mois de coma n'y ont rien fait. Les voix qui peuplaient les couloirs de l'hôpital sont revenues. La sienne, pour commencer. Et puis d'autres, que je n'arrive pas à identifier. On les dirait portées par les voûtes d'une cathédrale vaste comme Saint-Pierre de Rome, surgies de la scène d'un théâtre immense qui me verrait installé au paradis. Tu parles d'un paradis. Quelquefois, ce grand espace qui nous sépare m'évoque un marécage. Les paroles informes surgissent à sa surface, glissent sur ses eaux fétides. *Blop ! Blop !* Des profondeurs en décomposition jaillit la matière lourde et désordonnée d'un mauvais rêve. Pourtant je m'habitue. Pour tout dire, je ne m'en alarme plus qu'à moitié. L'uffenologie, cette discipline promise à un grand avenir, établira un jour qu'un centenaire peut encaisser une forte dose d'hallucinations sans craindre de dommages irrémédiables.

Ce qui me tourmente bien davantage, c'est cette pression qui s'accumule... Quand elle atteint un certain seuil, j'ai envie de hurler. Et je n'y arrive pas. J'ai la sensation d'avoir avalé une cocotte-minute. Ça paraît saugrenu dit ainsi, mais c'est terrible. À qui pourrais-je en parler ? Entendre des voix, c'est assez banal. Éprouver ce supplice d'autocuiseur, beaucoup moins. Je ne crois pas qu'il existe un remède à cette sorte de mal. Seule possibilité : laisser sortir une petite quantité de ce qui bout dans ce chaudron intime, sur cette gazinière d'enfer.

Tout à l'heure j'ai entendu la sonnerie d'une cour d'école et je n'y ai pas prêté attention. Comme souvent, je n'ai rien vu venir. Le drame, dans ma vie, c'est d'avoir toujours trop peu pressenti. Alors la pression a franchi plusieurs crans, la cocotte-minute s'est emballée. D'école en école – j'en ai fréquenté quelques-unes : comme écolier, comme occupant, comme prisonnier – Trapp s'est coulé près de moi. Ce pathétique énergumène est revenu m'assiéger. La salle de classe où se tenaient les interrogatoires ne demandait plus qu'à sortir avec lui, à se déplier dans l'espace avec sa poussière, ses planchers noueux et son parfum de craie, avec son armoire à fournitures vidée par la guerre et son tableau noir tombé du mur. Avec ma honte.

Maintenant qu'on abordait la période chaude de mon histoire, ça devenait délicat. La vérité aurait pu suffire à l'Américain, elle ne m'aurait pas lésé non plus. Pas comme le mensonge. Eh bien non. Trapp ne voulait entendre que ce qui lui convenait. Ah, les gens idiots n'ont pas leur pareil pour compliquer le monde, le rendre plus mal fichu qu'il n'est...

Si j'avais été plus perspicace, j'aurais vite compris que mon cas n'intéressait pas tant que ça nos vainqueurs. J'en avais la preuve sous le nez : cet imbécile nommé Samuel J. Trapp. Pour le menu fretin, ça suffisait. Mais que voulez-vous, la vision d'un nœud coulant, ça n'aide pas à garder les idées claires.

J'avançais en terrain miné. Je commençais à raconter vraiment n'importe quoi, à dire du mal de ceux qui m'avaient très gentiment accueilli au QG. Cet abruti de lieutenant ne bronchait pas, ça collait à sa vision du monde. Les Allemands étaient ignobles, il n'y avait pas d'exception. Schaub, le général SS qui chapeautait tout le personnel du Führer ? Un paresseux de première, doublé d'un alcoolique. Rendez-vous compte : en plein milieu de l'après-midi, même pas cinq minutes après que j'avais signé quelques papiers dans son bureau – enfin, si on pouvait parler de bureau... Un salon, plutôt, décoré de lambris comme un chalet bavarois – même pas cinq minutes après, donc, il sortait une bouteille de cognac pour trinquer à la victoire finale et au Führer. Linge, le majordome en chef ? Un officier SS, lui aussi. Et un sale type, vraiment. Suspicieux à souhait, affable comme un gardien de camp. Je posais des questions, il répondait par monosyllabes. Il marchait toujours deux mètres devant moi, quand j'accélérais il pressait le pas, je n'arrivais pas à le rejoindre. C'est lui qui m'a chaperonné, les premiers jours. Un calvaire, lieutenant. Linge m'a amené chez le coiffeur, parce que des cheveux comme les miens, non, vraiment, ce n'était pas possible, pas ici. Ensuite il m'a confié aux bons soins d'un tailleur venu de Berlin. L'uniforme que je portais était quasiment neuf, mais ça n'allait pas. Mon bassin, vous comprenez ? Vous avez dû remarquer mes hanches, lieutenant. Leur largeur exceptionnelle. Pour camoufler cette difformité, le sur-mesure s'imposait. Ah, j'en ai bavé. Des heures et des heures dans l'atelier mal chauffé. Le tailleur s'arrachait les cheveux, il se demandait comment rattraper le coup. À demi-mot, Linge l'avait menacé d'envoyer sa famille en camp de concentration s'il se plantait. Et puis il y avait mes chaussures : ça ne collait pas non plus. Le Führer détestait être servi par du personnel en bottes. Il me fallait des souliers dignes de ce nom, et je n'en avais pas. Pour une raison absurde, Linge me soupçonnait de les avoir égarés. Pour lui, il était évident que chaque soldat disposait d'une paire de chaussures de ville. Je ne sais pas où il était allé chercher ça, il vivait depuis trop longtemps dans les hautes sphères. Alors, cette vipère à tête de mort, ce saurien qui avait pris forme humaine, a procédé à l'inventaire de tout mon barda, du bout de ses doigts gantés, comme s'il craignait d'être contaminé par de la vermine. Une véritable humiliation.

Seigneur… je m'écœurais. Heureusement, ma cellule ne disposait d'aucun miroir – et si jamais je le brisais pour me tailler les veines avec ? –, parce que je n'aurais pas pu me regarder dedans. Je me faisais honte. Je ne savais rien de mes anciens collègues. Peut-être que des tortionnaires du NKVD les torturaient au moment même où je les accablais. Peut-être aussi qu'ils n'étaient plus de ce monde. Je crachais sur des morts. C'était à vomir.

Bien sûr, Schaub m'avait présenté un tas de documents à signer, des déclarations sur l'honneur en veux-tu en voilà, des clauses de confidentialité. Et puis, c'est vrai, nous avions siroté un cognac. Mais un verre, un seul. Schaub n'était pas un alcoolique. Il avait seulement voulu se montrer chaleureux, et il y était parvenu. Son côté grande gueule ne faisait pas longtemps illusion. Au fond, c'était un tendre. Ce n'est pas pour rien qu'on l'appelait « le bon Julius ». La vie ne l'avait pas épargné. Sa drôle de démarche, il la devait à la paire de prothèses qui lui servaient de jambes. Offertes par le Führer. Schaub avait perdu les siennes au front, pendant la Grande Guerre. Il était entré au parti en chaise roulante. Au propre comme au figuré, Hitler l'avait remis debout.

Et Linge… C'est à propos de lui que je m'en voulais le plus. Quand je pense au nombre de parties d'échecs que nous avions disputées… Il n'avait pas bonne presse auprès de tout le monde, c'est vrai. Disons qu'il en imposait. Au goût de certains, il était un peu trop carré dans son travail. Mais avec moi le courant était passé très vite. Je ne dirais pas qu'on s'entendait comme larrons en foire, ce n'était pas son genre. Mais on s'estimait beaucoup. Il s'était plié en quatre pour me mettre à l'aise, il avait veillé à chaque détail. Le coiffeur, le tailleur, les chaussures, tout ça était vrai. Mais ça s'était passé comme dans un rêve magique et léger, un de ces films hollywoodiens où les acteurs chantent et dansent la moitié du temps, en toutes circonstances. Linge avait recueilli un rescapé du front et pris soin de lui comme d'un animal blessé. Il ne ménageait pas ses efforts. Dieu sait pourtant que son temps était compté ! De nos jours, personne n'ignore que Hitler avait un rythme de vie passablement épuisant pour son entourage. Je l'ai subi aussi, mais je n'étais pas en première ligne. Linge, si. Il restait disponible pratiquement tout le temps. Et cependant, la fatigue, le stress ne l'entamaient pas. Jamais un mot plus haut que l'autre. Se plaindre ou médire ne lui venait pas à l'idée. Le boulot, rien que le boulot… Ce dévouement forçait l'admiration. Et moi je venais de le peindre en un être vicieux, méprisant, calculateur… « Oh, Heinz, pardonne-moi. » C'est ce que je me suis dit le soir même, dans ma cellule, après t'avoir grimé en monstre froid. Où que tu demeures, pardonne-moi, mon camarade.

S'il y a bien quelqu'un dont j'ai peu parlé à Trapp, c'est toi, Traudl. Il connaissait ton existence, il était bien renseigné. Il t'appelait la veuve Junge, ce salopard. Jamais autrement. « Dites-moi Uffen : vous n'avez pas essayé de la consoler un peu ? » Il posait la question avec un sourire de travers, j'avais envie de lui taper dessus. Mais j'ai tenu bon. Je ne l'ai pas frappé – le MP planté dans mon dos m'en aurait empêché, de toute façon – et je ne lui ai rien lâché non plus. Ça m'a permis de ne pas sombrer tout à fait, de garder un peu d'amour-propre.

J'étais à la Tanière du Loup depuis deux ou trois jours quand je t'ai aperçue. Je clopinais dans un tout petit périmètre, et quand j'étais fatigué de clopiner, je jouais au Doppelkopf ou au Skat avec les radiotéléphonistes. Je logeais près d'eux, dans une piaule minuscule que Linge ou Schaub, je ne sais pas, m'avait dénichée. J'attendais que Hitler – le Chef, comme on l'appelait – me convoque. Ça pouvait arriver à n'importe quel moment. Linge m'avait demandé de ne pas m'éloigner. Je n'osais pas aller jusqu'au mess, à cent mètres : je grignotais des tartines. Pour tout dire, je n'en menais pas large. Schaub s'était montré chaleureux, mais cet étourdi n'avait pas jugé utile de m'expliquer pourquoi j'avais atterri là. Et moi, je n'avais pas osé lui poser la question. Quand un général SS parle, on se contente de l'écouter... C'est Linge qui m'avait mis au parfum, avec un clin d'œil, en sortant de chez le coiffeur. Il était bien renseigné, lui aussi. « Qu'est-ce qu'on attend de moi ? avais-je demandé. Qu'est-ce que je vais faire ici ? – Eh bien... des pâtes, je suppose. Il paraît qu'elles sont excellentes. » Voilà, c'était maintenant clair. Mon esprit lent a soudain accéléré, déroulé la suite logique des événements : une invraisemblable combinaison d'improbabilités venait de conduire le Führer à m'embaucher, moi, un obscur parmi quatre-vingts millions d'Allemands, comme cuisinier. Il y avait de quoi se sentir dans ses petits souliers.

Ce matin-là, je barbotais dans mon appréhension, au bout de ma laisse invisible, à dix pas de ma baraque. Jusqu'à midi, le QG était très calme, il ne s'animait que plus tard, quand Hitler était levé. Une Kübelwagen passait de temps en temps au ralenti, des corneilles piaillaient au sommet des arbres ou se volaient dans les plumes avec un couple de pies, l'air sentait bon les feux de cheminée. Je fumais trop, mon poumon me le rappelait. C'est après une quinte de toux assez spectaculaire que je t'ai vue. Tu venais de tourner la tête dans ma direction. Je t'ai adressé un petit signe, et tu y as répondu. Tu passais de l'autre côté de la route.

Je garde de toi un impossible souvenir en Agfachrome, celui d'un charmant nuage de couleurs qui glissait sous mes yeux, à un jet de pierre, dans la monotonie de la neige, des sapins sombres et des grands arbres nus. Une écharpe verte et lumineuse, des bas de laine carmin, un bonnet bleu électrique. Il y a là un mystère. Je jure que je t'ai vue telle quelle. Pourtant ces couleurs vives n'existaient pas. Ce bonnet, cette écharpe, ces bas, je ne les ai jamais revus. Tu en portais de plus ordinaires. Bruns, gris, crème. Quand nous nous sommes mieux connus, je t'ai posé la question, je me demandais où cette partie de ta garde-robe était passée. Tu as haussé un de tes jolis sourcils, tu trouvais bizarre d'être interrogée là-dessus. Alors je n'ai pas insisté. Ce mystère, je l'ai gardé bien au chaud. Je lui ai épargné la moisissure et le dépérissement. Et comme tout ce qui m'avait été précieux jusqu'en 1945, j'ai fini par l'enterrer.

3

Voilà, c'est le printemps. L'éphéméride du réfectoire est formel : un 24 a remplacé le 19 de ce midi. Bon Dieu, où sont passés ces cinq jours ?

Dans ma bouche, encore une purée. Un mélange insipide, à peine relevé par une pointe de céleri. Le métal froid de la cuillère vient tapoter mes lèvres. « Toc toc toc... On ouvre la bouche, Herr Uffen », insiste la fille qui me nourrit. Elle chantonne à moitié, c'est affreux. De quoi ai-je donc l'air pour qu'on s'adresse à moi de cette façon ? Je me souviens du regard épouvantable de Herr Schröder. Le mien doit porter le même vide, la même absence. Heureusement que mon voisin de table n'est pas là, j'aurais l'impression de me regarder dans une glace.

Tant pis pour ces cinq jours envolés. Je renonce, je me résigne, j'accepte. Voyez, je suis devenu sage. Je prends les choses comme elles viennent, sans barguigner. Même celles qui disparaissent. Alors plus de purée, s'il vous plaît. Un peu d'humanité, à présent. Vous ne voyez pas que je suis fatigué ? Reconduisez-moi dans ma chambre et laissez-moi sombrer. Je digérerai dans le noir cette mixture qui manque de sel.

On m'a entendu, dirait-on, ce qui est dommage pour une fois, parce que j'aurais préféré traîner encore un peu du côté de la cantine. J'avais à peine commencé à fermer les yeux que j'ai senti Trapp, cette teigne blonde si pénétrée de sa sainteté, s'agiter dans ma cocotte-minute. Je n'aime pas souhaiter de mal aux autres, mais celui-là j'espère bien qu'il est mort. En Corée, tiens. C'est assez plausible. L'officier du renseignement rattrapé dans sa retraite par un obus chinois. Ah, les communistes !... Quelquefois, je les admire. Ils ont collé tellement de sueurs froides aux Américains. Comme ces pauvres Yankees ne s'attendaient pas à prendre une dégelée, ils envisageaient de balancer des bombes atomiques sur Pyongyang. Voilà comment ils font la guerre, nos sympathiques libérateurs, et depuis toujours : en bombardant à mort. Ça commence par la politique de la canonnière et ça culmine à Hiroshima. La solution de facilité.

Ou alors, deuxième hypothèse, plus séduisante : Trapp a cassé sa pipe au Vietnam. Pas dans la jungle, bien sûr. Ce n'était pas possible, il était déjà trop âgé pour ce genre d'exercice. Non, je le vois plutôt réduit en miettes à la terrasse d'un café, à Saigon. Un scooter passe à toute allure, un Viet balance sa grenade et *boum* ! Adieu, Samuel J. Trapp. Il se croyait à l'abri, l'imbécile. Depuis le temps qu'il caracolait en vainqueur, de ruines en cadavres, qu'il passait son temps à l'arrière, loin des balles et des obus, il avait pris la mauvaise habitude de s'imaginer en sécurité partout... Si ça se trouve, au moment où le scooter approchait, il rêvait à voix haute d'interroger le cuisinier de Hô

Chi Minh, quand Hanoï aurait capitulé. « Pourquoi son cuisinier ? » lui demandait-on. Et comme Trapp avait préparé son coup, il commençait à se gonfler d'importance. Il laissait passer un imaginaire roulement de tambour et il répondait, tout heureux de sidérer son auditoire : « Parce que j'ai interrogé celui de Hitler. »

Je lui ai raconté, il n'attendait que ça. Tout ce que j'avais dit avant, Trapp serait obligé d'en rendre compte, mais je sentais bien qu'il s'en fichait. La première partie d'un spectacle paraît toujours trop longue. C'est pour la vedette qu'on s'est déplacé, qu'on a payé sa place.

En 1946, pas besoin de dessin, la vedette s'appelait Adolf Hitler. Problème : il était mort. Alors on tirait les vers du nez à ceux qui l'avaient côtoyé.

De mémoire, comme ça, sur une grande feuille de papier, j'ai commencé par dessiner un plan de la Tanière du Loup. C'était compliqué. Trapp n'avait toujours pas saisi que le QG avait beaucoup changé entre 1943 et 1944. Je m'emmêlais les pinceaux, j'avais besoin de plus de temps pour mettre de l'ordre dans mes souvenirs.

« Si vous me laissiez emporter quelques feuilles et un crayon de bois, ça m'aiderait.

– Dans votre cellule, vous voulez dire ?

– Oui.

– C'est interdit par le règlement. »

Bon sang, mais qu'est-ce qu'ils s'imaginaient ?! Que j'allais m'ouvrir les veines avec la mine du crayon ? M'étouffer avec le papier ? Résultat : j'ai produit un plan foireux. Je n'aimais pas ça. Même sous les ordres d'un Trapp, même humilié et suspecté par lui depuis des semaines, rendre un travail dégueulasse me tordait les entrailles. Les choses, on les fait bien ou pas du tout. Voilà ce que je pense.

Sur le plan, Trapp avait entouré en rouge ce qui l'intéressait. Et bien sûr, en premier lieu, le bureau où Hitler m'avait reçu, cette nuit de mars 1943. Exprès, je me suis perdu dans les détails. Un peu pour agacer le petit lieutenant, un peu parce que j'essayais de gagner du temps. Comme je n'étais pas tranquille à l'idée de raconter la scène qui allait suivre, j'ai parlé à Trapp de l'ameublement de l'antichambre – un canapé étroit et bon marché, une table basse – des biscuits dans leur coupelle – trop de cannelle, trop secs – du tableau accroché au mur – un paysage pastoral : berger aryen, collines douces et moutons, etc. Je sentais la tension monter chez l'Américain, et je me suis demandé si c'était bien malin de traîner ainsi en longueur. Mais quelle aurait été la bonne stratégie, hein, je vous le demande ? Des types pareils, qu'est-ce qu'ils vous laissent comme option, sinon le mensonge ? Hélas, ce n'était pas mon truc. Moi, j'ai toujours aimé les choses simples, directes. En accablant Linge et Schaub, j'avais déjà épuisé mes talents de faussaire. J'ai donc choisi de mentir par omission. De raconter très peu mais en allongeant mes phrases, en glissant dedans des détails sans importance pour donner un peu de corps à l'ensemble. Hitler s'était montré courtois, il m'avait posé quelques questions sur ma cuisse et demandé de cuisiner pour lui de temps à autre. Trapp m'a interrompu : « Pourquoi seulement de temps à autre ? » J'ai haussé les épaules, joué les idiots. Trapp n'était pas si fine mouche, il a gobé. La vérité, c'est que le QG comptait un cuisinier très populaire, qu'on surnommait Krümel. Hitler l'aimait bien, il ne voulait pas le contrarier en confiant à un autre l'exclusivité du contenu de son assiette. Mais ça, je sentais que Trapp aurait du mal à l'entendre. En tout cas, moi, je n'étais pas disposé à lui parler des égards du Chef pour son petit personnel. Plus tard, quand j'ai évoqué par mégarde la cuisine ultramoderne que Hitler m'avait offerte à la Tanière du Loup, saint Samuel est sorti de ses gonds. Comme si j'avais proféré je ne sais quelle horreur ! « Tous pareils, les Krauts[1] ! Un beau cadeau et vous confiez votre âme au premier venu ! »

Une odeur de savon et de crème à raser flotte autour de moi. On dirait bien que je suis passé par la case toilette et que c'est le matin. Tout fout le camp : ma tête, et le temps avec. Nom de Dieu de nom de Dieu.

Alors je m'aperçois qu'un homme est assis à mon chevet. Si son sourire ne m'interpelait pas, je penserais aussitôt : « Encore un casse-pied. » Mais je renifle dans l'air une authentique bienveillance. « Je suis le docteur Pletschke, dit l'homme. Rolf Pletschke. Vous avez bien connu mon grand-père, je crois : Gunther. » Mes yeux doivent s'ouvrir plus grand, en tout cas manifester quelque chose, car son sourire s'accentue. « Oui, je vois que vous vous souvenez. Le monde est petit, n'est-ce pas ? » Petit ? Ça dépend. Allez jeter un coup œil en Ukraine, mon garçon. Ensuite, on en reparlera. Moi, je trouve surtout qu'il va vite, ce monde. La dernière fois que j'ai vu Gunther, son fils – votre père, Herr Pletschke – portait encore des culottes courtes. C'était à la fin des années quarante.

---

1. Terme péjoratif utilisé par les anglophones pour désigner les Allemands.

Le médecin ressemble beaucoup à son aïeul, c'est troublant. Dire qu'il lui ressemble, d'ailleurs, c'est être en dessous de la vérité. Avec son crâne dégarni, son long nez et ses dents du bonheur, Rolf est le portrait craché de son grand-père. Ces histoires de particularités qui sautent une génération ou deux, je n'y ai jamais cru. J'avais tort. Ça me bouleverse, et le visage du toubib s'assombrit. Gunther... Rolf sort de sa poche un mouchoir en papier, m'essuie le nez et les yeux. « Pardonnez-moi. J'ai sans doute été maladroit. Je ne pensais pas que vous seriez si ému. » Ah oui ? Et qu'est-ce que vous pensiez donc, jeune homme ? Vous ignorez à ce point l'histoire de votre famille ?

Gunther et moi nous étions amis. L'enfant de chœur auquel notre curé, Pater Ludwig, enseignait l'art de repérer les Rouges, c'était lui. Et puis, on sait comment ça se passe, il arrive qu'en grandissant on trouve moins à partager. Gunther et moi on s'était éloignés. Si Warenberg avait été plus grande, on se serait perdus de vue. Je l'avais toujours trouvé un peu bizarre sur les bords. Différent. Il prenait son rôle d'enfant de chœur très au sérieux. On était tous convaincus qu'il entrerait au séminaire... J'ignore jusqu'à quel point c'était plausible, parce qu'il avait déjoué les pronostics en se mariant, mais je voulais bien le croire. Il avait la foi, personne n'en doutait. Adulte, Gunther ne se contentait pas de chanter plus fort que les autres, il donnait une partie de son temps à la paroisse. Il ouvrait et fermait l'église, passait le balai et grattait la cire des candélabres, vérifiait les stocks de cierges, d'hosties. Ce genre de choses. De près ou de loin, tous ceux qui allaient à la messe le connaissaient. Ceux aussi qui n'y allaient pas... La rumeur courait depuis un moment que le Parti l'avait dans le collimateur. Trop croyant, pas assez patriote. Le jour de son mariage, alors qu'on offrait *Mein Kampf* au jeune couple, comme c'était alors la coutume, Gunther avait – paraît-il – grimacé. Vous étiez au courant, Herr Pletschke ? Pourtant il ne lui est rien arrivé de fâcheux – au moins en apparence. Sepp Brauner était au Parti, il m'en aurait parlé.

On s'est retrouvés en Roumanie, au printemps 1941. La campagne de Crimée, on l'a endurée ensemble. Le temps, les circonstances avaient recollé quelques morceaux, on ne se lâchait plus. Gunther gardait sur lui sa bible de poche. Il la portait comme une amulette, un talisman. Je ne le voyais pas la lire. Peut-être qu'il la connaissait par cœur, depuis le temps. Quand il la tirait de sa vareuse, c'était pour l'astiquer, souffler dessus, jouer avec ses pages comme avec un jeu de cartes. Au front chacun ses rituels, ses petites manies.

Après ma blessure, on s'est de nouveau éloignés. Pas question d'écrire à Gunther pour lui raconter mes aventures en Prusse-Orientale. Ça me chagrinait, croyez-le bien. Mais les ordres, vous comprenez... Ma correspondance devait se limiter aux très proches. On ne s'est revus qu'en 1948 ou 1949. Il avait quitté Warenberg pour Ahlenfurt, comme moi. Il y avait rempilé comme sacristain. L'église, c'était une grande tente offerte par les Anglais. C'est à deux pas de là qu'on s'est croisés, dans le désert calciné de ce qui avait été la rue principale. On est tombés dans les bras l'un de l'autre, et aussitôt il a commencé à pleurer. Un torrent de larmes, une cataracte. C'était bruyant. Il n'y avait pas grand monde, mais quand même. J'étais mal à l'aise, des gens nous regardaient.

« Oh, Heinz, ils m'ont tué, ils m'ont tué.

– Voyons, qu'est-ce que tu racontes ? »

Je lui tapais dans le dos, je le secouais, il pleurait toujours. Je ne savais pas comment réagir, je n'avais même pas de mouchoir à lui donner. « Et ta famille, Gunther ? Comment va ta famille ? » Enfin, il s'est calmé. « Viens », a-t-il dit. Je l'ai suivi jusqu'aux lisières de la ville. J'ai vaguement reconnu l'ancien relais de poste, ou peut-être était-ce une autre maison. Comment s'y retrouver dans toutes ces ruines ? On a descendu un escalier : la famille Pletschke vivait dans une cave. « Attention, les marches sont raides. Ma femme est déjà tombée », m'a averti Gunther. Quand j'ai vu Maria, je me suis dit qu'elle devait passer son temps à se casser la figure. Son visage était couvert de bleus, ses lèvres enflées. J'ai eu comme une intuition, pour une fois. Je me suis dit que l'escalier n'y était pour rien.

« Maria, ça va ?

– Mais bien sûr ! »

Elle souriait, c'était atroce. Il lui manquait une dent.

Cette cave, Herr Pletschke, on a dû vous en parler. Dans ce pays ça appartient aux lieux communs. « Ah, tu sais mon petit, la guerre, c'était terrible et pas qu'au front, ils nous bombardaient nuit et jour, on vivait tous sous terre », etc. etc. : je connais la ritournelle par cœur, et je suppose que vous aussi. Comme si ces bombes étaient un caprice du cosmos, une calamité naturelle. Mais bon, ceci est un autre sujet... Je me demande par contre si vous saviez que votre grand-père tapait sur sa femme. Est-ce que votre père vous l'a dit ? Il était aux premières loges. Dans un coin, mais aux premières loges. Dans dix mètres carrés, que voulez-vous… Ce jour-là, il était assis sur un matelas, et il tremblait. Gunther et sa femme aussi.

On a échangé quelques banalités. C'était laborieux, pénible. À mon tour, je commençais à me sentir mal. Permettez-moi de ne pas entrer dans les détails, Herr Pletschke, mais sachez qu'à la fin de la guerre j'ai passé des semaines entières confiné sous plusieurs mètres de béton. Tout d'un coup cet épisode me revenait, je découvrais que je ne supportais plus les profondeurs. J'avais du mal à respirer. Je voyais le moment où j'allais me précipiter vers l'escalier, comme un fou, sans explications. Alors j'ai prétexté je ne sais plus quoi, je me suis efforcé de saluer poliment, et je suis remonté à la surface.

Ce sont les Anglais qui ont fini par le cueillir. Je n'allais pas à l'église, mais j'étais au courant. Tout se savait. On a appris que le sacristain, dans un nouvel accès de violence, avait laissé sa femme à moitié morte. Inconsciente, en tout cas. C'est votre père, Herr Pletschke, qui était allé prévenir les autorités d'occupation. Gunther a été condamné, on l'a jeté en prison. Quatre mois plus tard, il était mort. Je ne sais pas de quoi. « Des suites de ses blessures », comme on disait avec pudeur. On a dû vous raconter qu'au retour de la guerre il était malade. Très malade. Il y a du vrai là-dedans. Seulement ça ne sautait pas aux yeux. C'est à l'intérieur que les dégâts étaient les plus importants. Gunther était plutôt du genre à se reprocher d'avoir écrasé une fourmi. Alors, taper sur sa femme… Oh, je vois bien quelles pensées vous passent par la tête ! Pourtant, ne jugez pas votre grand-père trop durement. À l'époque, il y en avait beaucoup, des cas comme le sien. Mais on n'en parlait pas, on regardait ailleurs. Vous vous doutez bien qu'on avait d'autres chats à fouetter. Trouver du charbon, des pommes de terre...

Moi, j'ai échappé à tout ça. Je ne suis pas revenu malade de la guerre. Je suis même rentré guéri. Si vous avez lu mon dossier médical, vous êtes au courant. La moitié des muscles d'une cuisse arrachés par deux balles russes, j'aurais dû finir boiteux. Eh bien, dans mon cas, le sort s'est débrouillé pour que j'en réchappe. Un homme m'a soigné, avec des injections et des pilules. Ne me demandez pas lesquelles, c'étaient des remèdes qu'il avait lui-même mis au point et qu'on ne trouve plus nulle part. J'ai réussi à me passer de canne. J'ai pu marcher normalement, et même courir. Dieu merci, parce que j'en ai eu besoin... J'ai aussi échappé à l'épidémie de nerfs détraqués qui touchait la plupart des anciens combattants. Je sais pourquoi Heinrich Uffen, citoyen de la toute nouvelle République fédérale allemande, n'est pas devenu un colérique de première ou un alcoolique au long cours. Voyez-vous, Herr Pletschke, de 1943 à 1945, pendant que mes camarades creusaient des tranchées derrière le Dniepr, la Vistule, l'Oder ; pendant que votre famille, la mienne, et toutes les familles du pays guettaient la prochaine attaque aérienne, j'ai mené une vie très agréable, en dehors de la guerre et du monde, ou plutôt au-dessus, une vie que peu de gens, vraiment très peu, auraient pu soupçonner. C'est heureux que je ne puisse pas parler, sinon vous frémiriez. Je vais utiliser un mot que nos conservateurs aiment jeter à la figure de ceux que la précarité n'accable pas, ou pas assez : pendant presque deux ans, le vieillard que vous êtes venu voir aujourd'hui a joui d'un certain nombre de *privilèges* – et du genre exorbitants. Il a passé du bon temps dans les

Alpes et s'est baigné dans les lacs de Prusse-Orientale ; il a lézardé dans des chaises longues et bu de la bière sous des parasols colorés, il a contemplé jusqu'à plus soif des vues somptueuses, caboté sur le Königssee et pique-niqué à l'ombre des bulbes rouges de Saint-Bartholomé. Il a siroté son thé au coin d'un feu, regardé le ciel perdre peu à peu ses couleurs à travers une immense fenêtre – plus vaste, pour vous dire, que les vitrines des grands magasins berlinois ; pendant que ses concitoyens croisaient des visages anxieux, éreintés par des nuits sans sommeil, pendant que ses camarades restés au front redoutaient de voir surgir des Asiates armés jusqu'aux dents, cet homme choyé par le hasard a côtoyé un tas de gens fort plaisants, spirituels et détendus, des personnes pourtant habituées aux cimes mais qui n'avaient pas pris la grosse tête.

Et puis – j'imagine que vous êtes au courant, mon nom a quand même circulé… – je l'ai connu, lui. Si tant est qu'on puisse connaître un tel homme. Maintenant ce n'est même plus un cadavre. J'ai entendu dire qu'il n'en restait plus qu'un bout de mâchoire et qu'on le tenait enfermé dans un coffre, à Moscou. Comme si cette relique sordide risquait de contaminer l'univers. Moi, cette mâchoire, je l'ai vue en mouvement, avec toute sa chair et le rose de ses gencives, avec ses petites dents plus très blanches ; j'ai vu de près les poils de la fameuse moustache, si fameuse que plus personne depuis, sauf quelques cinglés, n'a eu l'envie d'en porter une du même style ; j'ai vu l'arc sombre de la célèbre mèche, les cheveux épais qui la composaient et les longs doigts osseux qui la remettaient en place des dizaines de fois par jour. Vous savez, Hitler avait de belles mains, Herr Pletschke. Délicates et très blanches. Des mains de pianiste, comme on dit. Son regard, sa voix, tout le monde sait. Et c'est vrai que ses yeux, mon Dieu… C'était plus que des yeux, plus qu'une paire d'organes. Mais je ne vais pas m'étendre, tout cela a été dit et répété. Moi, ce sont ses mains que j'ai détaillées en premier. Parce qu'une certaine nuit de mars 1943, alors que j'avais été incapable de lui adresser le « salut allemand », comme on disait, et que j'osais à peine le regarder, Hitler, plutôt que d'en prendre ombrage, me les a tendues. Ses mains ont longuement enveloppé la mienne, pendant qu'il s'excusait de me recevoir si tard – il était trois heures du matin – et qu'il me remerciait. Oui, vous avez bien compris : il me *remerciait* de « m'être si vite rendu disponible ». C'est ce qu'il a dit, au mot près. Ensuite, ces mains m'ont servi un thé, et j'ai pensé à Chamberlain. Je ne sais plus si je l'avais entendu aux actualités, peut-être que Sepp Brauner nous l'avait rapporté durant sa revue de presse. En tout cas, il était question, en 1938 je crois, à propos du Führer et du Premier ministre britannique, d'une rencontre entre *gentlemen*. J'ai pensé à Chamberlain, donc, et je me suis dit qu'en observant *Mister* Hitler tenir sa tasse avec le petit doigt tendu, il en avait déduit que notre chancelier était un homme éduqué et tout à fait fréquentable. Comme quoi, hein, les gens de la haute sont au moins aussi idiots que les autres…

J'aime bien la façon dont vous me regardez, Herr Pletschke. Vos yeux sont doux comme ceux de votre grand-père. J'ai l'impression que vous ne me jugez pas, et j'apprécie. Oh, votre mérite n'est pas si extraordinaire. C'est qu'un vieux bonhomme, après tout, ça émeut ; on serait bien inhumain de commencer à le trouver abject à cet âge… Après cent ans, en quelque sorte, il y a prescription. Oui, je souris, et vous souriez aussi, du coup. Vous ne savez pas trop pourquoi, mais vous êtes content. Rien à dire, c'est humain. Mais si je pouvais ouvrir la bouche et vous parler pour de bon, au lieu d'imaginer ce discours, sans doute que vous chercheriez à écourter votre visite.

Cette nuit-là, cette merveilleuse nuit… D'abord, ce fut un supplice. Oh, rien de vraiment terrible – pas comme au front – je sais que je ne devrais pas l'évoquer de cette façon. Mais qu'on se mette un peu à ma place, qu'on pratique un « exercice de pensée », comme ils l'appellent sur cette radio où un type expliquait ce qu'est un trou noir. Dans l'antichambre du Chef, j'ai patienté trente-sept minutes en tout. Seulement, ce n'était pas un chef ordinaire, ça non, pas un Brüning ou un Adenauer, ces gestionnaires falots dont on trouvait des répliques un peu partout dans le pays – à la pharmacie, par exemple. Moi, je m'apprêtais à rencontrer un demi-dieu, voyez-vous, un empereur à la japonaise. Une sorte d'authentique messie – ou de Gengis Kahn des temps modernes, selon les points de vue… Bon, je pense que j'ai été assez clair. Trente-sept minutes, je disais. Pour les nerfs, c'est assez éprouvant. Quand je ne dénombrais pas les moutons sur le tableau accroché au mur, une belle scène pastorale, je comptais les gâteaux sur la table, pour m'éviter d'égrener les secondes.

Et puis Linge a passé sa tête par la porte, et je suis entré. J'ai vu Hitler se lever de derrière un bureau, puis s'avancer. Dans le contre-jour de la lampe, je ne l'ai pas tout de suite reconnu. Je n'ai donc pas levé le bras. Pas de « *Heil, mein Führer !* » non plus, comme le prévoyait le protocole. Je croyais avoir affaire à un aide de camp, un autre majordome… Quand je me suis rendu compte de ma bévue, il était trop tard : le Chef me serrait déjà la main. Alors, allez savoir pourquoi, au lieu de perdre ce qui me restait de moyens, je me suis soudain calmé. Toute mon appréhension a disparu, *pouf !* aussi subitement qu'aurait éclaté une grosse bulle de savon. Il n'en restait plus rien. Hitler m'avait souri et j'étais tombé sous son charme. Qu'un type pareil puisse apaiser quelqu'un, je comprends qu'on refuse d'y croire. Pourtant, c'est la vérité. Ses yeux terribles étaient si pleins de reconnaissance que j'ai pensé : « Heinrich, tu as eu tort de te rendre malade, le Führer est un homme bienveillant. » Linge me l'avait dit, et même redit : ça allait bien se passer, le Chef ne s'embarrassait pas de chichis, il était ravi de mon arrivée, etc. Mais que voulez-vous, on a beau se raisonner…

On s'est assis. Les fauteuils à fleurs ressemblaient à ceux du bureau de Schaub. Hitler a congédié son majordome et m'a servi une tasse de thé. Puis il a remis sa mèche en place. Je sais que c'est complètement absurde, mais à ce moment-là, une partie de mon cerveau continuait d'avoir des doutes. Était-ce bien lui ? Mon esprit superposait certaines images, et les différences étaient nombreuses. Le Chef, cette nuit-là, ressemblait au jeune chancelier de 1933, pas très à l'aise en queue-de-pie et gêné aux entournures. À côté de Hindenburg, une sorte de valet de pied.

Ça n'a pas duré dix minutes, comme je l'ai dit à Trapp, mais deux heures. On a parlé d'un tas de choses. Enfin, surtout lui. Il m'a longuement entretenu des vertus du régime végétarien. Ça le tracassait que les Allemands tiennent tant à leurs saucisses. L'amour de la viande, c'était un héritage de la sauvagerie. Une fois la victoire acquise, il faudrait revoir tout ça, revenir aux fondamentaux. Comme les Romains, nos vrais ancêtres. Je sais, c'est dingue. Mais sous le IIIe Reich, on enseignait dans les écoles, les brochures du Parti, et jusqu'à l'université que les Romains étaient un peuple germanique – et les Grecs antiques aussi. Descendus les uns et les autres de régions inhospitalières, ils avaient déployé leur génie sous un climat favorable alors que leurs cousins, restés dans leurs forêts et leurs marécages, avaient stagné pendant des siècles. Bon, les Romains, disais-je. Croyait-on que leurs légions carburaient à la charcuterie ? Pas du tout. L'ordinaire d'un légionnaire était presque exclusivement constitué de céréales. C'est pourquoi il avait été si important pour nous de conquérir l'Ukraine. Ce fabuleux grenier à blé était la clé d'une bonne santé raciale. Un jour, les Allemands seraient mûrs pour comprendre que leur alimentation représentait rien de moins qu'une affaire de vie et de mort. Après la guerre, on attendrait un peu, on les laisserait se gaver de saucisses et de viande panée, puis on lancerait de vastes campagnes en faveur du végétarisme. Goebbels et son ministère auraient du pain sur la planche… Vous voyez, Herr Pletschke, comme on était modernes ? Je ne plaisante pas, vous savez mieux que moi qu'aujourd'hui la viande n'a plus la cote… Il y a quelque temps, à la télé, j'ai vu de jeunes gens manifester devant un abattoir, c'étaient des végans, et je me suis aussitôt souvenu de l'exposé de notre grand Adolf. Ils me tapaient sur le système, ces petits merdeux qui n'avaient jamais eu faim de leur vie, à protester contre le malheureux sort réservé aux cochons. Ça me fichait en boule… « Eh, les jeunes ! Si le Führer vous regarde depuis l'enfer, il doit être bien content ! » : c'est ce que j'avais envie de leur crier.

4

À quoi pensent-ils en ce moment, les autres pensionnaires de la Sankt-Peter-Haus ? De quoi ont-ils envie de se souvenir, avec ce qui leur reste de cerveau ? De leurs parties de jambes en l'air ? De leur mariage et de leurs enfants ? D'un été heureux, une fête mémorable ? Quand ils ont fini de se plaindre, d'évoquer leurs multiples bobos, ils marmonnent quelques anecdotes avec le sourire. Seigneur, comme je les envie… Moi, je n'ai jamais rien pu partager. Mes réussites sont frappées d'infamie. C'est qu'en compagnie du diable, voyez-vous, tout bonheur est indéfendable. Il y a là un interdit fondamental, comme coucher avec sa sœur ou sa mère. Or, la nuit où Hitler m'a reçu a été très belle, très intense : la nuit blanche la plus agréable de toute ma vie. Il m'avait dit : « Uffen, vous êtes un artiste. Un jour, vous élèverez notre cuisine au même niveau que la musique ou l'architecture. Et nous dépasserons tout ce qui a été fait dans l'Histoire. Moi, parce que j'aurai bâti la capitale qui éclipsera toutes les autres ; vous, parce que vous aurez relégué la gastronomie française à un rang subalterne. » J'avais alors eu la curieuse impression de perdre un tas de vieilles peaux, une enveloppe devenue trop étroite. J'avais mué. J'ai écrit à mes parents, je ne leur avais plus donné de nouvelles depuis mon départ de Poméranie, et j'ai laissé éclater ma joie. Je me rappelle très bien ce que je leur ai dit. Que le Führer était un homme charmant, que son intelligence était exceptionnelle et sa vision du monde d'une profondeur telle qu'on n'en voyait pas le fond. En post-scriptum, j'ajoutais qu'ils n'avaient pas à se tracasser. Un cerveau pareil aurait toujours dix coups d'avance sur nos ennemis, la victoire ne pouvait pas nous échapper.

Je ne leur ai pas parlé de toi, Traudl. Tu restais la jolie fille qui passait de l'autre côté de la route, ce nuage de couleurs. Je ne connaissais pas ta voix, j'ignorais jusqu'à ton nom. Est-ce que j'ai beaucoup pensé à toi avant notre départ pour la Bavière ? C'est bien possible. Mais j'ai vécu assez longtemps pour savoir qu'un homme peut aussi se créer des souvenirs de toutes pièces. Les images se mélangent.

De quoi avons-nous parlé, quand nous nous sommes rencontrés ? Je n'en ai conservé que des bribes, ça me désole. Tu m'as dit que tu étais nulle en cuisine et j'ai répondu : « Quelle importance ? Chacun sa place. Moi, je ne sais pas taper à la machine, encore moins prendre des notes en sténo. » Voilà, c'est à peu près tout. Le reste est perdu. Les souvenirs, c'est un peu comme les photos. Difficile de savoir comment ils vont vieillir. Qu'est-ce qui les distingue ? Leur importance ? Même pas. Je me rappelle un tas de choses futiles. La mémoire mène sa vie propre.

Le train spécial du Führer filait vers Berchtesgaden. Enfin, quand je dis « filait »... On s'arrêtait à tout bout de champ, je ne sais pas pourquoi. Le voyage a duré deux jours. Pourtant, je serais de mauvaise foi si je disais que j'ai trouvé le temps long. J'avais l'impression de partir en vacances. La lumière, les paysages... et puis toi, surtout toi, et quelques autres. Au QG, juste des silhouettes, deux ou trois noms que m'avaient appris les radiotéléphonistes. Maintenant, nous nous retrouvions à papoter dans un compartiment, on apprenait à se connaître. Ta collègue secrétaire, entre autres, et puis toi. Des femmes, surtout. De temps en temps, un officier de liaison venait se détendre avec nous, un géant du *Begleitkommando*[1] nous saluait de la main ou nous adressait une grimace depuis le couloir, en passant. Ils étaient tous jeunes. Quand le Chef n'était pas là, ils avaient envie de s'amuser. Qui pourrait s'imaginer ça ? Un SS de deux mètres, chimiquement pur, qui vous tire la langue ? Günsche, par exemple. Je le dis parce que je l'ai bien connu : c'était un gars adorable. Sa tête apparaît sur pas mal de photos. En tant qu'aide de camp, on l'aperçoit souvent deux pas derrière Hitler. Il paraît que Günsche était un monstre, cependant ; que celui-là aussi méritait l'opprobre universel. Bon, moi je veux bien. Sans doute que certaines choses m'échappent. S'il avait servi quelqu'un d'autre, Willy Brandt par exemple, notre expert fédéral en repentance, ç'aurait été un type extra. Günsche, hélas pour lui, n'était pas né au bon moment.

Toute cette bonne humeur, quand j'y songe... « Vous allez voir, Heinrich, le Berghof, c'est quelque chose. » Quoi

1. Garde rapprochée de Hitler.

qu'ils aient pu raconter après la guerre, les Alpes, ils adoraient. La Tanière du Loup était sombre, mais là-bas il y avait de la lumière. On voyait loin, on respirait à fond. Et par-dessus le marché, il n'y avait pas de moustiques. J'étais impatient de découvrir de mes propres yeux ce que j'avais déjà aperçu en carte postale. *La Saucisse d'or* en comptait toute une collection. Des clients partis en pèlerinage, et qui nous les envoyaient. Quelle ferveur... Vous croyez qu'aujourd'hui des supporters de Merkel iraient se presser devant ce machin qui nous sert de chancellerie ? Autres temps, autres mœurs.

C'est en limousine que j'ai parcouru les derniers lacets qui menaient au Berghof. Je ne m'attendais pas à le voir d'aussi près, en tout cas pas tout de suite. Je pensais que je serais cantonné en bordure, dans une annexe, parce qu'on m'avait dit qu'il y avait là-haut de quoi loger plusieurs régiments. L'Obersalzberg était très habité à l'époque, pourtant ça ne sautait pas aux yeux. Les constructions les plus imposantes se trouvaient au Platterhof, c'est-à-dire au sommet.

La Mercedes s'est arrêtée au pied des escaliers de pierre. Je les ai reconnus : aux actualités filmées, j'avais vu Chamberlain y monter – ou en descendre, je ne sais plus. On m'a conduit à l'intérieur, ça m'a paru un brin labyrinthique. On a tourné, viré, il y avait des piliers et des arcades partout, puis on a traversé plusieurs pièces décorées à la mode bavaroise. On a aussi grimpé quelques marches. Pour finir, j'ai découvert la charmante chambrette que j'allais occuper. Elle se situait à l'arrière, dans la partie la plus ancienne du Berghof, ce qu'on appelait la « maison Wachenfeld ». Comme dans un palace, le groom

SS a déposé ma valise et délicatement refermé la porte derrière moi. Je suis resté planté là un moment, j'avais du mal à réaliser où j'avais mis les pieds. Le soleil me tapait dans les yeux. La pièce sentait bon la résine et le bois chaud, les lambris craquaient. J'ai regardé par la porte-fenêtre et je suis sorti. Une galerie couverte courait sur le flanc du bâtiment. Je me suis penché. En contrebas il y avait la fameuse terrasse en pierre de taille, celle qu'on voit sur tant de photos. Voilà, j'y étais... Le magnifique printemps 1943 venait de commencer.

Voici l'heure de la promenade, appelons ça ainsi. Mes fesses sont toujours vissées à une chaise roulante. On me pousse dans les allées de la résidence, ils sont deux derrière moi et ils discutent comme s'ils manipulaient une brouette. De temps en temps, ils se rappellent que je ne suis pas un tas de sable ou de gravats, ils me demandent si ça va et je réponds : « Ça va. » Formidable, non ? Je viens de m'apercevoir que je peux de nouveau parler. Oh, pas longtemps, ni très distinctement même, mais assez pour que ce me soit agréable. J'ai été deux fois surpris, je dois dire : d'abord, parce que ma bouche ouverte, enfin ! produisait autre chose que des borborygmes ; ensuite, par le son de ma propre voix. Je l'avais oubliée, et je ne l'ai pas reconnue. Avec ses hoquets et ses sécheresses de 78 tours esquinté, je l'ai trouvée assez affreuse, mais comme je gagne chaque jour en sagesse – il était temps –, je l'accepte.

Ils m'entraînent dans les rues calmes, des rues qui existent depuis peu, bordées de maisons neuves. Avant, ici, il y avait des champs. Ils étaient contents, ceux qui habitaient dans le coin : ils avaient vue sur la campagne et sur la ferme, derrière, une vraie ferme de Westphalie en brique rouge, avec de belles poutres. Maintenant le pittoresque a disparu. Ils font face à d'autres maisons, à leurs jardinets impeccables, aux voitures qui brillent. Les Allemands ne sont peut-être pas aussi propres qu'on le dit, mais leurs autos ils les bichonnent comme personne.

Nous voilà à la lisière du quartier, pas loin de la ferme. Le temps est chaud, le ciel limpide. On m'installe sous un arbre, devant une aire de jeux. À l'entrée, un panneau avec une liste de recommandations, de mises en garde et d'interdictions longue comme le bras. C'est drôle : avant, on s'amusait partout, on était libres de courir où on voulait. Qu'on en soit venu à parquer les mômes, ça me chagrine.

Au Berghof, chaque après-midi, on partait se promener. Sauf à ce que le temps soit exécrable. Mais en 1943, la météo est restée idyllique. En y repensant, je n'y revois jamais que du ciel bleu. Quelquefois, d'inoffensifs cumulus nous passaient au-dessus de la tête, mais c'était tout. Ils se contentaient de former des ombres pour embellir le paysage. Je me trompe sans doute, il a bien dû pleuvoir à un moment ou à un autre pendant cette période. N'empêche. Quand je vois une photo d'archive où le temps menace, où la pluie finit par transformer la terrasse du Berghof en pataugeoire, je me dis aussitôt : « Ça, ce doit être en 1944... »

Ma cuisse allait mieux, tellement mieux que je pouvais de nouveau marcher sans douleur. On a dit beaucoup de choses déplaisantes sur Morell, celui qui m'a soigné. Déjà, à l'époque, on racontait qu'il aimait trop les piqûres, qu'il était plus doué pour les affaires que pour la science, ou même que c'était un charlatan. J'ai aussi lu, après-guerre, qu'en réalité il empoisonnait Hitler à petit feu... Bon. Je veux bien admettre que l'hygiène de Morell laissait à désirer, mais le Chef était très satisfait de ses services, et moi il m'a guéri. Il a examiné ma cuisse, rajusté ses lunettes graisseuses – on aurait dit qu'il les essuyait avec du jambon – avant de déclarer : « C'est bien ce que je pensais... Vous n'êtes pas le seul à souffrir de ce genre de séquelles. J'ai ce qu'il vous faut. » Voilà, c'était réglé. Nom de nom ! j'aurais donné n'importe quoi pour voir la tête d'Ochsendorf, le médecin militaire, à ce moment-là ! Lui qui s'était creusé les méninges pendant des semaines et des mois, pour en conclure que j'étais incurable... Morell s'est approché avec une seringue. « Ceci est du Dynamusk, j'en ai moi-même déposé le brevet. J'espère que tous nos vaillants blessés y auront bientôt accès. » Quelques injections plus tard, je marchais comme avant et je pouvais me promener avec les autres.

Chaque après-midi, donc, on partait pour un genre de balade digestive, en rang d'oignons derrière le Chef. Une petite demi-heure jusqu'à la maison de thé, un peu plus bas sur l'Obersalzberg... On naviguait à une altitude idéale. Suffisamment élevée pour respirer le bon air de la montagne, et en même temps pas assez pour devoir s'emmitoufler. Le parfait compromis, en somme.

Je n'avais jamais vu les Alpes, je n'ai pas été déçu. C'était dix fois, cent fois plus beau que ces fichues montagnes de Crimée... Bien souvent, j'ai pensé à une sorte de jardin d'Éden, voyez-vous ; à un endroit quasiment désert mais très beau, qui reléguait tous les autres endroits de la Terre dans une galaxie lointaine : un lieu qu'on ne quitterait jamais qu'à regret. On croisait des chevreuils, ou leurs cousins des montagnes, des bêtes à cornes et à sabots, avec leurs grands yeux paisibles... Beaucoup d'animaux s'étaient réfugiés sur l'Obersalzberg, le Chef y avait interdit la chasse. Aujourd'hui, je ne veux même pas imaginer ce que ça a pu devenir. Avec le Königssee et la maison du Kehlstein dans le coin (« le nid d'aigle », comme l'appellent les étrangers), la montagne doit grouiller de touristes, d'hôtels, de parkings. Un vrai cauchemar. Mais à l'époque on profitait d'un luxe inouï. On était, quoi ? une quinzaine à se promener ? Peut-être que je me trompe, mais j'avais l'impression que tout le monde appréciait ces moments. Dommage qu'on ait si mal parlé de la vie au Berghof, plus tard. Moi je n'ai jamais eu le cœur à cracher sur des ruines.

Je lève la tête vers les branches. C'est plus fort que moi, je guette le moment où la voix de Traudl m'arrivera du plafond ou des couloirs de la Sankt-Peter-Haus. Peut-être descendra-t-elle de l'arbre qui m'abrite – un noisetier, dirais-je. J'ai toujours été nul pour distinguer les essences. Oh, Traudl... je suis tout d'un coup tenté de prononcer ton nom et d'ajouter *Schätzchen*[1]. Si mon esprit en loques devait te convoquer, ce serait le bon moment. Oh, comme j'aimerais t'entendre. Mieux vaut une hallucination que rien du tout, que le frou-frou muet de la brise.

« Qu'est-ce qu'il y a, là-haut ? me demande un pousseur.

– Une femme, j'espère. »

Comme ils ont l'habitude des gens séniles, ils ne relèvent pas.

1. Petit trésor.

J'ai envie de pleurer, c'est bête. Ma sagesse toute neuve chancelle déjà. J'ai envie de pleurer, mais je me retiens. Car avec les larmes vient la morve, et je serais incapable de me moucher.

5

Tous, ils ont voulu savoir. Ils m'ont parfois harcelé. Les historiens, les journalistes, les éditeurs. Des prestigieux et des obscurs, d'authentiques savants et des bateleurs de foire. J'ai toujours refusé de collaborer. À une époque où le « miracle allemand » tardait à se produire, j'aurais pu y réfléchir à deux fois, me dire qu'il y avait là une occasion de mettre un peu de viande sous la chapelure... Mais j'avais prêté serment, et j'ai tenu bon.

C'étaient les journalistes, les pires. Comme dans leur petite caboche ils pensaient que l'affaire roulerait toute seule, comme il ne leur venait pas à l'esprit que je pourrais les rabrouer ou ne pas réagir, ils envoyaient une liste de questions avec leur demande d'interview. Et mon Dieu, le moins qu'on puisse dire, c'est que ça ne volait pas haut... Un type avait déclenché une guerre mondiale et provoqué cinquante millions de morts, et tout ce qui les intéressait, pour résumer, c'étaient les mille et un détails de son quotidien. Faire dans le pittoresque ne leur posait pas de problème. Si encore j'avais pu leur parler de moi ! Pour de bon, je veux dire, de moi seulement. De comment j'avais vécu ces années-là, de quelle manière j'avais digéré de servir qui vous savez… De cela, il n'était évidemment pas question. Ils n'en pinçaient que pour lui. Toujours. Quel monstre alléchant, notre Adolf ! *Post mortem* il continuait de séduire. Si les fauteuils du Berghof ou de la chancellerie avaient pu témoigner, on leur aurait tendu un micro.

De toute façon, ce dont j'aurais pu parler n'aurait intéressé personne. Je peux le comprendre. Les dames Scharfitsel et Doehring, qui avaient la haute main sur les fourneaux du Berghof, ces femmes formidables qui se comportaient avec moi comme des tantes affectueuses, quel intérêt ? Les premières *Deutsche Nudeln* sur l'Obersalzberg, pour le dîner du 8 avril 1943 ; mon ravissement, quelques heures plus tôt, quand j'avais palpé les tomates que j'allais utiliser, une variété ferme et goûteuse, juteuse exactement comme il faut, on aurait cru qu'elles arrivaient d'Italie mais pas du tout : elles poussaient sous serre dans un potager ultramoderne à cinq minutes du Berghof… qui accepterait de l'entendre ? Je m'étais mis au boulot, je pensais bien avoir réussi mon coup, mais entre le moment où mes pâtes avaient quitté la cuisine et celui où j'allais recevoir confirmation de mon succès, j'étais dans un tel état que Frau Doehring m'avait offert un schnaps et un tabouret. Et puis le bon Otto était venu m'écraser les mains et me décoller la plèvre en me tapant dans le dos. Il souriait de toutes ses dents de Germain pur sang : « T'as assuré comme un chef, mon vieux ! » Cette joie, gigantesque et enfantine… On aurait cru que Staline était mort et que les Russes demandaient l'armistice… Cet épisode, si important dans ma carrière, qui aurait eu envie de le connaître ?

Je ne pouvais pas pester contre la myopie des journalistes et tomber dans les mêmes travers.

Non, décidément, je n'avais rien à raconter. Et je me suis si bien abstenu de l'ouvrir que j'ai fini par presque disparaître. Je le sais, j'ai vérifié. Dans les ouvrages d'histoire, mon nom n'apparaît qu'au milieu de quelques autres, au moment où « le dernier cercle » quitte le Führerbunker, en 1945. J'ai souvent relevé la même erreur, soit dit en passant : on me comptait dans un groupe de fuyards, alors que j'étais parti seul.

Toi, tu as été plus disserte, Traudl. Question de tempérament. Comme la plupart des femmes, tu parlais beaucoup, et un beau jour tu as décidé de raconter. Oh, je ne te le reproche pas. Chacun vit comme il peut et voit midi à sa porte... Je t'ai même remerciée en silence, quand j'ai lu tes mémoires : je n'y figurais pas. J'étais soulagé. J'avais si peur que ton témoignage rameute des tombereaux d'emmerdeurs devant chez moi... Et puis, j'ai remercié la vie, quelque chose comme ça, un merci jeté dans le vide de mon salon, parce que je t'avais revue.

Je suis tombé sur toi par hasard. C'était à la ZDF[1], deux ou trois semaines avant que ton livre sorte. Je n'ai même pas eu le temps d'être surpris, tu prenais toute la place. Ensuite, j'ai regretté de ne pas disposer d'une de ces machines qui permettent d'enregistrer les programmes télé, mais sur le coup ça n'avait aucune importance : tu étais là. De l'autre côté de l'écran, tu causais avec ton charmant accent bavarois, et moi je me retrouvais tiré très en arrière, sur la terrasse du Berghof, dans un fauteuil de

1. *Zweites Deutsches Fernsehen* : chaîne de télévision.

la maison de thé ou du grand salon, quand tu papotais avec tes voisins. Je crois que je te trouvais encore plus belle quand tu ne faisais pas cas de ma présence... Et puis tu as regardé la caméra, ils avaient dû en placer une derrière leur journaliste, et alors je t'ai entendue prononcer les paroles les plus claires qui soient. Jusque-là, je comprenais à peine ce que tu disais, je voyais trop de choses en même temps, j'en voyais plus que n'importe qui sur cette planète. C'était moi que tu regardais soudain, et tu m'as dit ce que se disent les amants et que je ne répéterai, jamais, à personne ; ce que tu susurrais à mon oreille, dans ce minuscule atelier des sous-sols de la chancellerie. Mon Dieu, comme je regrette de ne pas t'avoir enregistrée.

Quand tu es morte, j'ai éprouvé d'autres sentiments, tu t'en doutes. Y compris celui auquel je m'attendais le moins : la colère. Ils ont diffusé un autre extrait d'interview, plus ancien. Tu avais cinquante ans, peut-être. Tes cheveux étaient gris, tu portais un chemisier jaune. Là non plus, je n'ai pas compris ce que tu disais. J'imagine que tu parlais de lui, il n'y a jamais eu que ça pour les intéresser. Ce que tu étais devenue, toi, ça les laissait de marbre. Veuve depuis 1944, et tu portais toujours ton nom d'épouse. Ça aurait dû leur mettre la puce à l'oreille, leur suggérer que ta vie, depuis la guerre, n'avait pas été une sinécure. Seulement ils s'en fichaient. Pendant cette interview, une voix horripilante couvrait la tienne. J'ai tendu l'oreille : le journaleux aux cheveux gras t'interrogeait en anglais, et je me suis aperçu que tu lui répondais dans sa langue. La voix qui étouffait la tienne, c'était celle de la traductrice. Ça m'a choqué, j'ai senti monter en moi une sorte de rage. Je me suis dit : « Maîtriser une langue étrangère, il n'y a rien de mal à ça, mais pas celle-là ! Pas après Hambourg, Cologne, Dresde !... Le français ou l'italien, d'accord, mais cette fichue langue... » Moi, depuis toujours, dès que j'entends de l'anglais, j'ai l'impression que c'est à un domestique qu'on s'adresse.

Les premiers temps au Berghof, c'est près de toi que je les ai passés, mon trésor. Rappelle-toi. Hitler ne m'avait pas encore sollicité et Schaub m'avait demandé de vous rejoindre, toi et ta collègue Christa, dans cette drôle de caverne d'Ali-Baba où s'entassaient les cadeaux d'anniversaire du Chef. La date sacrée approchait, vous deviez trier cet invraisemblable bric-à-brac. Comme chaque année, il en arrivait de toute l'Allemagne. Des babioles, pour l'essentiel. Tout ou presque était distribué à des foyers, des orphelinats... On voyait de ces trucs... Des lettres parfumées, des demandes en mariage, des gants et des écharpes tricotés avec soin, des serviettes de bain aux initiales du Chef, des pâtisseries, des tas et des tas de témoignages d'amour... En 1944 je ne sais plus, mais là je m'en souviens très bien, je me suis dit que le peuple adorait encore son Führer.

Il y a une chose dont je n'ai jamais parlé à Trapp, parce que je n'aime pas qu'on s'en prenne aux enfants. On recevait aussi des dessins, beaucoup de dessins. Chaque jour, l'équivalent de deux sacs postaux, ou à peu près. Et pourtant la grande masse du courrier arrivait directement à Berlin. Ça me donnait le vertige... Tu le trouvais très émouvant, Traudl, ce juvénile déluge d'affection. Ces dessins que le Chef ne verrait jamais, tu t'attendrissais dessus. « Oh, comme c'est mignon ! » Ça devenait contagieux. À mon tour, j'étais ému. Quelle affaire ! C'est quand même bizarre, quand on y réfléchit. Il paraît que le IIIe Reich fabriquait de parfaits petits robots. Pourtant ces robots avaient un cœur. Est-ce que les jeunes Allemands de l'Est ont envoyé des dessins à Kohl après la chute du Mur ? Pas que je sache.

Ah, quelles journées formidables… Après le thé, Traudl, quand tu enlevais ton écharpe, je m'enhardissais à glisser un œil vers ta gorge. Je me délectais aussi à regarder tes mains. Si tu te levais, je tâchais d'apprécier tes formes. Sous le pull et la jupe, je n'apercevais pas grand-chose. Je me consolais avec le galbe de tes mollets enveloppés de laine. J'étais en train de tomber amoureux. Toi aussi, d'ailleurs, mais d'un autre.

6

Je suis assis dans mon fauteuil, celui qu'ils sont allés chercher chez moi, au 6 de la Potsdamer Strasse. S'ils croient qu'ils vont acheter mon consentement avec ça, ils se fourrent le doigt dans l'œil.

La lumière est forte et les feuilles des arbres sont encore en place. Sauf erreur, nous sommes toujours au printemps. Alléluia.

Quelqu'un entre, un type que je connais peut-être. Avec leurs tenues, je les confonds tous. « Votre amie est là ! » s'exclame-t-il.

Mon vieux cœur se met en branle : Martyna !

Mais je déchante aussitôt, ce n'est pas elle. À la place de ma jolie Polonaise, je découvre une vieille. Cheveux teints, trop maquillée, une robe ignoble. « Frau Harpel. Vous me reconnaissez ? » Elle se penche, me serre les mains et exhibe des dents immenses, trop blanches pour être vraies. « Oh, Herr Uffen ! Mais vous êtes élégant comme un jeune homme ! »

Elle sort quelques fleurs de je ne sais où et les arrange en bouquet dans un vase, puis s'affaisse sur une chaise près de la table basse, elle aussi rapportée de la Potsdamer Strasse.

« Comment allez-vous ? demande-t-elle.

– Qui êtes-vous ? »

La voilà qui me serre à nouveau les mains, toutes dents dehors. Autant capituler tout de suite, je ne m'en sortirai pas.

« Ah, oui... Frau Harpel », dis-je.

Ses lèvres s'étirent, s'étirent... Cette femme possède le sourire le plus élastique que j'aie jamais vu.

« Comment trouvez-vous votre nouvel appartement, Herr Uffen ?

– Trop petit.

– C'est vrai que vous avez moins de place qu'avant. Mais j'ai négocié au maximum, compte tenu de vos revenus, pour vous obtenir une belle exposition. Pour que vous puissiez profiter de la lumière... C'était tellement vieux et sombre, Potsdamer Strasse... On se serait cru aux archives de la bibliothèque, vous vous souvenez ?

– Je veux rentrer chez moi. »

Hohoho ! Hahaha ! Elle se met à glousser comme une bécasse.

« Mais vous *êtes* chez vous, et je suis sûre que vous allez vous plaire ici ! Ça va prendre un petit peu de temps, c'est tout... »

Quand je la vois ouvrir un numéro de l'*Ahlenfurter Morgentblatt*, je décide de décrocher. Je n'ai pas le courage de lui demander de se taire, encore moins de partir. C'est donc moi qui m'en vais. J'y arrive de mieux en mieux. Je me concentre sur les voix étouffées, toujours les mêmes, celles qui semblent venir d'un sous-sol alors que nous sommes au troisième étage. La querelle continue. Le ton monte, ponctué de silences. On s'habitue.

« Bonjour ! »

On entre dans la chambre. Frau Harpel décale sa chaise pour laisser passer. La femme de ménage se colle à la fenêtre : *Pschitt ! Woup, woup, woup !* La vitre pivote sur son axe, capte le reflet du soleil et me le renvoie dans les yeux. Une vraie secousse, je ne m'y attendais pas.

Cette nuit, j'étais en Bavière. Le soleil m'aveuglait à moitié, il me chauffait le front et les joues mais il était plus bas, plus doux. Seigneur... Il y a beau temps que je ne m'étais plus aventuré à forniquer pendant mon sommeil. J'en ai presque honte. Si par malheur je vis encore assez pour qu'un uffenologue m'interroge là-dessus, je nierai en bloc : non, les centenaires n'ont pas de rêves érotiques.

C'était vous, Martyna, et ce n'était pas vous. Et quand ce n'était pas vous, c'était quelqu'un dont je ne vous ai jamais parlé. Pardon, ma chère Polonaise, mais qui décide de ses rêves ? Je ne crois pas vous avoir jamais manqué de respect. Ni allusions salées, ni blagues douteuses. Je me contentais de féliciter en silence celui qui avait l'honneur de vous prendre dans ses bras. Au pire, je me disais : « Dieu du ciel, quel veinard ! »

Nous étions allongés sur une sorte de lit de camp, une simple toile tendue sur un cadre métallique. La scène se passait au Mooslahnerkopf, pas loin du Berghof. Je ne sais plus qui l'appelait le « belvédère enchanté », ça n'a aucune importance. Les montagnes autour de nous suffisaient, et la lumière délicieuse, et les clochers de Salzbourg au loin. On jouait à la bête à deux dos, vous dessous, moi dessus. Vous portiez votre tenue de la Sankt-Peter-Haus, vous aviez ôté pantalon et culotte, et je me demandais quand vous seriez disposée à vous débarrasser du reste. Vous mâchonniez un brin d'herbe. Pour tout dire, vous sembliez penser à autre chose que ce à quoi nous étions occupés.

Et puis, j'ai remarqué que vos jambes portaient une paire de bas carmin. L'un d'eux avait glissé sous votre genou. « Vous n'avez pas chaud, Martyna ? » Vous disiez non de la tête, mais moi ça me gênait. Ces bas ne vous appartenaient pas. J'ai entrepris de vous les enlever, une opération fastidieuse parce que vous tordiez jambes, chevilles et orteils pour les garder, mais je suis parvenu à mes fins et j'en ai mis un dans chacune de mes poches. C'est à ce moment-là que Traudl vous a remplacée. « Qu'est-ce que tu caches dans ta veste ? m'a-t-elle crié. – Hein ? Quoi ? – Qu'est-ce que tu caches dans ta veste ? » a-t-elle répété plus fort. Sans me laisser le temps de répondre, sa main s'est aventurée dans les replis de ma vareuse et le bas s'est retrouvé à l'air libre. Même chose pour l'autre. Traudl était furieuse, mais elle ne me repoussait pas. Je me suis excusé : « Je suis désolé, je n'aurais pas dû fouiller dans tes affaires. » Elle souriait à présent. Puis elle a pleuré. Je trouvais ça délicieux et je pleurais aussi, nous avions tous les deux oublié cette histoire de bas. Alors vous êtes revenue, Martyna. Pas sur le lit de camp mais devant moi, dos au soleil. Dans le contre-jour, vous avez placé votre index devant votre bouche et froncé les sourcils : « Chut ! Vous pleurez trop fort, vous allez déranger le Führer. » Lequel, je venais de m'en apercevoir, était assis à quelques mètres de là.

Qu'est-ce que vous faites avec ce mouchoir, Frau Harpel ? Pourquoi me tamponner le visage ? S'il vous plaît, s'il vous plaît, ôtez-le de ma figure, ôtez-le maintenant et gardez pour vous cet air ahuri, je ne vous ai pas demandé de venir. Bon sang mais dans quelle langue faut-il qu'on vous parle ? Mon allemand n'est pas assez clair ? Il est d'un très bon niveau, pourtant. J'ai été bibliothécaire et j'ai beaucoup lu, alors le langage châtié, le style protocolaire ou domestique, je connais. Vous voulez que je vous le dise comme ça ? « Herr Uffen étant dans l'incapacité de supporter plus longtemps votre attitude désobligeante, vous êtes priée de cesser vos agissements séance tenante ! » Voilà, merci. Et ne recommencez pas ! Vous êtes surprise, ou je me trompe ? Non, je ne me trompe pas. C'est qu'un vieux, en principe, ça s'économise, non ? Comme ça s'emmêle vite les pinceaux, ça préfère les grognements suggestifs aux phrases complexes : merci, je suis au courant. Mais je ne suis pas un vieux comme les autres.

C'est que j'en ai fréquenté, des gens de la haute ! Et non des moindres. Si je vous en fournissais la liste, vous partiriez en courant. Peut-être qu'en désespoir de cause vous iriez allumer un cierge pour le salut de mon âme. Je pourrais vous en remercier, mais ce serait en pure perte. Car cette âme-là, passez-moi l'image un peu bancale, est corrompue jusqu'à l'os. Croyez-vous qu'on puisse atteindre un âge comme le mien sans l'aide d'une puissance supérieure ? Pensez au nombre de crapules qui ont survécu à tout et que la mort a emportés pendant leur sommeil, dans leur lit de crapule, sans la moindre souffrance. Et comptez en même temps – vous n'y arriverez pas, ne comptez pas trop longtemps – aux hommes de bien, aux grands-mères, aux enfants qui n'ont pas bénéficié des mêmes égards : massacres, maladies, accidents. Dieu est indifférent et lointain. Le diable, en revanche… Il remercie parfois qui lui plaît, qui l'a bien servi ; il épargne ceux sans lesquels il devrait se contenter de diaboliser dans le vide ; il leur offre des cadeaux. Bien entendu, comme il s'agit du diable, ces cadeaux sont empoisonnés. Moi, Lucifer, Satan ou Belzébuth, appelez-le comme vous voudrez, m'a gratifié d'une longévité aussi extraordinaire que déprimante. Pour services rendus. Alors vous pensez bien qu'un malheureux cierge n'y changera pas grand-chose. Si vous me permettez ce conseil, Frau Harpel : ne courez pas jusqu'à l'église, économisez plutôt votre souffle.

Quoi, vous êtes encore là ? On dirait bien que je suis incapable de vous chasser, vous êtes du genre tenace… Oh, non, par pitié, épargnez-moi vos larmes. Et puisque vous avez décidé de rester, écoutez la suite.

Vous savez, à force de lire on s'instruit, on pense différemment aussi, mais ce n'est pas tout : il arrive qu'on déniche quelque trouvaille de langage. Si je vous dis : « supplice d'autocuiseur », par exemple. L'expression est de moi, vous ne la trouverez nulle part. Elle signifie, pour simplifier, que des choses demandent à sortir. Des choses confinées par le temps, l'oubli volontaire, l'effort de les tenir à l'écart. Et un beau jour tout cela déborde. Pour ne pas exploser soi-même, il faut en laisser échapper une partie.

Vous connaissez Eva Braun ? Oui, bien entendu. Comme tout le monde, un jour ou l'autre, vous êtes tombée sur elle à la télé… Vous avez écouté un commentateur décrire avec une ironie méprisante ses déboires sentimentaux. Eva malheureuse ? Hitler lui paie une maison à Munich. Eva esseulée ? Hitler lui offre un chien. Pourtant il ne vous viendrait pas à l'esprit de la plaindre. Au contraire, vous êtes plus ou moins horrifiée. Vous l'avez vue skier, patiner, nager, cueillir des fleurs, s'entraîner à la gymnastique. En pleine guerre, c'est obscène. Parce que pendant ce temps-là, n'est-ce pas, personne ne l'ignore, Mme Roosevelt ou Mme Churchill, elles, trimaient dans des usines d'armement, regagnaient le soir leurs logements insalubres et s'endormaient dans des lits remplis de punaises, par solidarité avec leur peuple en guerre. Cette bonne blague ! Vous comprenez ce que je veux dire, Frau Harpel ? Vous comprenez ? C'est toujours la vie de château des mêmes qu'on flétrit.

Pauvre Eva... On l'a dépeinte comme une fille superficielle, une pimbêche. Comme une saleté, parfois. Non mais regardez-moi cette idiote, capricieuse en plus, occupée à changer de toilette cinq fois par jour ! Quelle tristesse... Quand je pense que c'est à peu près tout ce qui est resté d'elle... On est aussi allé farfouiller dans son intimité. On voulait savoir ce qui se passait la nuit, au Berghof, quand Hitler était là. Un type m'a posé des questions sur elle, après la guerre. Un officier américain. J'ai défendu Eva comme j'ai pu, en restant vague. Moi-même, j'en savais très peu. Les appartements d'Eva et du Chef communiquaient, c'est tout ce que je peux dire. Je ne tenais pas à en apprendre plus, si vous voulez savoir. Ces questions, je les trouvais dégueulasses.

Eva était jeune, charmante, elle avait le contact facile. « Elle ressemble à Traudl », m'avait dit Linge. C'était dans le train qui nous emmenait à Berchtesgaden. J'avais été très surpris d'apprendre que le Führer avait une « amie ».

Je l'ai rencontrée sur la terrasse, un matin. Elle promenait ses deux petits chiens noirs, je m'en grillais une. Il pleuvait sur l'Untersberg, juste en face. Mais pas sur le Berghof : le Führer commandait aussi aux nuages.

« Oh, vous voilà ! » s'est-elle exclamée. À pas menus, *clap, clap, clap* – sa jupe étroite descendait bas –, Eva s'est approchée. Mon Dieu, jamais je n'oublierai ce sourire-là, ce regard-là. Il y avait une sorte d'immense appétit, de gourmandise à l'intérieur. Et tellement de bienveillance. Elle était heureuse, disait-elle, « si heureuse », même. Parce que le destin m'avait envoyé, parce que le Führer – elle ne l'appelait jamais autrement – avait un nouvel atout en main pour battre ses ennemis. C'est une des rares personnes qui m'ait remercié d'exister, vous savez. C'est fort, non ?

Oubliez tout ce que vous croyiez savoir sur Eva, Frau Harpel. Jetez au caniveau ces documentaires à la noix. C'était une femme hors du commun, une sorte de reine sans couronne. Sa position était unique. À qui se confiait-elle, je me le demande. À sa sœur, sans doute. Et vers la fin, à Magda Goebbels aussi. Elle aurait pu jouer les maréchales à escarpins ou multiplier les caprices de diva, déballer ses états d'âme à qui mieux mieux… C'était tout le contraire. Elle passait son temps à s'inquiéter des uns et des autres. C'est peut-être pour ça que le diable ne lui a pas pardonné. À beaucoup il tend un précipice, une voie ferrée, une corde. À Eva, il a offert une capsule de cyanure. Elle aurait pu vivre, voyez-vous. Il lui suffisait de rester au Berghof. Au lieu de ça, en 1945, elle s'est précipitée à Berlin. Elle savait très bien ce qui allait arriver. Elle devinait qu'il n'y avait pas trente-six issues… Pourtant, elle l'a fait. Par amour, et pour rien d'autre. Drôle d'écervelée, n'est-ce pas ?

Mais… bonté divine ! Quelle entêtée ! Quand allez-vous vous arrêter ? Vous voulez m'arracher la peau ? Ça ne vous intéresse pas, ce que je raconte ?

Là ! Voilà ! Non, je ne vous rendrai pas ce mouchoir. Essayez un peu de le reprendre, essayez ! Toute seule, vous n'y arriverez pas !

C'est ça, criez ! Chouinez ! Appelez au secours, espèce de vieille chouette !

Saleté ! Saleté ! Saleté !

7

Au début des années cinquante, comme beaucoup de mes compatriotes, j'ai vu des images. Elles m'ont causé un mal de chien. Je veux parler du Berghof, de ce qu'il était devenu : un genre de Pompéi des alpages. Parmi la pâture et les fleurs, de hauts murs noircis par le feu, des fenêtres vides comme des mâchoires sans dents, la bouche ouverte du grand salon supplicié, plus de toit ni de planchers... Quelle tristesse. À côté de ça, c'est étrange, les routes autour étaient redevenues impeccables, lisses et asphaltées comme il faut ; les pentes herbeuses étaient entretenues avec soin. Comprenne qui pourra. Pour les bombardements, je savais. En 1945, comme la bête se mourait, nos libérateurs devaient se demander quoi faire des bombes qui leur restaient. Alors ils s'en étaient pris à l'Obersalzberg. Bon sang de bois, quel acharnement !... Est-ce que Hitler avait jamais demandé à Göring de raser la maison de campagne de Churchill ?

Un jour gris du printemps 1952, hélas, j'ai ouvert un journal. *Bam !* trois photos m'ont aussitôt explosé à la figure. Avant, pendant, après. Les « autorités bavaroises », comme disait l'article, avaient décidé de dynamiter les ruines du Berghof. Il faudrait bien quelques semaines pour évacuer les gravats et passer le bulldozer, mais le journaleux se montrait rassurant : adieu cauchemar, on allait être libérés pour de bon. Bientôt, l'Obersalzberg serait rendu aux amateurs de balades. Et comme il était question de reboiser tout le flanc de la montagne, d'ici dix ou quinze ans il faudrait se creuser la tête pour déterminer l'emplacement exact du bâtiment maudit…

Avant sa destruction complète, nos amis yankees étaient passés par là. Ils avaient emporté tout ce qu'ils pouvaient. Ça s'appelle du pillage, mais on n'a pas le droit de le dire. Des livres, de la vaisselle et du linge de maison, peut-être bien des vêtements… Ils s'étaient filmés en vainqueurs dans le grand salon, face au panorama ; ils se tenaient de dos et je leur imaginais tous une tête de Trapp ; ils avaient gravé leurs noms sur les murs, pris des photos souvenirs… « Je suis allé jusque chez le *Fiouhrer*, vous savez ? » Terminé les jugements à l'emporte-pièce, la répulsion, l'envie de vomir comme à Dachau : le Berghof les captivait. Et moi, pour le coup, j'en avais des maux d'estomac.

J'aurais dû passer ça par pertes et profits, ne pas m'y attarder. Comme pour la Tanière du Loup, la chancellerie, toutes nos villes pulvérisées. J'avais vu tant de ruines. Alors, une de plus, une de moins… Mais quel homme décide de ce qu'il ressent ? Je n'en finissais pas de flétrir ces prétendues « autorités bavaroises », de me répéter qu'elles n'avaient pas le droit d'agir comme elles avaient agi. S'acharner sur des ruines, ça me semblait le comble de la bassesse.

Je revoyais la terrasse baignée de lumière, les parasols colorés et les chaises longues, l'Untersberg dans l'air cristallin, les sourires, les conversations légères ; les enfants Speer, ou les enfants Bormann, ou les enfants Goebbels, rassemblés autour d'une cage où s'ébattaient de gros lapins blancs ; les scotch-terriers d'Eva qui reniflaient mes bas de pantalon, la chienne du Chef qui implorait son maître de lui accorder une promenade ; je le revoyais, lui, les yeux masqués par la visière de sa casquette, un peu gauche, presque timide, ne sachant trop quoi faire de ses bras. Il observait tout son petit monde, le sourire aux lèvres. Les enfants venaient le voir, il leur donnait la main. Quelquefois il en prenait un sur ses genoux. Eva filmait, photographiait, ou prenait la pose avec lui. Elle raffolait de ces moments. « Le Führer n'a pas eu une enfance très heureuse, c'est pour ça qu'il aime tant les enfants, m'avait-elle glissé. Il est capable de donner la tendresse qu'il n'a pas reçue. N'est-ce pas un homme merveilleux, Heinrich ? » Après la guerre, après la victoire, quand Hitler aurait pris sa retraite, ces deux-là vivraient entourés de marmots, je n'en doutais pas.

Et puis je te revoyais, toi, Traudl, étendue dans un transat en train de laisser bronzer tes jambes, le bout de ton nez enduit de crème solaire – tu avais si peur de ressembler à un clown, comme tu disais. Tu avais envie de plaire...

Toutes ces images... Maudit journal ! Ça défilait, ça défilait... Les domestiques SS en spencer blanc, les pitreries de Heinrich Hoffmann, le Begleitkommando en grand uniforme, le pas de deux des uns et des autres autour du Chef, le gros rire de Bormann, ses yeux noirs comme ceux d'un requin empaillé ; des Italiens, des Hongrois, des

Roumains et même des Bulgares ; les genoux égratignés des petits garçons, les glaces qui coulent et les plateaux étincelants, les nœuds dans les cheveux des fillettes, les verres renversés ; le crépuscule dans le grand salon, les silences matinaux, les tapisseries et le buste de Wagner, les disques, *Mein kleines Herz* ; les séances de cinéma au sous-sol, la caméra 16 mm d'Eva, une Bell & Howell importée d'Amérique ; les rideaux à carreaux et les banquettes à fleurs, les poêles recouverts de faïence de la maison Wachenfeld, le rire de Frau Doehring, Günsche et sa casquette de travers, façon canaille, Linge qui se gratte le crâne pendant que nous jouons aux échecs ; le jardin d'hiver qui n'en était pas un, où je me réfugiais quand le mercure se tassait ; la prévenance de Hitler à mon égard, sa main posée sur mon épaule, une sorte de main paternelle. Autant dire : le paradisiaque inventaire de mon premier séjour au Berghof. Là-bas, je me sentais chez moi.

Je ne suis pas idiot, il m'arrivait d'entrevoir que tout ne pouvait pas être aussi rose. Après 1943, par exemple, je n'ai plus revu Frau Scharfitsel : flanquée à la porte pour avoir chapardé quelques bricoles en cuisine. Qui l'avait dénoncée ? Frau Doehring ? Je n'arrivais pas à le croire. Ça m'a quand même mis la puce à l'oreille, je suis devenu prudent. Au fond, ça ne rigolait pas. Bormann moins que les autres. De nos jours, tout le monde a entendu parler du bonhomme, je ne vais pas me lancer dans un cours d'histoire. Mais alors, il fallait un œil aiguisé pour déceler son omnipotence. Les autres crevaient l'écran ou assaillaient les micros du Sportpalast, ils se poussaient du coude pour jouer les vedettes. Bormann était plus malin, il fuyait les feux de la rampe. Il dirigeait tout l'appareil du parti, une paille ! et surtout, le Chef se reposait complètement sur lui. Goebbels et les autres avaient beau se démener, ce n'était plus comme autrefois. Moi je ne voyais rien. De cette vie de cour, je ne retenais que ce que j'avais envie de retenir. Quand une ombre passait, je l'attribuais à mes peines de cœur. Tu m'as aveuglé de bien des façons, *Schätzchen*...

Le moins qu'on puisse dire, c'est que pas mal de mes anciens collègues n'ont pas été tendres avec nos escapades sur l'Obersalzberg. Mon Dieu, ce qu'ils ont pu raconter comme âneries ! À les écouter, la vie auprès du Chef était un calvaire. En lisant ça j'ai plus d'une fois failli tomber de ma chaise : quand j'étais avec eux, ils ne se plaignaient de rien. Comment auraient-ils pu, d'ailleurs ? je me le demande... On aura beau tourner le sujet dans tous les sens et chercher la petite bête, l'honnêteté commande de dire que nos journées au Berghof étaient tout sauf désagréables.

Au même moment, en face, ils étaient nettement plus mal lotis. Ça, je l'ai su plus tard, quand je me suis renseigné sur le camarade Staline. Au Kremlin ou dans sa datcha, on vivait la peur au ventre. Si le « petit père des peuples » est mort seul comme un chien, la gueule ouverte et tout bavant sur sa descente de lit, après avoir agonisé pendant des heures, c'est parce que son majordome n'a pas osé pousser la porte. Il a toqué et toqué encore, mais il n'a pas pu se résoudre à entrer. Pour aller voir, ça a été une affaire d'État, il a fallu convoquer le politburo. Eh bien, je peux dire qu'au Berghof ou ailleurs pareille chose n'aurait pas pu se produire. Selon les jours, les circonstances, le Chef inspirait des sentiments divers, c'est bien normal. Mais de la terreur ? Jamais de la vie.

Malgré tout, les pleurnicheries à retardement de mes anciens collègues ont produit leur effet. Tous les historiens s'y sont laissés prendre. Tous. Pas un pour lever le sourcil et leur demander s'ils ne poussaient pas le bouchon un peu loin… Pas un pour leur faire remarquer qu'ils avaient décidé de rester à Berlin jusqu'au bout, alors que Hitler leur ordonnait de quitter la ville. Ça me fichait en boule, ça m'énerve encore. Si leur spectre vient à m'apparaître, je leur demanderai de m'expliquer. Même à toi, Traudl, j'aurai quelques questions à poser. Le rituel des goûters à la maison de thé, par exemple (Ah, le *Führerskuchen*, comme on l'avait baptisé ! Quel régal ! j'en salive encore !) : tu écris dans tes mémoires que tu finissais par les trouver ennuyeux. À l'époque, pardon d'être franc, je dois quand même te dire que je ne l'ai pas remarqué. Dieu sait pourtant que je ne te lâchais pas des yeux…

Tu gambadais avec le sourire, tu plongeais ton nez dans les fleurs, souvent tu prenais de l'avance – le Chef traînait pas mal – et tu revenais d'un bon pas avant de repartir, comme une enfant trop pleine d'énergie. Tes cheveux blondissaient au soleil, la marche te donnait de belles joues rouges. J'avais envie de croquer dedans comme dans une pomme… Et puis, et puis… – ah, ça me fend le cœur, mon Dieu comme c'est bête, après tout ce temps – un beau jour, je m'étais aperçu que ces fruits-là étaient destinés à un autre. Hans te tournait autour, et il avait des arguments : ses allures de jeune dieu blond auraient remué le sang d'une Greta Garbo. Ce n'étaient plus seulement la lumière ou l'effort qui te donnaient des couleurs… Je me suis résigné. Avec ces fichues hanches, mon profil de fouine et un modeste uniforme de soldat de première classe, je n'avais pas la moindre chance. Hans était un SS, officier par-dessus le marché. Il servait de bras droit à Linge. Bref, ce n'était pas n'importe qui. Pas étonnant que ton jeune cœur ait chaviré si vite.

Voilà que j'y vais de ma larmichette, à présent. Trois fois hélas, fréquenter le diable n'empêche pas d'être humain, tu le sais mieux que moi. C'était douloureux, bien plus douloureux que ma cuisse, par exemple. J'ai eu mes heures de cafard à couper au couteau, mes suppliques au ciel qui s'en fichait. Puisque nous étions condamnés à nous voir chaque jour, j'ai enchaîné les joies douloureuses. Je ne pouvais pas m'en empêcher et, de toute façon, je n'avais pas le choix. Jusqu'en 1945, j'ai enfilé des colliers de perles empoisonnées. Oh, Seigneur !... savoir que tu dormais à quelques mètres de moi, là-haut, dans nos chambrettes de la maison Wachenfeld, imaginer ce que tous les hommes imaginent en pareil cas ; se sentir un vin pétillant ou mieux : du vrai champagne dans les veines, en t'apercevant ; éprouver des frissons, les quelques fois où ta tête fatiguée s'est posée sur mon épaule, où tes cheveux sont venus me chatouiller la joue... J'étais Werther, tu étais ma Lotte, et malheureusement le sort nous avait contraints à la colocation. De tout cela, il me reste une collection de fragments. La forme de tes ongles ou de tes lobes d'oreille, l'arrondi de ton nez ; cette façon bien à toi de ramener tes cheveux en arrière, une barrette entre les dents, de plisser les yeux au soleil, ta main en visière, de tirer sur tes bas quand tu pensais ne pas être vue... Un jour, je t'ai surprise à rajuster ton corsage entre deux portes.

Parfois, aussi, je me suis gavé. Pardon si le mot n'est pas très élégant, je n'en trouve pas d'autre et c'est la stricte vérité. Pendant nos excursions à la maison de thé, il m'arrivait de demeurer derrière toi, juste pour le plaisir. Je me perdais dans l'observation de ta nuque, de tes mollets, de tes chevilles. De tes fesses aussi. J'essayais par tous les moyens de deviner leur forme, leur volume. Tu dois être surprise, j'espère que tu ne m'en veux pas. Je n'ai jamais trouvé le bon moment pour t'avouer ces petites manigances d'amoureux transi. En 1945, quand nous nous sommes tant rapprochés, on avait trop peur de l'avenir pour se parler beaucoup.

Ce qui m'a permis de limiter la casse, c'est mon métier. Mon art, devrais-je dire. « Vous êtes un artiste, Uffen » : ce compliment du Chef m'était resté en tête. Ce printemps 1943, j'ai battu des records de créativité. Je vivais dans un environnement clément, couvé par mes tantes adoptives, et les idées venaient toutes seules. Jusqu'à notre retour en Prusse-Orientale, j'ai dû mettre au point une bonne dizaine de recettes. Pour commencer, des plats de pâtes. Par exemple des carbonaras, comme on ne les appelait pas encore – j'étais d'ailleurs persuadé d'en être l'inventeur ; puis les équivalents végétariens de plats traditionnels : Hoppelpoppel berlinois, boulettes aux câpres de Königsberg... Si quelque chose manquait, je n'avais qu'à claquer des doigts. Frau Doehring prenait son téléphone et le problème était réglé. Tout me semblait facile.

Il y en a un – dire que je me sentais presque son ami ! –, je suis à peu près sûr que mes hallucinations passeront à côté, qu'il arrivera à se défiler. Plus qu'un homme, une anguille. Ou un caméléon. En tout cas le type le plus rusé que j'aie jamais rencontré. Même le Chef, qu'on n'embobinait pas comme ça, était tombé sous son charme.

À Nuremberg, sur le banc des accusés, entouré d'une pléthore de sales gueules, on finissait par se demander ce qu'il fichait là… Il faut dire qu'il avait une bonne tête, Speer. Une tête d'Anglo-Saxon bien sous tous rapports. À la Maison-Blanche, aux côtés de Truman ou d'Eisenhower, il n'aurait pas dépareillé. Il a pris vingt ans de forteresse, si je me rappelle bien. Bon. J'imagine que les Russes voulaient le pendre avec les autres, et pour une fois je leur donne raison. Parce que quand on gratte un peu, hein… Le diable n'a pas été dupe, lui. Il a offert à Speer une mort rapide et indolore. Merci Albert, tu m'as bien servi.

J'ai lu ses volumineux souvenirs, et plus je lisais, plus je me disais : « Ça, c'est vraiment habile. Un équilibriste, ce type. Comment est-ce qu'il s'y prend pour mentir tout en racontant un tas de choses vraies ? » Au fond, la recette était simple : il suffisait de trier. La meilleure façon de fabriquer des bobards, c'est encore de ne pas tout dire. Jusque-là, je ne lui en voulais pas trop. J'avais moi-même été assez jugé, je n'avais guère envie d'en ajouter une couche. Et puis il est passé à la télévision, un parfait gentleman qui filait la parfaite repentance. Ni trop, ni trop peu. Speer s'était taillé un *mea culpa* sur mesure – du travail d'orfèvre. Ça marchait, l'ancien ministre du Reich appâtait le chaland comme personne. J'aurais pu lui emboîter le pas. Beaucoup n'y ont pas résisté. Avec ses airs contrits, ses sourires calculés au millimètre, Speer offrait le vade-mecum de l'absolution à des millions de nos compatriotes.

Moi, je n'ai pas pu suivre. J'ai tout de suite vu qu'il jouait la comédie. Ses mines, les inflexions de sa voix, sa gestuelle : rien ne collait. Je sais de quoi je parle, j'ai discuté des heures avec lui. Bien plus que Goebbels, Himmler et tous les autres, il squattait le Berghof. On parlait de mon avenir, de ce projet d'ouvrir un restaurant après la guerre. Speer m'a dit : « Pourquoi un seul ? » Il voyait toutes choses à l'échelle industrielle. Quand mes recettes seraient brevetées, quand des cuisiniers seraient formés pour les réaliser, il serait possible d'ouvrir des restaurants partout. « Jusque dans le Caucase », disait-il. Bon, pour le Caucase, rien ne semblait moins sûr en 1943, mais là n'est pas la question. Ce qu'il fallait, c'était créer une chaîne, avec un corps de carte unique et peut-être une ou deux spécialités locales, pas plus, le tout dans des bâtiments identiques, repérables au premier coup d'œil. Le client devait être sûr de ce qu'il allait trouver dans son assiette, c'était ça l'important. J'étais subjugué.

J'aurais pu laisser tomber mais faire les choses à moitié, ce n'est pas mon genre. J'ai lu les mémoires de Speer jusqu'au bout. Et quand il en est venu à raconter ses journées au Berghof, là, mon sang s'est mis à bouillir. J'ai commencé à lui écrire. Une lettre incendiaire, que je comptais envoyer à son éditeur. Trop, c'était trop. Oser se plaindre du temps perdu, de la routine, des soirées à rallonge, de cette « vie de patachon » comme il l'écrivait, alors qu'il était là tous les jours ou presque, avec femme et enfants ! Ce n'était pas le Chef qui disait : « Appelez-moi Speer ! », vous savez. Non, pas du tout. Il venait parce qu'il voulait être là. Il a bien pu prétendre ensuite qu'il se tuait à la tâche, je vous assure que quand je l'ai connu, il n'avait pas l'air surmené. Il suivait docilement le Chef, où qu'il aille. Il l'écoutait d'un air recueilli. À la maison de thé ou le soir, dans le grand hall du Berghof, il se coulait dans les conversations de salon comme un nageur dans sa ligne d'eau. Un bourreau de travail, Speer ? Laissez-moi rire. Pas en 1943, en tout cas. En 1944, peut-être… À partir de là, on ne l'a presque plus vu, il avait dû se mettre au boulot pour de bon. Je ne sais plus comment l'ancien ministre a expliqué son éclipse, mais j'ai mon idée. Je pense que Hitler en avait marre de le trouver pendu à ses basques et qu'il lui a remonté les bretelles. On évoquait le sujet à demi-mot, en le plaignant, parce qu'on l'aimait bien. La rumeur courait que l'ami Albert, tenu loin de son maître, en avait déclaré une jaunisse.

Au bout du compte, malgré toute ma colère, je ne lui ai pas écrit. À quoi bon ? La dernière fois qu'on s'était vus, on n'avait déjà plus rien à se dire. En avril 1945, vous pensez bien… Dans ce cachot mal ventilé, pompeusement baptisé « *Führerbunker* », mes rêves de prospérité gisaient six pieds sous terre, et je m'apprêtais à les rejoindre.

8

Cantine, cuillère, purée : la routine. En face de moi la place reste vide. Wolfgang Schröder commence à me manquer, il masquait l'éphéméride. C'était bien commode pour s'éviter certaines frayeurs. Du genre : tiens, c'est curieux, les dix derniers jours sont passés à la trappe.

J'ai manqué d'à propos, et je le regrette. Quand les premiers souvenirs sont remontés et que je me suis revu en Crimée, j'aurais dû me débrouiller pour glisser mes doigts dans une prise : j'aurais filé illico chez saint Pierre. Au lieu de ça, ironie du sort, me voilà à la Sankt-Peter-Haus, son antichambre terrestre et médicalisée. Je veux rentrer chez moi. Qu'est-ce qui est donc passé par la tête de Martyna ? Je ne lui demanderai plus rien. Pourquoi continue-t-elle à m'éviter ? Je n'aurais jamais cru ça possible de sa part. Ah, ces Polonais et leurs coups tordus !

Mon Dieu, qu'est-ce que je raconte ?

Je suis injuste, je suis affreux. Ce n'est pas nouveau.

Donc, signer une décharge à Martyna. Pour ne pas lui compliquer la vie, après tout le mal qu'elle s'est donné. Elle comprendra, il le faudra bien. Et si elle refuse de comprendre, si son catholicisme la paralyse, j'avalerai ici même ce qui me tombera sous la main. Deux ou trois boîtes de cachets, de quoi m'expédier de l'autre côté. Enfin.

Depuis le temps que je vois partir les autres, j'en connais un bout sur la question, et sur les histoires qui vont avec. « Uffen s'est éteint doucement pendant son sommeil » dira-t-on. « Il avait l'air paisible... » Paisible, mon œil. Les morts sont tout ce qu'on veut, un examen superficiel peut laisser croire qu'ils dorment, mais à y regarder de plus près, surtout quand le temps passe et que la chaleur s'en mêle... Les morts ne sont pas paisibles, ils sont vides. Hideux et vides. Surtout ceux qu'on a essayé de remplir, dont on a bourré la bouche avec Dieu sait quoi pour leur redonner un peu de joues. Pour qu'ils n'aient pas trop l'air de cadavres, justement. Croyez-moi, des morts, j'en ai vu presque autant qu'un employé des pompes funèbres, je parle en expert. J'ai enterré tous ceux de ma génération, les hommes d'abord, les femmes ensuite, et puis après... J'ai pris un sacré coup sur la tête. Ceux qui avaient l'âge d'être mes enfants, j'ai commencé à les enterrer aussi. J'ai connu pas mal de monde, vous pensez bien... J'étais bibliothécaire, ça défilait. Et un beau jour ces gamins ont tous attrapé des cancers ou des maladies cardiaques, et *crac* ! L'agonie, l'extrême-onction, le cercueil. Bon sang, ce que c'est moche. Alors j'ai décidé d'arrêter les frais. J'ai dit : « Non, les enterrements ça va bien comme ça, personne n'est taillé pour en supporter autant. » Déjà qu'à la guerre, j'avais été servi... Là, je ne pouvais plus. La prochaine fois que je mettrai les pieds dans un cimetière, ce sera pour mes propres funérailles.

Depuis l'été 1943 et notre retour à la Tanière du Loup, j'avais le cœur en morceaux. Hans et Traudl s'étaient mariés. Après leur voyage de noces, Hans avait demandé à retourner au front. Traudl se rongeait les sangs. Pour la distraire, je lui donnais des cours de cuisine. C'était toujours à double tranchant, formidable et douloureux. De temps en temps, on quittait le périmètre. On sortait à vélo, en petit groupe. Les sentinelles nous connaissaient, elles ne nous contrôlaient plus. On allait piquer une tête dans un lac des environs. On passait la journée dans l'herbe ou dans l'eau, sur des nappes en tissu, au milieu des paniers d'osier. Un gars du mess prenait des photos et nous offrait des tirages, je les rangeais dans un album. Tout ça s'est perdu, c'est dommage. Je me rappelle qu'on mangeait beaucoup de pêches. Elles venaient de France. Des radis aussi, frais et craquants, des cornichons... Parfois on écoutait des disques. Zarah Leander, surtout. Pendant quelques heures, la guerre s'éclipsait. Garder ses distances avec la boucherie n'avait rien de compliqué. Le Führer tenait les rênes : de quoi aurions-nous pu nous alarmer ?

J'ai beau chercher, je n'ai aucun souvenir de notre débâcle en Afrique, de la bataille de Koursk ou de la chute de Mussolini... Le trou noir. Tout ce que je revois, c'est la cuisine que Hitler m'avait offerte. Une jolie baraque flambant neuve qui sentait encore la peinture. J'y étais très occupé. Je tâchais de mettre au point un *Leberkäse*[1] végétarien.

1. Sorte de pain de viande.

À deux pas de là officiait « Krümel », le cuisinier en chef du QG. Tout le monde l'appelait comme ça, Hitler compris, son vrai nom ne me revient pas. C'était un type extra, très affable. Pas du tout collet monté. Il m'avait affectueusement décerné le titre de *Reichsnudelnmeister*[1]. Ce brave Krümel… Des comme lui, on en trouvait des dizaines dans le QG. Ça ne surprendra que les imbéciles pétrifiés dans leur moraline.

L'automne est arrivé. Les milliards de moustiques et autres bestioles volantes qui menaçaient de finir dans mes plats ont disparu. Un vrai soulagement. En octobre, j'ai été promu lieutenant. « Par décision spéciale du Führer, Commandant suprême des Forces armées du Reich, pour l'inestimable valeur des services rendus », comme c'était écrit. Pour la petite cérémonie, il y avait la crème de l'état-major, Keitel et Jodl en tête. Je n'étais pas peu fier de mes bottes et de mon pantalon de cavalier. Il faut admettre qu'ils avaient de l'allure, nos uniformes. Ils vous embellissaient le quidam illico – enfin, tant qu'on se contentait de parader avec. Alors, bis repetita, je suis retourné voir un tailleur, et le résultat c'est que je ne touchais plus terre. « Lieutenant Uffen », ça sonnait doux à mes oreilles. Après quatre ans de tranchées, mon père s'était péniblement hissé au rang de caporal-chef. J'étais le premier officier de la famille. Si j'acceptais d'adresser la parole à un historien, je lui demanderais de retrouver les photos de ce jour-là. Un grand escogriffe – on disait qu'il avait travaillé avec Leni Riefenstahl – couvrait la cérémonie. C'était une très belle journée d'automne. Temps doux, pas trop humide encore,

1. Maître des nouilles du Reich.

lumière jaune… Derniers éclats avant que novembre et sa suite nous avalent.

Le cours de la guerre était en train de nous rattraper. Les Russes avaient repris Smolensk, le front du Dniepr ne tenait qu'à un fil… Je n'ai pas arrêté de lire, à peu près partout, que Hitler était un flemmard patenté. C'est complètement faux. Les réunions d'état-major s'éternisaient, il en sortait rincé. Je l'ai vu de mes propres yeux, avant qu'il ait eu le temps de se recomposer un visage un peu plus avenant, pour nous ménager. Un dilettante, ça ? Il travaillait plus que n'importe lequel d'entre nous, il faut lui rendre cette justice. Après-guerre, on lui a tout mis sur le dos, les généraux ont réinterprété les événements en leur faveur. Hitler s'épuisait à la tâche, et ce qu'ils en ont retenu c'est qu'il mettait son nez partout et qu'il se noyait dans des détails. Il est si facile d'accabler un mort… Ça me dégoûte.

Deux ou trois fois la semaine, il m'invitait à prendre le thé dans ses quartiers, le soir. Il aurait fallu être aveugle pour ne pas s'apercevoir qu'il allait mal. « Les dieux de la guerre sont passés dans l'autre camp », disait-il. Jusque-là, je ne l'avais jamais entendu se plaindre. Et puis son teint terreux, sa moustache devenue toute grise, sa démarche… On voyait qu'il essayait de cacher son abattement. Ses sourires étaient de pure forme et il ne racontait plus de blagues. Hitler aimait bien plaisanter, je n'invente rien. Il imitait Schaub et Hoffmann à la perfection. Quand il était en forme, il improvisait des sketches. « Hitler et l'humour », voilà le livre qui manque à sa copieuse bibliographie.

Tout ça n'était rien, pourtant, comparé à ce qui nous attendait en 1945. Nous n'étions pas encore transformés en zombies, on ne faisait pas semblant de vivre. Un petit effort, une poignée d'anecdotes, et on arrivait à se dire que la soirée avec le Chef ne s'était pas si mal passée. À quatre heures du matin, Hitler tapotait ses accoudoirs avant de nous lancer, presque joyeux : « Bien. Mes enfants, je crois qu'il est temps d'aller dormir. » En attendant de le retrouver le lendemain dans le même état, on le quittait sur une bonne note.

Qu'est-ce que ça peut faire aujourd'hui, si je l'avoue ? Allez-y, balancez-moi par la fenêtre, je ne demande pas mieux ! Voir Hitler dans cet état me fendait le cœur, j'avais du mal à le supporter. Traudl me disait : « Tu es pâle, Heinrich », et même Bormann, qui d'ordinaire ne se préoccupait de personne : « Vous n'avez pas l'air dans votre assiette, Herr Uffen. » Plus tard, à propos de cette période, au cours des procès ou dans leurs mémoires, beaucoup ont juré la main sur une bible qu'ils s'inquiétaient d'abord pour l'Allemagne, pour les leurs, pour un tas de choses qu'ils pouvaient défendre sans risque. Ah, s'ils avaient pu se débarrasser de Hitler, prendre les rênes à sa place ! Comme la situation aurait été différente ! Comme la guerre se serait mieux terminée ! Mensonge que tout cela ! Mensonge, mensonge, mensonge ! En vérité, ils s'agitaient comme des chiens anxieux qui avaient flairé que leur maître ne tournait plus rond. S'ils priaient, c'était pour qu'il se rétablisse. Mais le Chef coulait à pic, et son humeur contaminait son entourage. Peut-être que si Eva avait été là... Je dis ça, mais personne n'en sait rien. Pour la première fois depuis que j'avais quitté le front, je commençais à me dire que la fin de la guerre ne serait peut-être pas aussi glorieuse que je m'étais pris à le croire.

Et puis, un beau jour, Göring a débarqué dans ma cuisine. Tout juste sorti d'une conférence d'état-major, il cherchait quelque chose à se mettre sous la dent.

Je ne l'avais pas encore rencontré mais je l'aimais bien, notre Reichsmarschall. Je n'étais pas le seul. Aujourd'hui on ne fait plus guère le distinguo entre ceux qui nous dirigeaient, mais à l'époque tous mes compatriotes avaient leurs préférences. Aucun Allemand sain d'esprit n'aurait voulu de Himmler, de Ribbentrop ou de Goebbels comme voisins de palier. Göring, par contre... il était très populaire. Après le Führer, c'était lui la vedette. Simple, jovial. Ce côté rond, sans chichi, ce penchant pour la bonne chère... l'Allemand moyen pouvait s'y reconnaître. Göring, on avait envie de l'inviter à boire quelques bocks dans une taverne. C'était un des rêves de Herr Brauner. « Ah, si le Reichsmarschall voulait bien passer par là... » Je l'entends encore.

Toc toc toc ! Je m'attendais à voir Krümel, ou Traudl, ou n'importe qui d'autre, mais pas une huile de cet acabit. J'ai sursauté et tendu le bras, Göring a vaguement levé son bâton de maréchal. « Bonjour... bonjour... Vous permettez que je m'assoie ? » Il a déboutonné son manteau, ôté sa casquette et posé son quintal sur la chaise, qui a grincé. Il avait le visage en sueur et l'air sonné comme après un déluge d'artillerie. J'ai aussi remarqué qu'il avait forci, un triple menton lui dégoulinait sur le col. Une conséquence du stress, sans doute. « Auriez-vous la gentillesse de me préparer deux ou trois tartines ? » a-t-il demandé.

Pendant que je m'exécutais, je l'ai vu placer quelques pilules dans sa main et les gober, tamponner ses joues et son front avec un mouchoir. Puis il a fermé les yeux un moment avant de déclarer, je m'en souviens comme si c'était hier :

« Ainsi, c'est vous qui cuisinez pour le Führer… Grâce à vous, on peut dire qu'il ne manque pas d'énergie.

– Merci, Herr Reichsmarschall. Peut-être cette cuisine serait-elle à votre goût ? »

Göring a eu un petit rire désabusé.

« Pour le savoir, il faudrait encore que le Führer m'invite à sa table. »

Il s'est mis à tripoter sa casquette. Quand les tartines sont apparues, ses yeux ont retrouvé un peu d'éclat. Il a mâché, mâché, mâché, avalé la première tartine sans prononcer un mot. Sa pâleur s'estompait, son teint virait au rose tendre. Ne jamais sous estimer les pouvoirs d'un estomac en cours de remplissage.

« Extra ! » dit-il en s'emparant de la deuxième tartine.

Il l'a entamée, puis il a commencé à discourir la bouche pleine :

« J'ai entendu dire beaucoup de bien de vos pâtes… "*Deutsche Nudeln*"… C'est comme ça que vous les appelez, n'est-ce pas ?… Below, mon aide de camp auprès du Führer, les apprécie… et c'est l'avis d'un homme raffiné… Il paraît que vous êtes capable de remplacer la viande par des œufs… sans qu'on s'en aperçoive… Il fallait y penser… Un conseil… – Bon dieu, ce qu'elles sont bonnes, vos tartines –… faites breveter votre invention avant qu'un petit escroc, un quart de Juif rescapé, mettons, vous la chipe et fasse fortune à votre place.

– Vous pensez ?

– J'en suis sûr… Le monde des affaires est impitoyable… Sitôt votre secret éventé… tous les opportunistes de la terre voudront vous concurrencer, alors prenez les devants !… Imaginez qu'après la victoire l'escroc propose vos pâtes à la carte de son restaurant... Comment croyez-vous qu'il les appellera ?... Certainement pas "*Deutsche Nudeln*"... parce que, sans vouloir vous offenser... ça ne parlera à personne... Non, en bon petit quart de Juif rescapé... il les rebaptisera *Führernudeln*[1]... Vous me suivez ?... Tous nos bons Allemands, qui se seront précipités sur sa carte... y liront que notre bien-aimé Führer raffolait de ce plat... et ils auront le sentiment de communier avec lui... en en mangeant. Succès commercial garanti ! »

Il s'est attaqué à la dernière tartine.

« Il est vrai, a-t-il poursuivi, que la probabilité est faible... de voir un quart de Juif rescapé... usurper vos talents... Cela supposerait qu'il agisse ici même... parmi nous... Comment serait-il au courant, sinon ?... Mais les Allemands, hélas... ne sont pas non plus au-dessus de tout soupçon... L'un d'entre eux pourrait bien dissimuler ce petit escroc... qui dérobera votre fortune... Réfléchissez-y, Herr Küchenmeister... Déposez dès maintenant un brevet ! »

L'ultime tartine engloutie, Göring tapotait l'assiette de son gros index et récoltait d'ultimes miettes de pain. On aurait dit le bec d'une poule picorant sa basse-cour.

« Sauf votre respect, Herr Reichsmarschall : ça existe, un brevet culinaire ? »

Il a haussé les épaules.

« Si ça n'existe pas, nous l'inventerons. Le droit doit épouser l'action, non l'inverse. »

Pendant qu'il s'essuyait la bouche avec son mouchoir, j'ai médité cette dernière affirmation. À l'époque, je la trouvais brillante.

1. Pâtes du Führer.

« J'y pense, dit-il... Dans votre intérêt, pas un mot de cette histoire au Reichsführer SS ! Il a été négociant en poulets, il y a bien longtemps. Si votre recette lui vient aux oreilles, il pourrait réaliser qu'il y a là un énorme débouché pour les usines de poules pondeuses qu'il voudrait créer à l'Est. Et tel que je le connais, il se mettrait alors en tête d'industrialiser votre recette. Moi je vous dis : surtout pas. Himmler est nul en affaires. Si vous saviez ce que nous coûtent ses contrats avec IG Farben à Monowitz !... Des centaines de millions de Reichsmarks, et pas un kilo de caoutchouc synthétique n'en est encore sorti. Avec des hommes comme lui, la réussite de mon plan de quatre ans en aurait exigé huit ou dix, je sais de quoi je parle. Alors je vous le répète : pas un mot ! »

Quand Göring est parti, il allait beaucoup mieux qu'à son arrivée – et moi aussi. Comme si j'avais reçu la visite d'un mage et qu'il m'avait offert un élixir de vigueur.

J'ai tourné en rond pendant longtemps, je réfléchissais à tout ça. « Führernudeln », quelle trouvaille !... Je me suis autorisé un demi-verre de schnaps. Ramolli à point, je baignais dans ma bonne humeur comme dans un tub rempli de sels parfumés. Plus qu'à cette affaire de brevet, c'est à mes futurs restaurants que je pensais. Les yeux au plafond, je commençais à en placer partout sur la carte du Reich, d'Aix-la-Chapelle à Königsberg, de Lübeck à Yalta. Une vision formidable ! Un projet mirobolant ! Un jour, après la guerre, je serais riche, je pourrais acheter ma propre maison, en offrir une neuve à mes parents et rouler en Horch ou en Mercedes ! Ah, voilà peut-être ce qu'il y a de plus regrettable, avec l'âge : on a du mal à s'enthousiasmer pour quoi que ce soit.

9

« Et Martyna ? », je demande au gars qui pousse mon fauteuil.

Pas de réponse.

« Mar-ty-na, sacré nom d'un chien !

– C'est votre fille ? C'était le nom de votre femme ? »

Bonté divine ! Et pourquoi pas celui de cette mocheté de joueuse de tennis, il y a longtemps, une Russkof si je me souviens bien ? Quand même, ils pourraient se refiler entre eux un minimum d'informations. Ce n'est pas moi qui ai déclaré que mon « amie » s'était occupée de tous les papiers.

Pendant que je ronchonne, j'entends claquer les mâchoires qui immobilisent les roues de mon fauteuil. Je me trouve dans la grande salle qu'ils appellent « la prairie ». Partout, des images verdoyantes, des collines fleuries. Moutons, vaches… « Le Seigneur est mon berger. Il me fait reposer dans de verts pâturages » : le psaume 23 me revient en mémoire, voyez comme j'ai bien retenu mon catéchisme. Hélas, le texte ne dit pas si de quelconques ruminants peuplent ces contrées-là. Mieux vaudrait que non, on risquerait de s'allonger dans une bouse. Enfin... Disons qu'ici-bas, la Sankt-Peter-Haus tente par tous les moyens de donner un avant-goût du ciel à ses résidents.

Le peuple frêle des grabataires me rejoint peu à peu. Au petit trot, en glissant comme sur des patins, en poussant un déambulateur. Les tables ont été rangées le long des murs, les chaises sont disposées comme au théâtre. D'habitude, ici, on joue aux cartes, au Scrabble, des trucs de ce genre. Depuis l'époque où j'allais rendre visite aux anciens, rien n'a vraiment changé dans ce genre d'endroit. Pas même la musique : on écoute WDR4[1] toute la journée. C'est à n'y rien comprendre... Ces gens sont censés avoir connu le rock'n'roll dans leur jeunesse, oui ou non ?

Tout d'un coup « la prairie » est pleine, bruyante. Mon dieu, qu'ils sont laids. Puis un homme surgit, porté par une estrade que je n'avais pas remarquée. Il est vêtu d'un costume ridicule, une sorte de smoking à paillettes comme on en voyait à la télé quand elle était en noir et blanc. Ah, j'ai compris : c'est un magicien. Le public scande son nom, c'est pire que le crissement d'une craie sur un tableau : « U-do ! U-do ! » Tout le monde tape dans ses mains. Et en cadence, s'il vous plaît. Nous, les Allemands, nous avons le sens du rythme, en particulier celui de la marche. Question de temps, l'âge n'a pas de prise, nous restons les maîtres de la planète.

Je voudrais bien qu'Udo en termine, ces objets qui apparaissent et disparaissent me fichent mal à l'aise. Alors mes yeux dérivent, cherchent quelque chose d'apaisant, d'immobile. J'aperçois trois jeunes femmes au bout de la

---

1. Radio de musique folklorique.

rangée, elles portent la tenue du personnel de la Sankt-Peter-Haus. Elles ne regardent pas le spectacle, mais le public. L'une d'elles est assise, jambes croisées, et balance son pied, joue avec son sabot en plastique. Elle a des cheveux blonds noués en chignon. Son visage est grave, concentré.

Oh, Dieu tout-puissant !

C'est Martyna.

J'ai gâché le spectacle, je n'ai pas pu m'empêcher de crier. C'est sorti comme ça, sans demander la permission : j'étais tellement heureux de la revoir, tellement troublé aussi, que j'ai commencé à beugler son nom. Oh, ils ont vite réagi. *Clac clac !* On a débloqué mes freins et j'ai été évacué en deux temps trois mouvements. Moi je ne voulais pas, j'ai résisté, et je suis assez fier du résultat. Je crois bien que j'ai réussi à en griffer au moins deux jusqu'au sang. Tant pis pour eux, ils n'ont qu'à me couper les ongles plus souvent.

Je voulais sourire à ma Polonaise, j'essayais de toutes mes forces. Mais allez maîtriser vos zygomatiques, quand par ailleurs vous n'êtes pas fichu d'arrêter de crier. Oh, Martyna... ne le prenez surtout pas mal, mais reconnaissez que vous auriez pu passer me voir. Pourquoi ne vous êtes-vous pas manifestée ? Ça m'aurait donné chaud au cœur. Qu'est-ce qui me reste, hein, à part vous ?

Je voulais lui sourire, mais comme je disais, je n'y arrivais pas. Et puis le sabot avec lequel Martyna continuait de jouer est tombé, et j'ai eu un choc. Elle ne portait pas ce genre de sacs à pieds miteux que tout le personnel affectionne, mais de superbes bas carmins, élégants bien qu'un peu épais. Les mêmes que ceux de Traudl, le jour où j'ai découvert son existence. Qu'est-ce que c'était que ce bazar ? Les pièces appartenaient à différents puzzles et malgré ça elles s'assemblaient. On aurait dit un rêve... Pourtant, je jure devant Dieu que j'étais bel et bien éveillé. D'un coup, j'ai cessé de me débattre. Comme une vague scélérate, la fatigue m'a submergé.

Maintenant je repose dans mon lit, je sens que je vais sombrer. Voilà comment on règle les problèmes, à la Sankt-Peter-Haus. Une piqûre, et on n'en parle plus. Tout se dilue autour de moi, comme si la pièce était une gouache qu'on passait au jet d'eau. Buffet et fauteuil dégoulinent, j'ai à peine le temps de me dire « Tiens, on a ramené ça de chez moi pour me convaincre de rester », qu'ils ont formé deux larges flaques sur le carrelage.

Deux jours qu'il pleut à torrent. Toute cette flotte qui dégringole commence à me scier les nerfs. On se croirait chez les Asiates : des seaux d'eau et de la tiédeur à ne plus savoir qu'en faire, comme en Crimée. Seigneur ! à quand des rizières en lieu et place de nos champs de patates ? L'Allemagne va devenir un pays de mousson.

Toute la journée, les lampes restent allumées. Les murs du réfectoire virent jaunâtre, c'est assez sinistre. Comme s'il n'y avait plus de fenêtres. Là, je ne pense pas à la Russie mais à notre pavillon de la Schiller Strasse. Fin 1943, quand je suis allé rendre visite à mes parents, les vitres avaient toutes succombé. Mon père avait cloué des planches à la place, calfeutré les interstices avec les moyens du bord. Pauvre maison... Partout, des lézardes et des cadres de guingois, des objets qui manquaient. Par précaution, mes parents avaient descendu leurs bibelots à la cave ou les avaient enterrés dans le jardin.

Parvenir jusqu'à Warenberg n'était pas allé sans mal. Trains bondés, arrêts imprévus et retards en pagaille... Pas très allemand, tout ça. Pour finir, terminus à Hamm : la Reichsbahn n'avait pas fini de réparer les voies bombardées. J'ai pris un autocar et voyagé debout avec mon barda. L'engin roulait au pas, peut-être pour économiser l'essence. Trente interminables kilomètres. Je râlais mais je n'aurais pas dû. À ce moment-là de la guerre, on pouvait encore emprunter une route sans craindre l'apparition d'un Mustang au-dessus de sa tête.

On a traversé Ahlenfurt, pas belle à voir : un avant-goût de ce qui m'attendait plus loin. Je savais que le centre de Warenberg avait été touché, mon père me l'avait écrit, mais le voir... C'était un Hambourg miniature, un Dresde de poche avant l'heure... Au milieu des dégâts, j'avais du mal à me repérer. Et puis j'ai vu ce qui restait de notre joli hôtel de ville : une façade noircie, rien d'autre, qui contemplait le désastre.

Mes parents avaient des têtes affreuses. Le manque de sommeil... Au moindre bruit, ils regardaient vers le plafond, ils guettaient les bombes qu'ils ne pouvaient pas voir. Anglaises la nuit, américaines le jour. J'étais mal à l'aise. Tout ce que je leur avais écrit ! Les mille petits détails de ma vie confortable, ma confiance dans la victoire, la fantastique hauteur de vue du Führer... On était assis dans le salon, je portais un pull sous ma vareuse parce que j'avais froid. Mes parents manquaient de charbon, dans le poêle se consumait la porte de leur abri de jardin. Mon père a commencé à se plaindre : « J'en connais qui ont déjà brûlé leurs volets, tu te rends compte ? J'ai même entendu dire que certains lorgnaient leur charpente. Ils se demandent quelle pièce ils pourraient en retirer sans que le toit s'écroule... Je sais ce que tu vas nous répondre, fils : qu'il suffirait de couper du bois dans la forêt d'à côté. Seulement, le Parti l'a décrétée « réserve stratégique » ! S'ils te prennent là-dedans avec une hache, tu deviens coupable de sabotage, et alors... Oh, seigneur ! le pays marche sur la tête... Tous ces arbres, et personne n'a le droit d'y toucher. Réserve stratégique, quelle ânerie ! Quand l'ennemi aura largué ses bombes dessus, on sera bien avancés ! » Mon père a continué comme ça un bon moment, moi je marmonnais : « Je comprends, je comprends... » Je buvais pour me réchauffer, j'avais déjà ingurgité trop de schnaps ; l'alcool a fini par me délier la langue. J'ai dit ce qu'il ne fallait surtout pas dire : que Berlin aussi était bombardée et que le Führer préparait la riposte ; qu'on fabriquait plus de chasseurs que jamais ; que les bandits qui survolaient le pays allaient bientôt le payer très cher... Ma mère s'est mise à pleurer, mon père à tonner : « Oh non, fils ! Pas ça, pas toi !... Tu parles comme ces imbéciles qui nous gouvernent ! Assez de propagande, assez ! Tu ne vois donc pas ce qui se passe ? Tu crois que c'était malin de déclarer la guerre à l'Amérique ? Les Russes et les Anglais, ça ne suffisait pas ? Regarde où nous en sommes ! Tu as vu l'état du quartier ? La villa des Weber ? Va te promener, demain, et regarde ce qui arrive quand cinq cents kilos d'explosifs atterrissent dans une cuisine ! À cent mètres près, on était bons pour le cimetière, ta mère et moi ! Cave ou pas cave ! Bon sang, jusqu'à quand va-t-on laisser ces assassins rôder dans le ciel ? Pourquoi est-ce que le gouvernement accepte ça sans réagir ? Je vais te dire, fils : tant mieux si ces grandes gueules de Berlinois se retrouvent sous les bombes. Au moins, ils comprendront ce qu'on supporte ici ! »

La nuit même les sirènes ont retenti. Pendant trois heures on s'est tassés dans la cave, avec quelques voisins. Ma mère lisait la Bible à la lueur d'une bougie. À nos pieds, deux bassines d'eau et quelques couvertures. S'il fallait sortir et passer entre les flammes, on les tremperait pour s'en recouvrir. Frau Weber était là, mais pas son mari. Je n'ai pas posé de questions. Je n'osais pas non plus la regarder. Elle gardait la bouche entrouverte et se balançait doucement d'avant en arrière, les yeux dans le vide. Un spectacle affreux. Je m'en voulais de la trouver agaçante, à la longue… Quand la cave tremblait, elle s'immobilisait et poussait un petit cri, plutôt une sorte de couinement. Ensuite elle recommençait à se balancer. À la fin de l'alerte, chacun a regagné ses pénates. Le jour n'était pas près de se lever, mais allez vous rendormir après ça ! Je pensais à ma mère. Des détails me revenaient. Je me disais qu'elle n'avait pas beaucoup avancé dans sa lecture, je ne l'avais pas vue tourner une seule page de sa bible. Est-ce qu'elle lisait, seulement ? J'étais presque sûr que non. Quelle tristesse…

Ah, j'aimerais tellement pouvoir me vider la tête… Tout ça ne me plaît pas, je voudrais bien qu'on en finisse. Une veine, une seule, suffirait. Quelque part dans les circonvolutions de ma matière grise, un *crac* inaudible et fatal, une fuite qui viendrait noyer tout le moteur : fin de partie. Peut-être qu'alors je verrais ma vie défiler en un battement de cil. Si tel est le cas, quelle chance ! En ce qui me concerne, voilà des mois que ça dure, tout y passe et pas en accéléré, et je suis toujours là.

10

Depuis le temps que je t'attends, mon vieil amour... Depuis le temps que je prie pour que ma cervelle avariée te convoque, dans la pénombre de cette chambre, parmi les branches du noisetier... Tu viendrais me dire ce que j'ai envie d'entendre. Qu'à une autre époque, en d'autres circonstances... Tu reviendrais sur ce moment pénible, dans ce square ravagé de Munich, en 1948. Le temps puis la mort t'auraient offert matière à réflexion. Tu t'excuserais d'avoir réagi comme ça, si brutalement. Tu m'avouerais qu'en réalité tu voulais me prendre dans tes bras, et tant pis si ce n'était pas possible, tu en avais quand même envie. Un baiser, rien qu'un baiser. Ça te trottait dans la tête. Un baiser avant que le fantôme du Chef s'extirpe des ruines de la chancellerie et vole jusqu'à nous. Mais tu ne viens pas, et je m'emmerde à mourir. Le problème, c'est que je ne meurs pas.

Depuis mon départ de la Potsdamer Strasse, je n'ai eu droit qu'à la visite du pauvre Engelmann, cet homme que je connaissais à peine. Jusqu'au bout, je serai resté impuissant. Même pas fichu de choisir mes délires. Je médite là-dessus, entre deux eaux, pendant que mon estomac digère le peu que la fille de la cantine a réussi à y fourrer ; pendant que nos bienveillants gardiens, après nous avoir drogués, c'est plus sûr, s'envoient en l'air le temps d'une sieste, avant la séance récréative de l'après-midi. Je sais comment ça se passe, j'ai été plein de sève, moi aussi. Il y a des jolies filles à la Sankt-Peter-Haus, et pas que Martyna. Alors on ne me fera pas croire que ces jeunes gens, avec leurs hormones qui débordent, se contentent de copiner du bout des yeux. Ils forniquent et nous dormons. Enfin, en principe. Moi je n'y arrive pas. Le prochain que je vois, je lui demande d'augmenter ma dose de sédatifs.

Soudain, une odeur de comptoir, de bistro crasseux. Non, pas crasseux : bombardé. Un mélange de sueur, de cendre, d'alcool. Qu'est-ce que c'est que cette nouveauté ? De qui peut-il s'agir ? J'ai tellement le temps de penser à tout et à n'importe quoi qu'un jour ou l'autre je ne serais pas étonné de recevoir Linge, Günsche, Frau Doehring, et même Speer, tiens, avec son insupportable masque de pénitent. Enfin, tant que je ne le vois pas, *lui*... C'est ma plus grande crainte. Pour les hallucinations aussi, il devrait y avoir un enfer dont rien ne ressort, mais hélas... Alors je me tiens sur mes gardes. Le soir, en particulier. Quand un orage éclate, quand il tonne et qu'en fermant les yeux je n'ai aucun mal à me rappeler les dernières semaines de la guerre. Mais je tourne la tête et, ô soulagement, le spectre qui se tient à mon chevet n'a ni mèche ni moustache. « Hermann ? »

Il hausse les épaules. Une mine de chien battu comme j'en ai rarement vu. Pas le soldat harassé par six mois en première ligne, même pas le fuyard hébété parce que son bataillon vient d'être anéanti par les Ivans. Plutôt le genre de vedette passée de la gloire au caniveau, bourrée de dettes et de souvenirs éclatants. Je le regarde : il porte son uniforme mais pas ses décorations. Ses cheveux sont dans un piètre état. Plus de sébum que de brillantine. « Tu te souviens, Heinrich ? »

Envolée la tête d'enterrement, Fegelein me sert un de ces sourires dont il a le secret, un brin canaille, un poil mondain. Exactement comme à l'époque, le zigue... Ça ne me plaît pas. Il faut dire qu'entre-temps j'en ai appris, des choses, sur ce copain-là... À l'été 1941, à la tête d'une division de cavalerie, il avait envoyé des milliers de Juifs, femmes et enfants compris, boire une dernière tasse d'eau croupie dans les marais du Pripet.

« De quoi veux-tu que je me souvienne ? De tes exploits en Russie, ou de tes sauteries ?

– Allez, un petit effort... »

Son haleine chargée m'entraîne, je ne contrôle rien du tout.

QG de Prusse-Orientale, nuit de la Saint-Sylvestre 1943. On danse comme des fous dans le mess surchauffé. Il y a des guirlandes partout, un sapin de Noël près du comptoir, des piles de disques et des caisses de bouteilles. Et puis il y a Fegelein, qui valse comme personne. On murmure : « C'est le nouvel officier de liaison de Himmler auprès du Chef », et on a du mal à le croire. Le général de brigade SS est un type formidable, charmant, plein d'esprit... Il raconte des tonnes de blagues et tutoie à tout-va. Il est arrivé au QG depuis quoi ? deux, trois semaines, pourtant il donne l'impression d'avoir toujours été là. Fegelein, c'est l'archétype du gars en or, copain avec tout le monde. L'exact opposé de son patron à tête de mort, dont personne ne raffole. Un jour, j'ai entendu parler du « sinistre » Fegelein, dans un documentaire. Je me suis bien marré.

On boit, on chante et on danse, on fume, ça rigole de tous les côtés. Traudl rayonne : Hans est en permission depuis Noël. Moi, je tiens le coup. Leur bonheur m'accable et je m'accroche au cognac, à la poignée de décolletés qu'on est parvenu à réunir, aux jambes qui s'agitent, aux popotins qui tournent. Je me rince l'œil en même temps que le gosier. Minuit approche. On attend la nouvelle année avec une telle ferveur… C'est une histoire de dingue. En réalité, il vaudrait mieux remonter le temps, revenir en 1941 pour achever les Anglais. Le Führer a eu les yeux plus gros que le ventre, avec la Russie : voilà ce qu'on se dirait si on avait deux sous de jugeote. Au lieu de ça, on trinque à tout bout de champ. Le Chef est reclus dans ses quartiers, alors on se lâche. Les fêtes de fin d'année, ça n'a jamais été son truc.

1943 s'effiloche, faible écoulement dans un sablier bientôt vide. Une page va se tourner, qu'on ne sera pas fâché de laisser derrière soi ; on feindra de croire que la suivante est vierge, qu'on sera libre d'y écrire ce qu'on veut. On oubliera que le stylo, c'est Staline et ses copains de Washington qui le tiennent.

Enfin vient le compte à rebours, braillé en chœur. Le voici le voilà, l'an 1944… Serpentins et confettis pleuvent d'un coup sur nos bouches grandes ouvertes, on crie si fort qu'on doit nous entendre jusqu'à Königsberg… *Guten Rutsch ! Guten Rutsch ! Guten Rutsch*[1] *!* La manière dont

1. Bonne année.

nous autres Allemands partageons nos vœux a beau évoquer un genre de glissière, de toboggan, nous n'y prêtons jamais attention. Tant mieux pour cette fois, sinon les plus chagrins parmi les fêtards penseraient plutôt à une pente fatale, un plongeon, une dégringolade.

On a à peine fini de se souhaiter le meilleur que Fegelein entraîne notre petit groupe dans les cuisines du mess, à l'abri des regards. Il nous a conseillé d'éviter le champagne qu'on est en train de servir, selon lui il ne vaut pas tripette. Hein, quoi, comment ? Il prend des airs de conspirateur : « Le meilleur de la production est préempté par les services du Reichsmarschall, les amis, mais moi j'ai tout prévu ! » Sous nos yeux ébahis, il exhibe quatre bouteilles, deux dans chaque main. « Pas de panique : j'en ai encore quelques-unes en stock ! » L'ami Hermann est aussi ravi que s'il avait sorti ses trophées de sa manche, comme un magicien. « Dom Pérignon 1934, mesdames et messieurs ! Vous m'en direz des nouvelles ! »

J'ai déjà trop bu mais je continue, je suis le mouvement. Je trinque au champagne haut de gamme et vide ma coupe sans émotion, comme si je me rafraîchissais au Weinschorle ; une coupe encore, deux, après je ne compte plus. Je ris bêtement aux blagues de quatrième catégorie, à celles aussi que je ne comprends pas ; d'ailleurs il suffit que quelqu'un ouvre la bouche pour que je me bidonne ; entre deux, je me débrouille pour ne pas voir Hans et Traudl s'embrasser. Comme je n'y arrive pas toujours, mes récents fantasmes de prospérité courent à la rescousse. Les beaux restaurants, du Rhin à la Vistule, voire au-delà ; la Mercedes 770 cabriolet et ses cent soixante kilomètres à l'heure sur autoroute ; l'onctuosité de mon banquier, l'humour pince-sans-rire de mon tailleur ; le nouveau salon de mes parents, dans leur villa chic des environs de Wannsee. « Oh, vous ne serez pas obligés d'habiter là toute l'année, mais quand vous viendrez me voir à Berlin, ce sera tout de même mieux que l'hôtel », leur dirais-je. Au début, ils oseraient à peine entrer, tout cet espace les impressionnerait. Jusqu'à ce qu'ils mettent leur catholicisme en veilleuse, qu'ils finissent par comprendre que le luxe et le confort sont très appréciables à leur âge. Larmes de reconnaissance de ma mère, sourire de mon père que j'aurais réussi à réconcilier avec nos dirigeants...

« Tu vois papa, à présent tout va mieux ! L'Allemagne est redevenue un pays magnifique !

– Je reconnais que je me suis trompé, fils, répondrait-il. Et je te félicite pour ta réussite. »

Je rêve, je rêve... Je porte un toast intime à la santé de Speer et de Göring, c'est le mieux que je puisse faire. Et puis, enfin, je cède aux injonctions. « Tu ne vas pas rester le cul sur ta chaise toute la nuit, non ? » L'ami Hermann me prend par la main et m'offre à sa cavalière. C'est Traudl. J'accepte de danser. Mal, mais quelle importance ? Du moment qu'elle s'amuse, que ma maladresse l'émeut ; du moment que je la tiens par la taille, que je peux la toucher, que ses cheveux glissent sur ma joue. Sans le vouloir je lui écrase un pied et elle rit, sa tête part en arrière, gorge blanche déployée à trente centimètres de mes lèvres.

Je me rappelle son parfum. Au milieu de la fumée et des vapeurs d'alcool, parmi toutes les eaux de toilette, ce vilain mélange sucré, pimenté de sueur, je le sens toujours. Des fleurs, c'est à ça que je pense. Du jasmin, peut-être. Mon nez si fin devrait me le dire au lieu de se taire, mais j'ai le cœur trop occupé pour lui en vouloir. On danse. Je danse avec elle. Mon Dieu, comme c'est beau. Dans tout ce chahut, la douceur l'emporte. Son parfum, son parfum… Cinq ou six fois, ces cinquante prochaines années, j'irai traîner au rayon parfumerie, chez *Ihr Platz* ou *Rossmann.* J'essaierai de deviner la fragrance des flacons. On me fournira quelques échantillons : des horreurs, lourdes et piquantes. Les vendeuses seront toutes persuadées que je souhaite embaumer une grand-mère, et moi je n'oserai pas leur avouer que je cours après le parfum d'un fantôme.

« Alors, tu te sens mieux, n'est-ce pas ? Dis-moi que tu n'as pas apprécié ce petit retour en arrière, je ne te croirai pas. Tu en pinçais pour Traudl, pas vrai ? – Hermann, s'il te plaît, ne la mêle pas à ça. – Tu sais quoi, Heinrich ? Je trouve qu'avec le temps tu es devenu un sacré rabat-joie. – Ferme-la. Tu sens mauvais de la bouche, par-dessus le marché. »

Il sort une flasque de sa poche, dévisse son bouchon et la retourne. « Je pue de la gueule, moi ? Regarde, vieux : plus une goutte ! Tu vois comme je suis devenu sage, depuis 1945 ? »

Il éclate de rire. À l'époque, cette petite bouteille l'accompagnait partout. Fegelein carburait au scotch. Il devait avoir sa propre distillerie, parce qu'on n'en trouvait nulle part… Ce penchant pour la bouteille, toutefois, c'était bien le seul défaut qu'on pouvait lui trouver. Même un type aussi méfiant que Bormann l'avait à la bonne. Il devait savoir, lui. Connaître son pedigree. « Fiche le camp, Hermann. S'il te plaît. »

Il prend cet air que je lui connais, grave mais pas trop, celui qui le ferait passer pour le directeur de conscience d'un séminariste. « Détends-toi, mon vieux. C'est du passé, tout ça. Et puis, à bien y regarder, on a aussi fait de beaux projets en 1944, non ? »

Le salaud : il a touché juste.

Nous voilà tous les deux assis à la terrasse du Berghof, un après-midi d'avril. C'est peu dire que ce printemps dans les Alpes ne ressemble pas au précédent. Quand on lézarde dans nos transats, les jours de grand beau temps, on se sent parfois comme une pierre sur le ventre. La vie, les habitudes sont restées les mêmes, mais la guerre se profile au-dessus de nos têtes. Deux ou trois fois par semaine, la montagne disparaît sous un brouillard artificiel, histoire d'aveugler les bombardiers qui nous survolent. Il arrive aussi qu'on les aperçoive, à très haute altitude. Leurs traînées blanches zèbrent le ciel depuis le sud. Les forteresses volantes, comme l'ennemi les appelle, décollent d'Italie et s'en vont bombarder Munich, Augsbourg ou Nuremberg. Quelquefois l'alerte est plus sérieuse : tout le monde descend un long escalier qui mène à des bunkers souterrains. Malgré les protestations des uns et des autres, Hitler reste en haut des marches et houspille ceux qui lambinent, il est toujours le dernier à se mettre à l'abri.

Ce jour-là, le temps est lumineux mais frisquet, Fegelein et moi on se réchauffe à la liqueur de prune, en toute décontraction. Le Chef est absent. Le matin il passait en revue de nouveaux armements, des chars et des canons dernier cri – cadeau d'anniversaire. Fegelein y était, avec tout le gratin. Il a réussi à s'échapper. « Bon Dieu, c'était déprimant… Heureusement, ça n'a pas duré longtemps. Expédié en vingt minutes. Le Führer a donné le change devant les caméras, et quand elles sont parties… Himmler, Göring, Dönitz, si tu les avais vus ! Ils regardaient le bout de leurs pompes, rien d'autre. »

Quand même, on porte un toast à la santé du Chef. Fegelein vide son verre cul-sec et s'en sert un autre. Puis il se gratte la gorge : « Bon, on va arrêter de tout voir en noir, j'ai à te parler affaires. C'est à propos de tes recettes. Il paraît que ton *ragù* végétarien est un véritable chef-d'œuvre, c'est Himmler qui me l'a dit. Il en raffole autant que le Führer. »

Les yeux de Fegelein se mettent à pétiller. Il a une petite idée derrière la tête, voire une grosse. Tout d'un coup me revient l'avertissement de Göring (« Pas un mot au Reichsführer SS ! »). Zut de zut. Fegelein se penche vers moi, je le vois venir comme un panzer au fond d'un jardinet : « Nous avons eu une longue discussion, il y a quelques semaines. Himmler, c'est un homme qui voit loin. Écoute : d'ici la fin du siècle, on devra être dans les cent cinquante millions pour assurer notre hégémonie en Europe. Le problème, c'est qu'on ne pourra jamais nourrir tout ce monde avec du bœuf ou du porc, tu comprends ? Trop chers à élever, trop gourmands en ressources. Un institut SS s'est occupé des calculs : un kilo de bœuf nécessite au bas mot cinquante kilos de céréales, et l'eau qu'il faudrait pour les cultures et le cheptel, je ne t'en parle même pas. Alors, que nous reste-t-il ? »

La manière dont la question est amenée me rappelle une vieille discussion avec Herr Brauner. « Les poulets, mon vieux ! Des millions de poulets sortis d'usines agricoles ultramodernes ! Il n'y a pas de meilleur rendement, les agronomes de la SS sont formels. »

Là, je suis bien obligé de jouer les ignorants.

« Très bien, mais quel rapport avec mon *ragù* ?

– J'y viens. »

Fegelein descend un verre de plus. Moi, je pense toujours à la mise en garde de Göring, mais qu'est-ce que je peux bien y changer ? À peu près rien, ce qui est très embêtant. Hermann m'explique ce que je sais déjà : qu'il faudra trouver des débouchés aux millions d'œufs qui sortiront des usines, et que ma recette est toute indiquée pour ça.

« Himmler a pour projet d'industrialiser la fabrication de ton *ragù*, Heinrich ! Ton délicieux *ragù* truffé d'œufs ! Je suis sûr qu'on va faire un tabac ! »

On porte un toast, un de plus. À la grandiose entreprise à venir, cette fois. Fegelein, tout sourire, n'a pas besoin de me demander ce que j'en pense. Il va de soi que personne n'oserait bouder une initiative du Reichsführer. Il s'emballe :

« Mon petit doigt me dit que tu vas toucher un paquet de Reichsmarks. Un gros paquet, même. Et puis tu seras impliqué à fond dans le processus, on te laissera carte blanche ! Tu imagines, quand les gens trouveront le *ragù* préféré du Führer chez leur épicier ? Ils voudront en acheter des tonnes ! Alors, heureux ? »

Quand il m'assène une grande claque sur l'épaule, je sens qu'il devient urgent de tempérer sa joie. Je me demande comment je vais pouvoir concilier la spécialité phare de mes futurs restaurants avec son équivalent en conserve. J'entrevois des entrepôts remplis de boîtes étiquetées « *Führerragù* » et c'est vraiment très moche.

« Tu sais Hermann, la cuisine, ce n'est pas aussi simple que ça en a l'air, alors je me demande si…

– Heinrich, vieux grincheux, arrête de tout compliquer ! L'échelle industrielle, c'est impressionnant à première vue, d'accord. Mais avec nous, ça va marcher comme sur des roulettes. Le Reichsführer a déjà validé le calendrier. Dès qu'on en aura fini avec les Hongrois, on se lance ! »

La prune m'est montée au cerveau, ma tête tourne et la suite est moins claire. D'abord il est question de la Pologne, et non de la Hongrie, c'est là-bas que la première usine doit être construite. Himmler en personne va devoir intervenir, parce que Speer trafique avec Sauckel pour accaparer la main-d'œuvre. Comme si le Reichsführer n'était pas déjà assez occupé à Budapest ! C'est les écuries d'Augias, là-bas. Il faut tout nettoyer, et vite ; réquisitionner des trains mais pas seulement, ensuite il y a le problème des voies. Un boulot de fou, si je savais ! Mais Fegelein reste optimiste, Himmler a dépêché sur place un Obersturmbannführer de derrière les fagots, un bosseur de première. L'affaire hongroise sera réglée avant la fin de l'année. Dans la foulée, on pourra lancer la production de mon *ragù*. En février 45, mars au plus tard.

« Alors, heureux ? »

Bis repetita… Comme l'ami Hermann est à présent copieusement imbibé, il se répète. Je ne réponds rien, il n'a pas l'air de s'en rendre compte. Sourire béat, il lâche un rot de satisfaction qui le fait éclater de rire.

« Quand je pense qu'on aurait pu gagner des fortunes…

– Pour la dernière fois : dégage, Hermann. Va retrouver Eichmann et les autres. On reprendra cette discussion plus tard. De toute façon, je ne vais pas tarder à vous rejoindre.

– Eichmann, ce rond-de-cuir ennuyeux comme la pluie ? Le diable m'en préserve, mon vieux ! Et puis, désolé, mais fréquenter un type assez bête pour se laisser coincer par les youpins, très peu pour moi. »

11

Depuis 1946, depuis Trapp, c'est plus fort que moi, dès que je me retrouve face à un type désireux de m'entendre, je me méfie. Et celui-là, tout psy-quelque-chose qu'il soit, ne déroge pas à la règle.

« Comment allez-vous, Herr Uffen ?

– Bien.

– J'en suis heureux. »

Il tripote un crayon de bois et ça m'agace. J'aimerais qu'il le repose.

« Vous avez mis quelques-uns de nos pensionnaires mal à l'aise, dernièrement. *Très* mal à l'aise. Vous leur avez parlé de… bon, vous devez bien vous en souvenir.

– Je ne vois pas.

– Alors, si vous avez envie de vous confier, si quelque chose vous pèse… Je suis là pour ça, vous le savez.

– Je peux vous demander une faveur ?

– Allez-y.

– Martyna. Vous savez ? la Polonaise. Elle ne m'a pas rendu visite une seule fois depuis que je suis là. Je sais qu'elle a du travail. Beaucoup, même. Mais enfin, si vous pouviez lui rappeler que j'existe, décrocher votre téléphone, là, et lui dire de passer...

– Hum hum... Ma foi... Qui est Martyna, *selon vous* ? »

Oh, Seigneur !... Il n'y a pas comme ces toubibs à dingos pour vous couper le sifflet : j'ai l'impression d'avoir reçu un coup de poing dans le plexus. Qu'est-ce qui cloche donc chez eux ? Pourquoi je n'arrive pas à me faire comprendre ?

« Oublions Martyna, monsieur le docteur. Mon problème, c'est que j'entends des voix. Ce n'est quand même pas ma faute.

– Naturellement. Et que racontent-elles, ces voix ?

– Je ne sais pas.

– Elles parlent une langue étrangère, c'est ce que vous voulez dire ?

– Non. Enfin, je crois que non. Mais elles arrivent de très loin, elles sont étouffées. Ce sont des voix d'hommes, et ils s'engueulent.

– C'est très intéressant... Si vous aviez une hypothèse à formuler, quelle serait-elle ?

– Pardon ?

– Vos voix, Herr Uffen : à quoi vous font-elles penser ?

– À un autocuiseur.

– C'est cela qu'elles vous évoquent ?

– Elles ne m'évoquent rien, elles me bouffent la vie.

– Avant votre AVC, vous n'entendiez rien de particulier ? »

Mon AVC ? Halte-là ! Pour moi, l'entretien est terminé. Privilège de centenaire : sauf mes voix, je peux choisir d'entendre ce qui me chante. Alors je décroche et laisse le toubib débiter son laïus. Aucune importance, on ne me raconte jamais que des salades.

Pas plus tard que l'autre jour, tiens : on m'avait promis de me conduire à la ferme Oesterhof, un vieux bâtiment bien de chez nous qui existait déjà quand j'étais enfant. Je voulais la revoir, me rappeler quelques souvenirs. Eh bien j'ai eu droit à une fête d'anniversaire à la place. MON anniversaire, par-dessus le marché – avec les excuses de la maison pour le petit mois de retard. On s'est retrouvés une trentaine dans un Biergarten. Il y avait un étang, des arbres autour et de jolis parasols. Me chaperonnait une dame d'un certain âge, depuis notre départ de la Sankt-Peter-Haus elle ne me lâchait pas d'une semelle. Herr Uffen par-ci, Herr Uffen par-là, comme si nous étions de vieilles connaissances.

Rien ne m'a été épargné : photographes, journalistes et élus locaux, gâteau surdimensionné... Affligeant. Sans compter les pensionnaires de la Sankt-Peter-Haus conviés à l'événement. Herr Machin, Frau Truc... Je n'en reconnaissais aucun.

« Herr Uffen, vous m'entendez ? Nous mettons tout en œuvre pour que vous vous sentiez bien dans nos nouveaux locaux, mais vous devez comprendre que vous vivez en communauté et que le bien-être des autres pensionnaires nous tient tout autant à cœur. »

Bref, cette compagnie-là commençait à me coller un bourdon de tous les diables. Je sentais mon *Black Dog* trottiner pas loin, je m'attendais à l'apercevoir, d'une seconde à l'autre, lever une patte et arroser le pied d'un parasol. C'est dire si j'étais mal. Ah, si j'avais pu rouler dans l'étang avec mon fauteuil ! Seulement je ne pouvais pas.

Alors j'ai explosé. Zut, à la fin ! Ils trouvaient ça formidable et j'aurais dû me réjouir avec eux ? Que savaient-ils de ma vie, au juste ? De cette existence de cloporte qui tire en longueur depuis soixante-dix ans ? Ils s'extasiaient sur un nombre ! Qu'est-ce que ce serait l'année d'après, si par malheur je vivais jusque-là : cent dix ans, un beau chiffre rond ! Là, c'est la *Bild* et la télé qui seraient convoquées, peut-être bien le ministre-président... C'est pour ça que j'ai réagi comme j'ai réagi. Pour leur couper l'envie d'y revenir. Je leur ai raconté l'histoire d'un anniversaire. Au début ils étaient ravis, ils ont réclamé le silence pour mieux m'entendre. Et puis le ciel leur est tombé sur la tête quand j'ai précisé qu'il ne s'agissait pas du mien mais de celui du Führer. 20 avril 1943 / Berghof / Obersalzberg / Berchtesgaden : le cocktail infernal. Ma *Schadenfreude*[1] a atteint des sommets.

Le toubib à dingos cause toujours, onctueux comme une crème fouettée faite maison : « Je suis certain que vous me comprenez, Herr Uffen. »

Ce fut une belle soirée, cette fête d'anniversaire au Berghof. Et pas du tout guindée. Non, vraiment pas. Dans le genre mondain et emprunté, j'avais connu pire. Au temps de mon emploi à la bibliothèque de Warenberg, le sort m'avait désigné, avec une poignée d'autres, pour participer au dîner qu'organisait le maire. C'était une tradition.

---

1. Joie malsaine.

Chaque année, à l'approche du carême, il recevait dans sa villa de la Kaiser Wilhelm Strasse quelques-uns de ses employés. Nous étions une quinzaine d'heureux élus autour de la table – secrétaires, peintres, cantonniers, électriciens – à ne savoir que dire, à tâcher de paraître spirituels et bien élevés, à surveiller nos coudes qui frôlaient dangereusement la nappe... Sauf une paire de lèche-bottes qui tentaient de se placer, on se contentait de marmonner. *Ça* – je souligne – c'était interminable. Sur l'Obersalzberg, rien à voir. On avait le droit de se sentir fatigué, et même de piquer du nez. Hitler n'en prenait pas ombrage. Il était plus tolérant que tous les chefs que j'avais connus. Avec le poids de la guerre sur les épaules, que voulez-vous... Alors, que les gens dorment ou l'écoutent, ça lui était pour ainsi dire égal. Du moment qu'il était entouré, il se détendait. Eva me l'avait dit et redit : il tenait à notre compagnie comme à la prunelle de ses yeux. Et moi...

Maintenant le toubib joue avec ses lorgnons – son côté professeur, pédagogue : « Avez-vous déjà songé à parler un peu de vous ? Votre vie a été bien remplie, vous pourriez en dire quelques mots, transmettre un morceau d'histoire aux jeunes générations. Ne vous sentez obligé de rien mais sachez que bien des gens... » Sans doute ai-je tort d'y revenir – mais qu'est-ce que j'y peux ? – j'ai envie de revoir ma Polonaise.

Pendant que le toubib poursuit son baratin, je m'attarde sur la photo posée derrière lui : une femme et des enfants tout sourire, les épaules nues, le teint rougi par la toile d'un parasol ou d'une tente : une jolie famille comme il y en a tant. Moi, je n'ai pas eu ce bonheur. « Cessez de me dire ce que je dois faire ou penser ! Vous ne savez pas, vous ne savez pas ! » Voilà ce que je devrais balancer au toubib, mais ça m'entraînerait trop loin. Je devrais ensuite expliquer ce que je pense de cette vie « bien remplie », et pour ça le courage me manque. Alors je laisse filer encore un peu, j'attends la pause, le petit silence qui me permettront d'en placer une. J'ai réfléchi : je ne sais pas si Martyna était au Biergarten quand j'ai parlé d'Hitler, mais elle l'apprendra de toute façon, alors autant assumer. J'ai besoin de la voir, de lui expliquer : « Bon, d'accord. Je veux bien me confier, docteur. Ce sera sans doute mieux. Mais j'ai quand même le droit de choisir à qui, non ? S'il vous plaît : dites à Martyna de passer me voir. C'est à elle que j'ai envie de parler. »

L'été commence mal, on dirait le fin fond de l'automne. Le tintamarre de la pluie sur le toit empêchait qu'on s'entende, le loto à « la prairie » a dû être écourté. On nous a déménagés vers le réfectoire avec pas mal d'avance. Comme rien n'était prêt, j'ai commencé à attendre, potiche humaine parmi les yuccas en plastique. J'attends encore.

En face de moi, je finis par remarquer la présence d'un verre et d'une assiette. Tiens, me dis-je, ce serait bien la première fois qu'on aurait l'idée d'installer quelqu'un à ma table. Du mouvement. Je lève les yeux et j'aperçois une drôle de vieille : grande, les épaules un peu creuses, mais qui se tient aussi droite qu'elle peut et marche sans mal sur ses deux jambes. Elle m'envoie un charmant sourire et me demande, très classe, en désignant la chaise opposée à mon fauteuil : « Bonsoir monsieur. Vous permettez ? – Bien sûr ! » Bon sang, sa voix est toute douce, à peine éraillée ! Et puis elle n'est pas habillée comme les autres. Pull gris élégant, par-dessus lequel sourit un collier fantaisie aux couleurs automnales. Je me sens tout mou. Bizarre. La soupe arrive, on se souhaite bon appétit. Si seulement je pouvais manger seul, me passer de cette fille, là, à côté de moi… Non mais de quoi j'ai l'air ? Entre deux cuillerées, j'essaie de m'excuser auprès de ma voisine. Je ne trouve pas mes mots et ça tire en longueur : un désastre. Pas fichu d'aligner deux phrases complètes. Mais cette femme, décidément, n'est pas comme les autres. Elle garde un air attentif, comme si ce qui cherchait à sortir de ma bouche était la chose la plus importante du monde. Je baragouine et elle hoche la tête. « Je comprends, je comprends », dit-elle. Mon aide soupire. Une cuillère pleine vient tapoter mes lèvres.

Ah, cette femme… On s'est peu parlé dans l'ensemble : la bouche pleine, on évite de causer. Quand même, j'ai appris son nom – Frau Marlies Romberg – et sa profession, du temps où elle travaillait : professeur de français dans un *Gymnasium*[1] de Münster. Elle s'est présentée puis m'a laissé tout naturellement la parole, sans me poser la question en retour – trop classe pour ça.

« Heinrich Uffen. Autrefois je travaillais à la bibliothèque.

– Celle en bois ?

– Oui »

Ses petits yeux noisette se sont allumés.

« Herr Uffen !

– Quoi ? »

Elle a ri et joint les mains. Mon dieu, elle était belle comme tout. Si vivante !

1. Établissement d'enseignement secondaire.

« Je vous connais ! J'allais à la bibliothèque, toutes les semaines, à l'époque où notre famille habitait ici !

– Ça alors ! »

Ces retrouvailles ont illuminé ma compote de pommes. Je me reconnaissais de moins en moins. Avec un coup pareil, je me serais attendu à enfiler les pensées sombres, du genre : « Seigneur, il ne reste donc qu'elle... les gamins que j'ai servis... tous morts, ou séniles... tous dans des fauteuils roulants, à des années-lumière de leurs culottes courtes... » J'aurais pu en passer par là, entendre mon *Black Dog* aboyer derrière une fenêtre et pourtant non, c'était exactement le contraire qui était en train de se produire : je me disais « Quel heureux hasard ! » et j'ai cherché, cherché, j'ai à tout prix voulu retrouver l'image de cette adolescente, mince comme un haricot vert et plus grande que les autres. Ô misère : ma mémoire n'en avait rien conservé.

12

Pour une fois que j'observais mon passé avec, disons, une sorte de joie sans mélange, j'espérais bien que mes rêves me conduiraient vers la jeune Marlies, dans l'Ahlenfurt d'alors, entre le moment où la bibliothèque avait rouvert – une sorte de grande cabane, fabriquée avec un fatras de planches et de tôles récupérées chez les Anglais – jusqu'à ce jour lumineux de septembre 1951 – la pose de la première pierre, immortalisée par un photographe de l'*Ahlenfurter Morgenblatt*. Nous autres Allemands comptons parmi les peuples les plus littéraires de la planète, chacun sait ça, et à cette époque si difficile, petits et grands ne s'en pressaient pas moins au guichet de la bibliothèque – une planche sur deux tréteaux. Mon Dieu, c'était si réconfortant de voir qu'on n'était pas retournés à l'âge de pierre ! Nos libérateurs avaient tout fait pour, et ils s'étaient plantés. Mais hélas, les rêves sont indociles... Au lieu de m'apaiser, les miens m'ont infligé le retour de Samuel J. Trapp.

Ça se passait ici même, à la cantine de la Sankt-Peter-Haus. Il était assis à ma table, à la place de Frau Romberg.

Il avait à peine vieilli : même visage lisse avec quelques cheveux gris sur les tempes, même impeccable chemise qu'une des nôtres, réquisitionnée comme bonniche, devait lui repasser contre une tablette de chocolat, des bas ou des chewing-gums ; et surtout, surtout, la même expression, paupières relâchées et sourire de travers, l'air de dire, toujours : « Quoi que tu me racontes, je sais qui tu es. Dieu m'a parlé dans mon sommeil et je sais tout, tu ne me tromperas pas. Comment imagines-tu que je t'ai retrouvé, hein, sale Kraut ? » Il n'ouvrait pas la bouche mais c'était tout comme. Et moi je pensais : « Incroyable ! Après tout ce temps, ce type me cherche encore des poux dans la tête ! Est-ce qu'on ne m'avait pas dit qu'il était mort au Vietnam ? » Je brûlais de lui planter ma fourchette dans le dos de la main. Le problème, c'est que je n'arrivais pas à bouger. Mes bras pesaient des tonnes, mes doigts étaient raides comme ceux d'un vieux cadavre. À mon réveil, Trapp a regagné ses limbes, j'ai poussé un soupir de soulagement. Un mauvais rêve, c'est tout. Et puis, le petit déjeuner à peine avalé, alors que je me désolais de ne pas avoir retrouvé Frau Romberg à la cantine, j'ai senti la pression revenir, ce genre de tumulte qui précède l'irruption violente, incontrôlable, des souvenirs. Mes tempes se sont mises à enfler, et derrière elles gonflait la salle de classe rafistolée, baudruche puante où Trapp n'en finissait plus de chercher la petite bête qui m'enverrait à l'échafaud.

« Alors, ça y est » : c'est ce qu'on se disait, tous. Depuis le temps que l'invasion nous pendait au nez, on était presque soulagés d'y être. Hitler était confiant. Après six mois calamiteux, il avait repris du poil de la bête. À l'entendre, les

Américains ne savaient pas se battre, leur tête de pont en Normandie ne tiendrait pas dix jours... Il n'y avait guère que les Anglais pour le tracasser un peu, mais « ses » SS allaient régler le problème. Bref, on allait voir ce qu'on allait voir.

C'était un jour étrange, vous savez... Tellement bizarre et dérangeant, et... – ah, bon sang, je ne trouve pas le mot... – surréaliste ? Même moi qui ne savais rien de la situation, je m'étonnais que ça puisse se passer de cette manière. Je veux parler du 6 juin 1944, du premier jour de l'invasion. J'ai soigneusement évité d'en souffler mot à Trapp, il aurait été trop content – pour une fois il aurait eu raison. La moitié de l'état-major tournait en rond dans l'entrée du Berghof, les téléphones n'arrêtaient pas de sonner, on n'osait pas tirer le Chef de son lit... Quel bazar !... Dans notre Reich si bien organisé, quelque chose marchait de travers. On se serait cru chez les Français ou les Italiens.

Au beau milieu de la catastrophe, je me suis retrouvé en permission. Oh, je n'avais rien demandé ! C'est Hitler qui m'y a envoyé. « Allez retrouver les vôtres, Uffen. Partez l'esprit tranquille : à votre retour, nous aurons repoussé l'invasion, et toutes nos forces pourront être employées à l'Est pour vaincre le Russe ! » Rien que ça. Alors je suis parti, confiant moi aussi, intoxiqué par l'enthousiasme du Chef. Mais quand j'ai vu ce que j'ai vu, je me suis dit qu'il était grand temps de la gagner, cette guerre... Munich avait été salement touchée. Autour de la gare, les gens marchaient comme des somnambules. Je comprenais pourquoi Eva passait des heures au téléphone, à appeler les uns et les autres, quand des bombardiers ennemis étaient signalés : ses parents, ses amis vivaient dans la capitale bavaroise. Plus loin ce n'était pas mieux. Les voies coupées, les gares détruites, les rares trains remplis jusqu'à la gueule... Jusqu'à Würzburg ça allait encore, c'est après que c'est devenu vraiment très difficile : presque trois jours pour parvenir à Dortmund. Et puis, et puis j'ai quand même réussi à atteindre Hamm. Et alors là... il n'y avait plus rien. Au lieu d'un quai, j'ai posé le pied sur des gravas. Le ciel était bas, c'était sinistre. Tout d'un coup, j'ai eu comme des réminiscences, les ruines me semblaient familières. J'ai vite compris : c'est à la Crimée que je pensais, aux ruines de Kertch. J'en ai eu froid dans le dos. Je me disais « non, pas chez nous, ce n'est pas possible ». Entre deux trous de bombe, il y avait une cahute : le nouveau guichet des chemins de fer. À l'intérieur, j'ai demandé à un type manchot l'heure de la correspondance pour Warenberg. Il m'a regardé comme l'idiot que j'étais : « La correspondance ? – Bon, le trafic n'est pas encore rétabli, si j'ai bien compris... Alors indiquez-moi par quel autre moyen je puis m'y rendre. Ahlenfurt conviendra aussi, je n'ai pas peur de marcher. »

J'étais à deux doigts d'ajouter « soldat » au bout de ma phrase et j'avais parlé un peu rudement : je venais de me rappeler que j'étais officier, que j'avais un rang à tenir... Mais le manchot n'était pas du tout impressionné : « Revenez en 1946, vous aurez plus de chances de trouver quelque chose en état de rouler ici. Mais il y a quelquefois des départs depuis la place du marché, juste derrière Saint-Paul. »

Il a vaguement désigné l'emplacement théorique de l'église, dont le clocher s'élevait encore au-dessus des ruines il n'y avait pas si longtemps. « Enfin, c'est par là », a-t-il ajouté.

Quand j'y repense, j'en ai encore le cœur serré. Place du marché, je suis tombé sur un troupeau humain si apathique et dépenaillé que je me suis de nouveau cru en Russie. Des Allemands, ça ? Il y avait beaucoup de vieilles emmitouflées, on aurait dit des babouchkas... Je n'ai osé demander à personne ce que nous attendions : un autocar ? Un camion ? Autre chose ? Au bout d'une heure, trois chariots sont apparus. Bien entretenus et propres : des chariots allemands. Les chevaux aussi étaient de chez nous. C'est peut-être idiot mais ça m'a remonté le moral.

Je suis arrivé à Warenberg au crépuscule. Depuis l'automne, des bombes étaient encore tombées. En descendant du chariot, je me suis d'abord trompé de chemin. Dans le demi-jour, toutes les ruines se ressemblent. Quand je suis passé devant la façade vide de *La Saucisse d'or*, ça m'a fichu un coup. Heureusement que Sepp Brauner était parti se réfugier dans sa Bavière natale, quelque part du côté d'Ingolstadt. J'avais de plus en plus peur : et si la maison de mes parents avait elle aussi disparu ? Mais elle était là, avec quelques autres rescapées, au milieu des monticules de gravats et des murs aveugles, intacte ou presque. J'ai toqué, un vieux que je ne connaissais pas m'a ouvert. Pas de courant : il tenait une chandelle. « Vous êtes le fils, c'est ça ? » J'aurais dû lui poser la question : « Qu'est-ce que vous fichez là ? » mais ça ne m'est pas venu. J'en avais ma claque de ce voyage, je voulais retrouver mon lit et dormir. J'ai suivi le vieux jusqu'au salon. Deux vieilles étaient assises dans nos fauteuils. « Ah oui, c'est vrai que vous êtes lieutenant, à présent ! » Elles avaient l'air de me connaître, moi leur visage ne me disait rien. Mais bon sang de bois, d'où sortaient ces gens ? C'est mon père qui me l'a expliqué, quand enfin il est apparu. « Ah, fils ! Si tu savais ! » Il m'a pris dans ses bras, ce qui n'était pas son genre.

« Papa, qu'est-ce qui ?...

– Viens, viens »

La nuit était douce, il m'a poussé sur le perron. Il a commencé à parler des réfugiés qui vivaient maintenant chez nous, mais sa voix s'est vite troublée. Pour la première fois de ma vie, je voyais pleurer Edmund Uffen.

Je me suis mis à pleurer moi-même. Je déteste, parce que tout le monde l'a vu. Forcément : on m'a poussé dans le grand couloir, juste sous le puits de lumière, le carrefour du rez-de-chaussée de la Sankt-Peter-Haus. Quelle humiliation ! On me tend un mouchoir, j'essuie mon nez, ma bouche. Enfin, j'essaie. « Je peux vous aider ? » Cette voix de jeune fille... Marlies Romberg ! Elle vient de se matérialiser près de moi. Ah, je suis tellement heureux de vous revoir, chère Madame ! J'ai eu quelques hallucinations par le passé, je commençais à me demander si vous existiez pour de bon.

Je pensais à mes parents, vous savez ? Oui, je sens que vous me comprenez. Vous n'avez pas mon âge mais vous êtes au courant : parfois les vieux se souviennent d'un monde où ils ne l'étaient pas. Mes parents, mes pauvres parents... Pourquoi est-ce que je vous inflige ça ? Ils s'appelaient Edmund et Maria. La dernière fois que je les ai vus, c'était en juin 1944. Deux mois plus tard, ils étaient morts.

Leur maison de Warenberg était pleine comme un œuf quand j'y suis revenu, le temps d'une permission. Ils vivaient à six, là-dedans. Des gens des alentours : un couple d'Ahlenfurt, une veuve de Paderborn, une vieille fille de Lippstadt… J'ai dormi dans la cuisine, sur une chaise. Même pas le temps de défaire mon barda, le sommeil m'est tombé dessus comme une pierre. Je crois que c'était une sorte de fuite, que je ne voulais pas voir ça. Cette maison remplie d'inconnus, mon père à deux doigts de se jeter dans la Werse… Oui, il était plus que temps de la gagner, cette guerre.

Le pire, ça a été le lendemain. Je venais tout juste d'ouvrir l'œil, je m'apprêtais à préparer du café, du vrai – cadeau d'une connaissance. Une femme s'est avancée avec un drôle d'air, un air… égaré. Elle était en chemise de nuit, pieds nus, les cheveux en bataille. Je l'ai saluée, elle n'a pas réagi. « Une de plus ! » j'ai pensé. J'étais en colère. « Et folle, pardessus le marché ! Non mais ils sont combien, chez nous ? » Alors mon père l'a doucement saisie par les épaules, et j'ai réalisé que cette femme était Maria Uffen. Il lui a chuchoté à l'oreille, elle a eu un rire idiot : « Vous êtes sûr ? » Elle avait tellement changé ! Il y avait dans ses traits un effroi, une stupeur qui lui déformaient le visage, ce n'était plus du tout la même personne. Malgré ça, c'était ma mère ; j'ai voulu la prendre dans mes bras, mais elle m'a repoussé. Mon père m'a dit de laisser tomber. « Plus tard, peut-être… »

Plus tard, justement, ça ne s'est pas arrangé. Ma mère refusait de s'habiller, mon père n'arrivait pas à la convaincre. Elle répétait : « Mais monsieur, puisque je vous dis qu'il est l'heure d'aller dormir ! Et puis je trouve inconvenant que vous restiez ici, vous piétinez mon intimité ! » Ils étaient là-haut, dans leur chambre. Mon père a fini par claquer la porte et il est descendu. « Viens, fils. On va prendre l'air. »

On est sortis. La jolie lumière du matin caressait les ruines. Derrière les maisons qui n'existaient plus, la campagne s'étalait, paisible comme en temps de paix. Dans notre dos, ma mère a poussé un long « Ouhouhouhou » moitié humain, moitié animal. Mais on ne s'est pas retournés, on a même pressé le pas. J'avais l'impression de déserter le champ de bataille.

On a improvisé une promenade. Chemin de croix avant l'heure – ou plutôt après, on a traversé Warenberg dévastée sous le soleil, contourné une cimenterie détruite, puis on s'est engagés dans un chemin de campagne. À la lisière d'Ahlenfurt, on a débusqué quelques vaches. Elles se sont enfuies à notre approche. Avant, les vaches n'avaient pas peur. Les oiseaux, eux, chantaient de bon cœur. Sans doute qu'ils étaient les seuls à pouvoir se le permettre.

« J'aimerais bien être une mésange ou un rouge-gorge, tiens ! a dit mon père. Alors, comment se porte notre cher Führer ? »

J'étais mal à l'aise. Cette ironie pouvait lui valoir des ennuis.

« Quoi que tu t'imagines, il se soucie beaucoup de la situation.

– Tant mieux.

– Et il travaille jour et nuit. Il ne se couche jamais sans s'être informé des incursions ennemies dans notre ciel.

– Quel homme ! »

Ça virait à l'aigre. Si j'avais pu, je lui aurais demandé de se taire. Seulement, à cette époque-là, on avait le respect des anciens. Vous le savez comme moi, Marlies. Et s'il y a une chose dont j'étais incapable alors, c'était bien de conseiller à mon père de changer de discours.

« Je suis sûr et certain que nous pouvons lui faire confiance, papa. Le Führer est un génie.

– Je n'en doute pas. Il a fallu un millénaire pour bâtir Warenberg, et lui il l'a laissé raser en trois ans ! »

On était arrivés devant le bois. Carbonisé.

« Notre réserve stratégique, fils...

– C'est ce qui arrivera bientôt aux Anglais, tu peux me croire.

– Bientôt ? Et c'est quand, bientôt ? Voilà des mois qu'on nous chante la même chose ! Ici il ne reste rien à détruire et pourtant ils reviennent, ces bandits volants ! Un jour, quand ils auront rasé tout ce qui tient encore debout, tu verras qu'ils bombarderont nos montagnes ! Et après les montagnes, quoi encore ? Ah ! Dieu ait pitié de nous ! »

On s'installe dans la prairie, Marlies et moi. J'insiste pour qu'elle m'appelle Heinrich : « Je suis fatigué des *Herr Uffen* vingt fois par jour, vous savez ? »

La fin de la matinée se profile. Si j'en avais le pouvoir, je proposerais à Marlies un Mümmelmann ou un Amaretto – un supplément de convivialité, disons. Nous sommes si bien, là ! Seule ombre au tableau : l'antiquité aux cheveux jaunâtres, à quelques mètres. Elle promène ses yeux sur les visiteurs qui l'entourent. Ça va trop vite, c'est trop entremêlé pour elle. Quel spectacle... Tout d'un coup je m'estime très heureux de n'avoir personne. « J'ai tellement parlé... Maintenant c'est à vous. Vous me disiez que vous habitiez Ahlenfurt dans votre enfance ? »

Au départ, rien que du banal, les souvenirs de Marlies Romberg sont un peu ceux de tout le monde. Les bombardements : toujours la même rengaine. Et puis vient l'histoire d'un cousin de sa mère, un pasteur. Vers la fin de 1944, il déclare à ses paroissiens que rien, pas même l'État, ne peut être placé au-dessus de Dieu, qu'en dernier ressort l'Évangile prime sur la loi des hommes. Mal lui en prend : un fidèle indigné le dénonce à la Gestapo et le pasteur part en KZ pour le restant de la guerre. C'est affreux, vraiment épouvantable, j'en conviens avec elle, mais je suis quand même un peu gêné, je ne sais pas pourquoi. Pendant que je cherche mes mots pour lui dire ma sympathie, Marlies plonge dans ce qu'elle appelle l'âge sombre. Comme elle est née en 1934, elle a eu droit, *in extremis*, au Jungmädelbund[1], aux défilés bras tendus, à la profession de foi au Führer... Elle secoue la tête, peinée. Pire que ça : éteinte. Toutes les fautes de l'humanité pèsent sur ses épaules osseuses. « Ce n'était pas un génie, Herr Uffen... Oh mon Dieu, non... pas du tout. » Et là je réalise que j'en ai beaucoup trop dit sur ma permission. Cette promenade pénible avec mon père, ses remarques sur Hitler, et surtout : *les miennes*. Je bredouille quelque chose comme « Allons, allons ». Qu'est-ce que je pourrais dire d'autre ? Marlies se redresse, un soupir lui sort de l'âme :

« Si nous changions de sujet ?

– Oh oui, vous avez mille fois raison ! Le passé, c'est le passé. »

Elle acquiesce, quoique pas très fort. Mon malaise ne passe pas, lui. Alors, marche arrière toute : « Tout à

1. Organisation nazie encadrant les filles de dix à quatorze ans.

l'heure, quand je vous parlais de mon père, ne croyez pas que… enfin, s'agissant de Hitler, n'allez pas vous imaginer… j'étais jeune, j'étais ignorant, je répétais ce que j'entendais autour de moi. »

Marlies tripote son gros collier coloré. « C'est comme ça », dit-elle. Et nous changeons de sujet. Au programme : la vie qui reprend, tenace, les projets, les désirs qui se fraient un chemin depuis les ruines. Marlies évoque sa jeunesse après Ahlenfurt, ses études à Heidelberg et ses séjours en France : la Bretagne, Bordeaux, la Côte d'Azur. Ce sont de très jolis endroits, j'en ai vu des images à la télé. Un moment, je pense à évoquer Châteauroux, mais je m'abstiens. « Je suis vraiment ravi de votre arrivée, Marlies. Je tenais à vous le dire. Je me montre un peu cavalier, c'est peut-être ce que vous pensez. Mais depuis que je suis ici, ça remonte à quelques mois, je n'ai pas encore trouvé l'occasion de discuter avec quelqu'un. Oh, je n'accuse personne, je me dis la même chose que vous : c'est comme ça. Ce que j'ai du mal à digérer, en réalité, c'est qu'on m'ait sorti de chez moi sans penser à me demander mon avis. »

Compatissante, Marlies hausse les sourcils :

« Où habitiez-vous ?

– Potsdamer Strasse, au 6. Pas loin du magasin de vélos. »

Elle hoche la tête.

« Ah oui, l'ancienne Sankt-Peter-Haus.

– Pardon ? Non non, vous n'y êtes pas : je vous parle de mon deux pièces. J'habitais au rez-de-chaussée de la petite résidence en briques jaunes, vous voyez ? Celle avec des céramiques dans le jardin, devant. »

Elle se fige. On dirait que quelque chose lui échappe, alors j'insiste : « Une grenouille et une tortue, très colorées. Tous les gamins s'arrêtaient voir. Ah, j'étais bien, là. Un peu sombre en hiver, mais j'étais bien. J'avais une aide à domicile : une Polonaise. Elle travaille ici, maintenant. Vous l'avez peut-être croisée. Blonde, élancée, un visage… comment vous dire ? vous jureriez une Allemande. Alors, puisque j'en parle, je me permets de vous demander un service. Vous accepteriez de me rendre un service, n'est-ce pas, Marlies ? Je sais bien que ma Polonaise est débordée de travail, mais si vous la voyez, demandez-lui de passer me voir. Vous me le promettez ? Elle s'appelle Martyna. »

13

Ce fichu été 1944... On savait bien qu'on ne le passerait pas dans les Alpes. Tôt ou tard, on allait devoir plier bagages. Chaque matin c'était le même cirque : partira, partira pas... Ne pas savoir, ça devenait épuisant, on était tous un peu sur les nerfs. J'avais tenté de tirer les vers du nez à Linge : « Quand est-ce qu'on y va, Heinz ? » Sans résultat. Je suis à peu près persuadé qu'il n'était pas plus au courant que nous. Et même s'il l'avait été, pas sûr qu'il nous aurait prévenus sans en avoir reçu l'ordre. Un gars carré, je l'ai déjà dit.

Je me rappelle notre dernier après-midi au Berghof : la frénésie complète. Mes collègues couraient dans tous les sens, comme si les Russes venaient d'entrer dans Berchtesgaden... J'avais donné un coup de main, à droite à gauche. À Schaub, à Linge, aux secrétaires... On n'a pas idée de ce qu'il fallait prévoir, mettre de côté, trier, empaqueter comme paperasse, avant de partir. Des tombereaux de documents, de cartes, de rapports, différents types de papier à en-tête, d'enveloppes... Tout ça en quelques heures. Après avoir traîné des pieds, le Chef venait d'annoncer sa décision : départ le lendemain.

Le soleil était déjà bas quand je suis sorti fumer. Trois ou quatre voitures de l'état-major attendaient en contrebas, les chauffeurs papotaient. Depuis deux heures, avec ses généraux et ses aides de camp, le Chef bûchait sur ses cartes. Entre l'invasion en Normandie et ce qui était en train de nous tomber dessus à l'Est, ils avaient du pain sur la planche. Des miches entières, je dirais. La guerre...

La terrasse était déserte, je trouvais ça triste. Les tables, les parasols, les transats rangés dans un coin ; les enfants Goebbels ou Bormann, ou Speer : envolés. Il y avait dans l'air un parfum de fin de vacances, ou de dimanche soir. J'ai tourné en rond, je fixais mes pieds. Ma cigarette s'était consumée depuis longtemps et je n'arrivais pas à partir. J'ai regardé vers les fenêtres du Berghof. Eva s'était claquemurée dans son appartement. Au déjeuner, on ne l'avait pas vue. Quelques jours plus tôt elle s'était demandé, à voix haute, à quoi ressemblerait le printemps suivant. Personne ne s'était risqué à lui répondre.

On est revenus en Prusse-Orientale. Tout avait changé. Hitler nous en avait parlé, des travaux, mais on ne s'attendait pas à des changements si radicaux. C'était impressionnant, ça faisait même un peu peur. Au milieu de la forêt, des mastodontes pareils... Je veux parler des bunkers, ceux qui excitaient Trapp sur les photos. Huit, dix mètres de hauteur pour les plus gros. Celui du Chef, celui de Göring. Le nôtre n'était pas mal non plus. En horreur, il rivalisait. « Seigneur... » C'est que je me suis dit en le voyant. On avait bien essayé de parlementer, les secrétaires et moi, mais le Chef était intraitable : le risque d'être bombardés augmentait d'heure en heure, donc pas question de coucher dans une quelconque baraque. Chaque soir on s'endormirait, tous, sous nos quatre mille tonnes de béton. Le prix à payer pour ne pas terminer en charpie.

On a fini par les apprécier un peu, ces bunkers. À cause de leur fraîcheur. Je crois qu'en 1944 l'été était encore plus chaud que l'année précédente. Et puis les moustiques, moucherons et autres bestioles volantes ne s'y aventuraient pas. C'est vrai qu'on y dormait bien. Du moins, quand on n'avait pas de penchant claustrophobe. L'ennui, au final, ce n'était pas tellement les bunkers, mais ce qui allait avec : les champs de mines qui s'étaient étendus, les rideaux de barbelés qu'on avait doublés, électrifiés – on ne pouvait plus quitter le périmètre comme on voulait – les bétonnières qui tournaient jour et nuit. Du béton, du béton, du béton… On se demandait quand les travaux allaient s'arrêter. On n'en a jamais vu la fin. Quand on a évacué, en novembre, les bétonnières tournaient toujours.

Ma cuisine était demeurée à sa place, près de la baraque de Krümel. Une chance inouïe. Ne pas être obligé de travailler entre quatre murs aveugles, profiter de la lumière et regarder la vie de l'autre côté des fenêtres… voir un peu de monde, quoi… ce n'était pas rien. De derrière mes fourneaux, je pouvais encore me croire en 1943. Il y avait la chaleur, d'accord, mais je la supportais. Je craignais surtout qu'il ne vienne à l'idée du Chef de m'aménager une cuisine dans son bunker à lui.

Pour échapper à l'enfermement, Traudl venait me retrouver. On parlait de tout et de rien, elle fumait comme un pompier ; je continuais à lui donner des cours de cuisine. Elle ne progressait pas beaucoup, mais elle avait des excuses. Parfois je voyais bien qu'elle écoutait à peine ou qu'elle se mordillait les doigts ; qu'elle jouait un peu trop avec son collier. Ça dépendait des jours, du courrier qui arrivait ou non. En Normandie, Hans se battait depuis plus d'un mois contre ces satanés Anglais. Elle me disait : « C'est sanglant, en France, tu sais ? » Je répondais que je savais, oui. Que j'étais soldat. Mais en réalité, coupés du monde comme on l'était, qu'est-ce que je pouvais connaître de la situation ? Je ne parvenais pas à m'imaginer autre chose qu'une campagne de 1940 en un peu plus âpre. « Stalingrad en Normandie », comme des historiens ont appelé les premiers mois de l'invasion ? À l'époque, j'aurais doucement rigolé. Le Russe, par définition, se comportait comme un barbare, comparer la France à la Russie n'avait pas de sens. Mais Traudl, elle, tapait les rapports de pertes, elle avait fini par me l'avouer. Et les chiffres étaient tout bonnement effrayants. « Je n'y connais rien, mais c'est beaucoup. » Je m'en tirais avec des platitudes. Du genre : « Bah, les chiffres, on les interprète comme on veut », ou : « Il y a des millions d'hommes sur le front. Que les pertes paraissent élevées, c'est normal. » Elle hochait la tête, se rendait quelques heures à mes pauvres arguments, et puis elle revenait à la charge. Elle était allée jusqu'à demander à Hitler lui-même, une nuit, quand il pensait que la guerre allait finir. Il était une heure du matin, le Chef dissertait sur la manière dont il reconstruirait l'Allemagne après la victoire. On somnolait tous plus ou moins, l'intervention de Traudl nous a tirés des brumes. Ça a été comme un électrochoc, d'habitude on ne posait pas ce genre de question. Hitler a regardé vers l'ampoule, au plafond, puis il a répondu, très calme et sûr de lui : « Soyez rassurée, ma chère enfant. Je peux vous garantir que lorsque nos nouvelles armes seront massivement engagées, l'Anglais capitulera. Cet ivrogne de Churchill n'aura plus le choix qu'entre le lynchage et l'exil. »

Le 20 juillet est arrivé. Je n'ai jamais compris, ni personne d'ailleurs, pourquoi Hitler était de si bonne humeur ce midi-là. C'était écrit noir sur blanc sur les rapports épinglés près du mess : depuis le début de l'offensive russe, on avait perdu pas loin de trente divisions – un carnage, et le Chef, au lieu de paraître inquiet, affichait bonne mine, plaisantait avec ses secrétaires. Peut-être parce que, pour une fois, il avait bien dormi, qui sait ? Il s'était levé tard, encore plus tard que d'habitude. Et comme il continuait de prendre son temps – je crois qu'il jouait avec sa chienne – Linge m'avait demandé de lui servir son déjeuner directement pendant la *Führerlage*, la conférence d'état-major. Depuis notre retour, ces réunions se tenaient dans un des nouveaux bunkers, mais ce jour-là Hitler avait décidé que ce serait dans une baraque.

Je suis entré. Sauf le Chef assis qui tournait le dos à la porte, ils se tenaient tous debout autour de la grande table. L'ami Fegelein, dans le fond, m'a lancé un clin d'œil. Les fenêtres étaient grandes ouvertes mais on ne sentait pas le moindre courant d'air. Les rideaux restaient immobiles et raides, comme lestés de plomb.

Günsche s'est penché à l'oreille du Chef. Hitler s'est retourné et m'a souri. « Approchez, Uffen. Les vieux chênes ne sont pas si impressionnants qu'ils en ont l'air. » L'assemblée a ri. Un rire poli, disons. Pour une fois que le Führer s'essayait à l'humour en pleine réunion militaire... J'ai déposé son assiette devant lui, Günsche a décapsulé une bouteille de *Fachinger*, et c'est tout. Je n'ai rien pensé, rien flairé. L'instinct, le Créateur ne m'en a pas pourvu. Je suis sorti et j'ai retrouvé Krümel, cigarette au bec, à l'entrée de ma cuisine. « Alors, le Duce ? » il m'a demandé. « Tu lui prépares quoi, pour ce soir ? » Mussolini était en route, il devait arriver au QG dans l'après-midi. J'allais répondre que le Führer avait décidé de faire une entorse à son régime, qu'il avait commandé des *Deutsche Nudeln* non végétariennes pour lui et son invité, mais quand j'ai ouvert la bouche, la bombe a explosé.

La suite, tout le monde la connaît. Je ne vais pas m'appesantir dessus. L'attentat n'était qu'une mauvaise nouvelle parmi d'autres. Pas la dernière, hélas. Les Roumains et les Bulgares, nos alliés en carton-pâte, ont retourné leur veste, ils nous ont même déclaré la guerre, puis il a fallu évacuer la Grèce et la Yougoslavie en quatrième vitesse, et enfin, histoire d'ajouter une friandise à cette montagne de calamités, Horthy a viré casaque à son tour. Pour tenir la Hongrie tranquille, il a fallu le remplacer par un homme de paille. Bref, ça craquait de tous les côtés. À se demander, certains jours où le moral n'y était pas, si les Russes n'allaient pas arriver jusqu'à Berlin. Déjà qu'ils campaient devant Varsovie…

J'aurais aimé vous parler de la mort de mes parents, Marlies. Bien sûr, ce n'était pas possible. Parce qu'il aurait fallu tout déballer. Et les cloportes, ça ne déballe pas. J'ai été stupide. J'aurais dû me taire et les laisser se réjouir, adhérer à tout leur tralala, quand ils ont voulu fêter mon anniversaire. Maintenant il est probable que cette histoire finira par vous tomber dans l'oreille. Une bonne conscience viendra s'effrayer près de vous : « Mais voyons, Frau Romberg, vous ne savez pas qui est cet homme ? » Non mais qu'est-ce qui m'est passé par la tête, ce jour-là ?

La nuit tombe, j'ai mal partout. D'habitude je ne vois jamais le soleil se coucher, je dors bien avant. Pire qu'une poule. Est-ce qu'ils ont oublié un cachet ? J'ai envie de hurler, vous savez. Ça n'arrive pas si souvent mais quand c'est là… Les cloportes, voyez-vous, ça ne crie pas non plus. À peine si ça existe. Pourtant ça souffre. Et, de temps à autre, il leur prend l'envie de se soulager un bon coup. Mieux que ça : il leur trotte dans la tête qu'un cri de bonne taille, le plus fort, le plus long possible, leur serait fatal.

C'était un matin du mois d'août, le 14. Un matin de déluge. Ça durait depuis presque une semaine. Je m'activais dans ma cuisine, la lumière allumée. Le QG baignait dans la flotte et la pénombre. Les Russes approchaient, et avec eux leur météo de sauvages, leurs pluies archaïques, torrentielles. Partout des mares aux allures d'étang, de la boue et des ornières comme je n'en avais vu qu'en Ukraine et en Crimée.

Ma porte s'est ouverte en coup de vent, on n'avait pas frappé. C'était Fegelein. D'abord j'ai vu qu'il dégoulinait de partout, ensuite j'ai remarqué sa drôle de tête.

« Qu'est-ce qui se passe ?

– J'ai des choses à t'apprendre, Heinz. Des choses importantes. T'as une bouteille, pas loin ?

– Oui, mais…

– Où ça ?

– Dans le placard.

– Assieds-toi, s'il te plaît.

– J'ai du boulot, Hermann. Je ne vais pas… »

Il a posé une main sur mon épaule.

« Assieds-toi, ça vaudra mieux.

– Tu me fais peur. »

Il a sorti la bouteille de schnaps et rempli deux verres. Je me suis assis.

« Chez toi, avant-hier, il y a eu un raid. Un raid incendiaire. On pense que l'ennemi visait Hamm, mais c'est Warenberg qui a trinqué. Tout a brûlé. Tout. Ça a été terrible. »

J'ai cherché, de mémoire, ce à quoi j'étais occupé pendant le bombardement, comme si j'avais pu revenir en arrière et y changer quelque chose. J'ai vidé mon verre, Fegelein m'en a illico servi un autre. Il s'est gratté la tête, hésitant.

« Je suis désolé de t'annoncer ça, mon vieux, mais tes parents... »

J'avais compris. D'un signe de la main, je l'ai dispensé de terminer sa phrase. L'ami Hermann a obtempéré. Un moment on a évité de se regarder, je cherchais toujours dans mon emploi du temps et je ne trouvais rien. Les dernières soirées, les dernières nuits s'étaient perdues dans une sorte de mélasse mentale.

On a observé le plafond, comme si la pluie avait été sur le point de le traverser.

« Toutes mes condoléances, Heinz.

– Merci.

– On est tous chamboulés, je t'assure... Tu sais quoi ? Cette guerre, ça devient vraiment n'importe quoi. Une grosse merde, voilà ce que c'est. J'ai envie de gerber. Tous ces réactionnaires dans l'armée, ces salopards de Junkers qui veulent nous planter par-derrière... Quand je pense que j'ai failli y passer aussi… Si la réunion du 20 s'était tenue dans le bunker, le souffle de l'explosion nous aurait tous écrabouillés contre les murs. À vomir, je te dis. »

Fegelein m'a servi une nouvelle dose de schnaps.

« Non merci, Hermann.

– Avale. De toute façon tu es en congé, aujourd'hui. Le Führer est au courant, pour tes parents. Ça va aller ? Moi il va falloir que je bouge. J'ai une autre mauvaise nouvelle à colporter. Putain de merde. »

Il s'est levé et m'a serré l'épaule. « Si tu as besoin de quoi que ce soit… »

Il est sorti, et moi je suis parti m'enfouir sous mes quatre mille tonnes de béton.

14

Ô ma toute douce, ma toute décomposée.

On était là, deux épaves, la veuve et l'orphelin, tremblants comme des oiseaux meurtris. Je t'ai prise dans mes bras et tu t'es laissé faire. Tu as griffé mon col, trempé ma vareuse avec tes larmes. Hans était mort la veille. Une attaque aérienne à basse altitude, en France, du côté d'une ville qui s'appelait Dreux. « Il faut absolument que j'arrête de pleurer. Absolument », disais-tu. Mais même cette résolution courageuse, tu n'arrivais pas à la prononcer. Le chagrin te noyait la gorge, le choc t'empêchait de prendre ton souffle. Maintenant je ne sais plus quelles paroles ont vraiment été les tiennes. Je ne suis plus sûr que d'une chose : le Chef allait nous recevoir, et tu ne tenais pas à lui présenter ce visage en miettes.

Pardon si je te parle encore de lui. Qu'est-ce que j'y peux ? Sans cette sorte de malédiction, je ne t'aurais jamais connue, je n'aurais pas éprouvé ce que j'ai éprouvé. Il a fichu ma vie en l'air, il a broyé la moitié du monde, mais bête comme je suis, j'éprouve encore pour lui une certaine reconnaissance. C'est affreux, je sais. Je m'en fous. Plus tard, ailleurs, du côté où tu es, si tu es quelque part, je m'expliquerai. On verra bien. J'espère que ce sera bientôt.

On est entrés. Hitler est venu vers nous, plein de compassion. J'étais près de toi quand il a pris tes mains, quand il les a serrées, quand il t'a dit, le visage peiné : « Ah, mon enfant, je suis tellement désolé. Votre mari était un type magnifique. » Ensuite il s'est tourné vers moi. « Vos parents ont été victimes de lâches. Mais ça ne durera pas. Ces crimes ne resteront pas impunis, j'en fais le serment devant vous. »

Drôle de consolation, il a choisi ce moment pour nous dévoiler la mise en service imminente de la fusée V2. Une arme invulnérable à la tête bourrée d'explosifs, si rapide qu'on ne l'entendait pas tomber. Quand les Londoniens s'en seraient pris cinq mille sur la tête, ils comprendraient qu'ils s'étaient battus pour rien et demanderaient la paix.

En quittant le bunker, on s'est pressés sous la pluie sans échanger deux mots. J'ai regagné ma chambrette de béton. Toi, je ne sais pas. Je me suis retourné et je ne t'ai plus vue. Peut-être que tu t'étais réfugiée chez tes collègues. Longtemps, je me suis reproché de ne pas t'avoir invitée. On serait partis prendre un verre, parler un peu nous aurait sans doute aidés. Au lieu de ça je suis resté seul le reste de la journée, étendu sur mon lit. J'avais ôté ma vareuse. Elle reposait près de moi, au dos de la chaise. Maintenant je peux te l'avouer : j'en ai embrassé le tissu, là où tes larmes s'étaient épanchées. Je l'ai reniflé aussi – c'était décevant, je n'y ai trouvé que ma propre odeur. Et puis j'ai trouvé ma consolation. Un filament doré collé près d'une patte d'épaule : un de tes longs cheveux. Je l'ai embrassé plusieurs fois, des baisers qui se perdaient dans l'air. Ensuite je l'ai saisi délicatement et je l'ai glissé dans une enveloppe.

Où êtes-vous, Martyna ? Je crois bien que vous ne viendrez plus me voir. Plus maintenant. Parce que, depuis l'esclandre de mon anniversaire, il n'est pas possible que vous ne sachiez pas. « Ne me parlez plus de cet immonde monsieur ! Il m'a assez joué la comédie comme ça ! » C'est si dur d'imaginer du dégoût sur votre beau visage… Mais je ne vous en veux pas. Votre cœur est une vraie merveille, plus humain, mieux formé que bien des cœurs allemands. Il mérite de battre à bon escient. Préservez-le !

Ces derniers mots, ce sont ceux que j'aurais aimé dire à une autre, si je les avais trouvés, au moment où elle s'enfuyait. Seulement je n'avais rien prévu, c'est une habitude chez moi. J'ai dû me contenter de la regarder partir. Laissez-moi vous raconter cela, Martyna. Seulement cela. Je voudrais que vous compreniez pourquoi la franchise ne m'a pas réussi, pourquoi j'ai préféré dissimuler ce que j'ai dissimulé. Ensuite vous serez libre de me vouer aux gémonies.

C'était après la guerre. Elle s'appelait Maria. Jusqu'en 1945, elle habitait un village de Silésie, à vingt kilomètres de Breslau – Wroclav, comme vous dites, pardon si je prononce mal. Et puis les Russes… Je ne vais pas vous faire un dessin, vous les avez fréquentés d'assez près, ces gens-là sont des barbares. Bref. Dans les derniers mois de la guerre, à l'est, c'était la panique. Les gens ont commencé à se suicider, par familles entières. Celle de Maria a préféré fuir. Ils sont partis vers l'ouest. Elle, sa mère, sa grand-mère et son petit frère. Ils ont marché, marché pour échapper aux Russes. Vous devez savoir comme ça a été terrible.

Si terrible qu'à l'arrivée Maria s'est retrouvée seule avec sa mère. Elle ne m'a jamais dit comment son frère et sa grand-mère étaient morts. Elle n'arrivait pas à en parler, ça la rendait folle. Je ne veux même pas imaginer ce qu'elle avait pu subir. La grand-mère, bien sûr c'était triste, mais Eberhard et ses trois ans...

Des réfugiés de l'Est, dans les années cinquante, il y en avait plein le Münsterland. Ils arrivaient de Silésie, de Poméranie, et même des pays Baltes. Ici, à Ahlenfurt, nous avions surtout des Silésiens. Ils s'entassaient dans des granges, des corps de ferme, dans des caves... Vous voyez le stade ? Là-bas les Anglais avaient construit des baraques. On aurait dit un camp de prisonniers.

Les nouveaux venus n'avaient pas bonne presse, à peine si on les considérait comme des Allemands. C'est qu'on avait nos propres bouches à nourrir, qu'on manquait de tout... La nuit, les gamins se battaient dans les champs pour une poignée de patates, les Silésiens et ceux de chez nous... Voyez à quoi on en était rendus.

J'ai rencontré Maria en 1954. Elle vivait toujours avec sa mère. Elles occupaient une chambre, dans une maison qui n'existe plus. Et puis un jour, elle est venue s'inscrire à la bibliothèque. C'est comme ça qu'on s'est rencontrés. Mon Dieu, je voudrais me souvenir de plus de détails, placer les bons moments au premier plan. On était amoureux, je crois. Le dimanche après-midi, on partait se promener. Souvent, on s'installait au bord du petit lac, celui qui se trouve derrière la cimenterie. On s'embrassait sous les saules. Ensuite je la raccompagnais chez elle. Elle avait trente-deux ans. Elle travaillait à la poste, elle touchait un salaire : elle aurait pu être indépendante. Mais sa mère...

Maria n'était pas libre. Quand le soleil commençait à descendre, elle s'inquiétait de l'heure. Je n'avais pas de montre, et elle non plus. Alors on traînait près de la nouvelle mairie, on regardait ensemble les aiguilles noires de l'horloge, sur la façade... Un genre de compte à rebours déplaisant. C'est cette Maria-là que je revois en premier. Tendue, en train de se ronger les ongles ou de se gratter la gorge. La moitié de ce que je lui disais s'évaporait avant d'atteindre ses oreilles. Je la tenais dans mes bras mais elle n'était plus là.

Un jour, j'en ai eu marre de la voir dans cet état et je lui ai dit :

« Mais enfin Maria, la guerre est finie depuis bientôt dix ans ! En quoi ça la perturbe, ta mère, cinq minutes de plus ou de moins ?

– Elle n'a plus que moi...

– Oui, d'accord, mais... »

Et elle : « Tu ne sais pas, tu ne sais pas. » On marchait. Elle devant, moi derrière. On ne pouvait plus dire que je la raccompagnais, j'avais du mal à la suivre. Je l'appelais : « Maria ! Maria ! C'est fou, cette histoire ! Ne marche pas si vite ! » Et elle répétait : « Tu ne sais pas ! », elle n'avait que ces mots à la bouche. Quand on est arrivés – c'était du côté de l'actuel collège – elle a fermé la porte derrière elle sans se retourner.

Je crois qu'on ne serait pas allés très loin, tous les deux. D'abord, il y avait la différence d'âge. Douze ans, quand même. Et puis Maria était protestante, ce qui n'allait pas sans poser problème. Pas à moi, vous pensez bien. Qu'est-ce que j'en avais à fiche ? Mais à l'époque... disons que ça aurait été compliqué. Alors on ne parlait pas de fiançailles, encore moins de mariage. On parlait peu, en général. On n'en avait pas besoin. Jusqu'à ce jour où elle est rentrée chez elle en claquant la porte. J'ai pensé qu'on ne pouvait pas en rester là. Qu'on devait se confier comme deux êtres qui s'aiment, qui n'ont pas peur d'exposer leurs faiblesses et offrent un peu de leur jardin secret.

Quand on s'est revus, je n'en menais pas large. J'étais parti pour lui demander pardon, Maria ne m'en a pas laissé le temps. Elle m'a sauté au cou et serré fort. On a commencé à s'excuser tous les deux. Ensuite, main dans la main, on est allés se poser sur un talus, près des jardins ouvriers. Maria avait préparé des tartines avec du beurre et de la confiture, un vrai luxe ! Jusqu'à ce que j'ouvre la bouche, c'était un bel après-midi de printemps. « Il faut que je te parle de ce que j'ai fait pendant la guerre, Maria. – Oh non, pas la guerre, s'il te plaît, pas la guerre. » Mais moi, comme un imbécile, j'ai foncé tête baissée. J'avais déjà rassemblé tout mon courage et je ne voulais pas reculer. Je me suis lancé, Maria ne m'a pas interrompu. Oh, je ne suis pas entré dans les détails, quelle importante ? Je n'ai parlé que de l'essentiel. Et puis j'ai dit combien je regrettais, je me suis traité de tous les noms et vautré dans la fange, j'ai dressé mon propre acte d'accusation. J'étais content de moi, je pensais avoir balayé à fond devant ma porte. « Voilà, il fallait que tu saches. » Telle fut ma piteuse conclusion. Maria ne réagissait pas. Plus les secondes passaient, plus cette scène m'en rappelait une autre. Je vous en parlerai peut-être un jour. J'avais l'impression que les oiseaux aussi s'étaient tus, et la brise, et les abeilles. Comme si j'étais devenu sourd. J'ai allumé la demi-cigarette qui me restait. L'allumette aussi s'est embrasée sans bruit. « Maria ? » Je l'ai regardée. Sa peau très blanche... je lui ai trouvé l'air malade. Elle tripotait l'ourlet de sa jupe. « Maria, j'ai besoin que tu me dises quelque chose, maintenant. » Et au moment où je parlais, j'ai compris. Ou plutôt : j'ai senti. Une illumination sinistre. Qui dira que les esprits ne peuvent pas communiquer sans gestes, sans paroles ? La douleur de Maria s'épanchait soudain comme un gaz toxique, sa personne exhalait un torrent de poison. Eberhard n'était pas son petit frère, mais son fils. Son petit garçon... mort. J'ai failli tomber à la renverse.

Ça aurait dû me mettre la puce à l'oreille, leur écart d'âge. J'y avais réfléchi, et plus souvent que j'étais prêt à l'admettre. Mais toujours de loin, sans creuser. Il y a des pensées qui vous passent par la tête, vous savez... vous préférez les garder floues, surtout quand elles vous turlupinent. Je m'étais dit : peut-être qu'Eberhard et Maria ne sont pas du même lit, peut-être que sa mère l'a eue très, très jeune... Maintenant je savais que ces hypothèses n'étaient pas les bonnes. C'est quand même bizarre, un esprit d'homme. Il avait fallu que je lâche mon morceau pour qu'apparaisse le sien. Je devinais aussi que Maria ne changerait pas de version. Jamais. De nos jours, on rabâche partout qu'il faut mettre ce genre de drame au grand jour, ne pas laisser pourrir. La vérité libère : voilà la nouvelle religion !... Je ne suis pas d'accord. Admettre qu'Eberhard n'était pas son petit frère, ça l'aurait tuée. Si Maria avait survécu, c'est parce qu'elle s'était inventée une histoire supportable. Dure, atroce, horrible, tout ce qu'on voudra, mais pas insoutenable.

Le soleil brillait, les moucherons dansaient dans la lumière. Une vache a meuglé au loin et un coq lui a répondu. J'avais toujours envie de vomir. Maria s'est levée, elle s'est éloignée. Une démarche de somnambule, incertaine et flasque, mais décidée : elle s'enfuyait. J'avais peur qu'elle se casse la figure et j'ai voulu me lever. Je n'ai pas pu. Collé au talus, je commençais à comprendre que je n'en sortirais pas. Que ma survie était une vue de l'esprit.

J'ai regardé partout autour de moi. Des promeneurs sont passés tout près. Ils ne m'ont pas salué. Maria avait disparu, mais c'était moi qui me sentais invisible. Je pensais à Eberhard.

Les petits enfants, voilà le plus terrible. Quoi qu'on s'imagine, ça m'a beaucoup travaillé.

Ils sont de plus en plus flous mais je les vois encore, ceux qui attendaient leur tour dans cette grange, en Ukraine. J'ai rêvé d'eux pendant trente ans. Quelquefois ils me disaient leur nom. Ils criaient, je le voyais bien, mais je ne les entendais pas. Comment est-ce que j'étais sûr qu'ils se nommaient, qu'ils n'étaient pas plutôt en train de m'envoyer au diable ? Je ne sais pas. J'en étais sûr, c'est tout. Comme ça m'a poursuivi longtemps, j'ai voulu en avoir le cœur net. J'ai entrepris quelques recherches sur les prénoms slaves, ukrainiens en particulier. Je me disais qu'au prochain rêve, faute d'entendre, je pourrais lire sur leurs lèvres. Je n'y suis pas arrivé.

Les petits enfants, les moins petits aussi.

Et tous les autres.

Trapp insistait : « Et ça ? Et ça ? » *Schadenfreude*. Il paraît que ce mot n'existe dans aucune autre langue, pourtant tout le monde l'éprouve. Trapp nageait dedans. De temps en temps, il tenait à me rappeler nos crimes, et par là il repassait une couche de vernis sur sa propre sainteté. Il étalait devant moi des photos affreuses, sans commentaire, sans préciser d'où elles venaient. De Dachau, peut-être. « Et ça ? Et ça ? » Seigneur… ces choses qui avaient été des êtres humains, blanches et désarticulées… Des paquets de cadavres qu'un bulldozer poussait dans une fosse, comme des déchets… Pour être honnête, j'ai vite saturé. J'en avais trop vu, des macchabées. De toutes les couleurs, de toutes les formes. Des noirs des jaunes et des verts, des secs et des gonflés. Étendus, assis, recroquevillés… Les bouches que me montrait Trapp étaient souvent ouvertes, mais vides. Ces corps étaient dans un tel état que même les mouches n'en voulaient pas. Alors qu'en Ukraine… le festin permanent… Quand on assiste tous les jours à un spectacle pareil, on finit par s'habituer. Les blessés, d'ailleurs, sont bien pires à supporter. Souvent ils hurlent. Alors que les morts sont silencieux.

Mais les enfants, là… Trapp avait trouvé le filon. Le ciel en soit remercié, les photos de ce genre étaient moins nombreuses que les autres. C'est nous qui les avions prises, et les Américains n'en avaient récupéré qu'une partie. Je pense que c'étaient des enfants des ghettos. En Pologne ou en Russie, difficile à dire. Ils avaient l'air mourants… Des regards d'outre-tombe et des genoux énormes, des jambes comme des baguettes de tambour… Je fermais les yeux, ça me soulevait le cœur. « Regardez ! » ordonnait Trapp. Mais qu'est-ce qu'il voulait, à la fin ? Que je lui dise que j'approuvais ça ? Qu'en d'autres circonstances j'aurais applaudi des deux mains ? J'étais si choqué qu'à vrai dire je ne me posais pas ces questions. Quand on se retrouve sous la coupe de quelqu'un qui pourrait, au gré de ses humeurs, vous recommander pour l'échafaud, on ne réfléchit pas de la même manière. La plupart du temps, on ne réfléchit plus du tout.

Plus tard, quand je revenais à moi, dans les neuf mètres carrés de ma cellule, une sorte de rage me prenait. Trapp, bougre de saloperie de petit démocrate bien peigné, moi aussi je vais vous mettre certaines photos sous le nez. Voilà : ce sont nos cadavres à nous. Non, il n'y a pas d'erreur, ce sont bien des corps. Des enfants ? Même pas. Des adultes, comme vous et moi. Seulement, vous savez, la carbonisation, ça vous tasse plus sûrement que les rhumatismes. Regardez bien : les enfants sont alignés un peu plus loin. Non, ce ne sont pas des poupées couvertes de suie. Qui aurait l'idée de ranger des poupées après un bombardement ? Nous ne sommes pas à ce point obsédés par l'ordre ! Ce sont des enfants, je vous dis. Des garçonnets, et surtout des fillettes, parce que leurs cheveux longs, leurs jupes, s'enflamment plus facilement. Regardez bien, Trapp ! Admirez l'œuvre magnifique de vos bombes au phosphore, les prouesses de vos B-17 et de vos Lancaster ! Non mais qu'est-ce que vous vous imaginiez ? Que vos raids produisaient de plus jolis cadavres que nos camps ? Regardez, je vous dis !

WANN KOMMST DU, MEIN HEIL[1] *?*

1. « Quand viens-tu, mon Salut ? » J. S. Bach, Cantate BWV 140.

1

Enfin, j'étais tiré d'affaire. C'est-à-dire mort. Je n'avais aucun doute à ce sujet. Les rêves et les hallucinations, je connais, et ce que j'étais en train d'expérimenter, ça n'avait rien à voir. Évidemment je me trompais. Si j'étais mort pour de bon, je ne serais pas en train d'y repenser.

Je ne sais pas comment ça s'est produit. Dans mon souvenir je n'arrive pas à trouver le sommeil, des pensées sauvages me torturent la tête. Il est question d'enfants morts, de bombardements, et pour ne pas changer : de Trapp. Je m'énerve contre son fantôme, je tente de lui démontrer je ne sais quoi, et puis, sans tambour ni trompette : plus rien. Silence, extinction des feux, rideau.

Quand je reprends conscience, je flotte dans un noir d'encre. Mais c'est un noir soyeux qui n'a rien d'inquiétant, qui est même très agréable. Je me sens léger comme un cheveu dans la brise, aussi alerte que si j'avais cent ans de moins. C'est là que je me dis : « Seigneur, ça y est, c'est terminé ! Fini la comédie ! » Je souris en m'imaginant les uffenologues se gratter la tête pour savoir s'il vaudrait mieux me conserver dans le formol ou en chambre froide. Je suis heureux : plus rien ne peut me tourmenter.

Soudain j'aperçois de la lumière, un beau disque que je prends pour la lune. Je volette doucement vers lui dans un silence parfait. Je n'entends rien, et pourtant ce rien est harmonieux. Qu'on ne me demande pas comment c'est possible, maintenant que j'y repense je n'y comprends goutte, mais sur le coup c'est exactement le contraire : tout va de soi.

Le disque de lumière n'est pas la lune, pas un objet, mais une sorte de passage. Derrière commence à apparaître un grand jardin. L'endroit est très attirant, d'une beauté difficile à décrire. Des massifs de fleurs charnus comme des collines, des arbres majestueux, certains plus hauts que des immeubles, des ruisseaux qui étincellent... J'ai l'impression d'avoir passé ma vie dans un univers monochrome, aussi plat qu'une lande saxonne, et que les couleurs, les reliefs, viennent de m'être révélés.

Je reste là un bon moment, à déambuler parmi les massifs, à lever la tête vers la cime des arbres, à caresser leur écorce. Autour de moi, il n'y a pas âme qui vive. Pas d'animaux, pas d'insectes non plus. Je me promène un temps considérable. La lumière est partout, elle ne change pas. Je sais que c'est un truc de dingue, mais je ne suis pas sûr d'être dans le jardin : j'ai l'intuition, vague mais persistante, que le jardin et moi nous formons un tout. Ça n'a aucun sens, mais ça ne me dérange pas. Rien ne me dérange. Je me sens merveilleusement bien. Plus de cocotte-minute, plus de Trapp, plus d'uffenologue ni de toubib à dingos... Plus de voix non plus, mais maintenant je comprends. Elles venaient du Führerbunker. Toutes. Ce que j'entendais, c'était l'écho des vociférations du Chef et les protestations de quelques généraux. Je les *regarde* : elles passent devant moi et se diluent dans la brise invisible. Je n'aurai pas à dérouler les derniers mois de la guerre, à retourner là-dessous.

Deux silhouettes se sont approchées. Ni Adam ni Ève, mais leurs lointains descendants : Edmund et Maria Uffen. Je ne sais pas comment je le sais, parce qu'ils n'ont pas de visage, pas vraiment de corps non plus bien qu'ils semblent habillés de blanc. J'ai envie de me jeter dans leurs bras, mais ça n'est pas nécessaire. Je les sens en moi, ou moi en eux, difficile à dire, c'est une histoire de fou. « Alors c'est donc ça, la mort ? Ah, papa, maman, je suis si content de vous retrouver ! » Ils sourient. Je ne sais pas comment ils s'y prennent, puisqu'ils n'ont pas de bouche, mais ils sourient. Je regarde autour de moi. « Vous devez être tellement heureux, ici ! – Oh oui, très. Si tu savais ! Tellement heureux qu'on en mourrait ! répond mon père. – Ne dis pas de bêtises, Edmund », dit ma mère. Je fixe l'horizon. Il n'y en a pas mais je vois loin quand même, et très bien. Ma vue n'a jamais été aussi perçante. Le temps de le vouloir, j'ai traversé le jardin.

« Oh ! » je m'exclame. J'ai maintenant sous les yeux notre maison de la Schiller Strasse. Pas une simple réplique, quelque chose s'y ajoute. C'est compliqué à expliquer, mais cette maison, je peux la voir de tous les côtés en même temps. Sûr que le toubib à dingos de la Sankt-Peter-Haus trouverait le phénomène intéressant.

Mes parents se tiennent toujours près de moi, j'attends qu'ils m'invitent à entrer. « Alors, on y va ? – Ce n'est pas le moment, fils », répond mon père. Je suis affreusement déçu. Mes parents s'en rendent compte. Si je puis dire : ça se voit sur leur figure. « Il y a un temps pour tout », explique mon père. Je proteste : « Vous n'êtes peut-être pas au courant, mais je viens d'avoir cent neuf ans ! Alors, si ce n'est pas le moment, dites-moi un peu quand ça le sera ! Vous croyez que je n'ai pas passé assez de temps en bas ? » Ma mère m'enveloppe de son amour, c'est un peu cucul la praline de le dire de cette manière mais c'est la stricte vérité. Son esprit me câline. « Si tu souhaites rester, dit-elle, nous ne pourrons pas t'en empêcher. Mais tu dois réfléchir. Ce n'est pas seulement une affaire d'âge. Est-ce que tu as accompli tout ce que tu devais accomplir sur terre ? Es-tu sûr de ne rien oublier ? » Elle continue un moment dans cette veine, ça me paraît long. En même temps elle me berce, je me sens presque aussi bien qu'à mon arrivée. À travers elle, je distingue la barrière du jardinet de la maison, elle est restée entrouverte. Deux pas, et j'y serais. Mon père a lu dans mes pensées : « Si tu passes la barrière, le retour ne sera plus possible. » Sur terre, je me tiendrais d'un pied sur l'autre, je danserais une sorte de gigue nerveuse. J'hésite, j'hésite, mais je devine déjà qu'au ciel non plus je ne pourrai pas désobéir à mes parents. Alors je hoche la tête – disons que j'en ai une – et ils comprennent. Avec leurs bouches qui n'existent pas, ils me sourient plus largement : « Nous serons là quand tu reviendras. » Voilà comment Edmund et Maria Uffen m'expulsent de leur paradis : avec les meilleures intentions du monde.

Ensuite, une dégringolade inouïe. Quand on descend d'aussi haut, d'aussi loin, il est sans doute inévitable que l'arrivée se fasse dans la douleur. En l'occurrence, c'est vraiment affreux. Un poids d'enfer écrase ma poitrine, et pas seulement : mon crâne, mes bras et mes mains, mes jambes, comme si un pachyderme avait chuté du ciel juste après moi et m'était tombé dessus.

Et puis non, on dirait bien que je me trompe. Du tréfonds de mon esprit balbutiant, une petite lueur – celle d'une allumette, pas plus, affirme que cette masse est composée de… moi : un ensemble de tissus plus ou moins mous, plus ou moins rigides. Mon propre corps m'encombre, on dirait que le souvenir de son poids s'était évanoui et qu'il revient au triple galop. Vous voyez ces cosmonautes, quand ils rentrent de l'espace ? Ces gars en acier trempé ? Eh bien, une fois qu'on les a tirés de leur capsule, on les porte comme des bébés, ils sont devenus incapables de mettre un pied devant l'autre. Mais je ne suis pas un cosmonaute. Je suis… Je suis ?… La panique m'effleure. Quelques secondes, c'est quand même très long pour se rappeler qui on est. Et puis ça revient : Uffen, Heinrich Karl Wilhelm, autrefois bibliothécaire, autrefois cuisinier, centenaire de son état et doyen de la République fédérale d'Allemagne, cent neuf ans au compteur. C'est réjouissant. Et désolant aussi. Qu'est-ce qu'un archi vieillard de mon espèce, prisonnier de son lit et coincé dans ses fluides, pourrait encore avoir à fiche dans ce bas monde ?

Maintenant que j'ai ouvert les yeux, ils changent de discours. Pas question d'évoquer ce qui m'est arrivé, ils prennent mille précautions pour éviter le sujet. J'imagine que l'uffenologue leur a prodigué quelques « éléments de langage », comme on dit de nos jours, histoire de ne pas créer le choc irrémédiable qui me renverrait d'où je viens par la voie express et priverait le corps médical d'un si extraordinaire sujet d'étude.

Seulement ils se mettent le doigt dans l'œil : j'avais beau être inconscient, j'ai tout entendu. Pendant des semaines, je dirais. Ils se sont concertés autour de mon lit, ils ont récapitulé mes déboires et remis sur le tapis, notamment, ces histoires d'AVC. J'en ai conclu qu'il y en avait eu deux. Pour le dernier, OK, je veux bien admettre qu'il se soit produit, puisqu'il m'a propulsé dans ce jardin merveilleux, à deux pas de la mort. Mais l'autre, c'est du grand n'importe quoi. Voilà ce que j'ai entendu : « Il avait déjà eu des absences, mais rien de méchant, on a dû vous le dire. Il a d'ailleurs pu quitter notre ancien établissement sans que personne s'en inquiète, il avait l'habitude de se promener. Là, il est allé beaucoup plus loin. On l'a retrouvé devant un restaurant turc, à Warenberg. Il poireautait sur le trottoir depuis une demi-heure. L'employé du *Bosphore* a trouvé ça bizarre, c'est lui qui est intervenu. Quand on est arrivés, le patient tenait des propos incohérents. Il parlait de pâtes, de la guerre, et d'un certain Herr Brauner. »

C'est l'automne, je le sais. C'est même *la fin* de l'automne. Ils ne peuvent pas me le cacher, les journées sont réduites à peau de chagrin. Pour ne pas leur compliquer la tâche, et ne pas me la compliquer non plus, je feins de ne pas m'en apercevoir, de rester indifférent au temps qui passe. Ce n'est pas très difficile : je ne suis là que par intermittence.

Quand j'émerge, je vois de la pluie à travers la fenêtre, ou la lumière orangée des lampadaires. J'habite une mer sombre. Sans mauvais jeu de mots : une sorte de mer Noire. Ici le printemps ne viendra pas, il est même probable qu'il n'est jamais venu. De temps à autre, je monte à la surface, je respire, puis je regagne mes ténèbres. Mes parents m'ont raconté des âneries. Ils m'ont sorti des éléments de langage, eux aussi. « Ta vie n'est pas terminée, tu as encore un rôle à y jouer », tout le saint-frusquin… Le Ciel est comme nos politiques : coupé des réalités.

Si au moins je t'avais vue là-haut, Traudl, si c'était toi qui m'avais demandé de redescendre… Peut-être que mon sort m'apparaîtrait plus doux. Devoir patienter ici, quand on sait ce qui se trouve de l'autre côté, c'est de la torture.

Tiens-moi la main, ma douce, allons nager tous les deux.

Ta main. Pourquoi est-ce que j'y pense maintenant ?

La première fois qu'elle s'est glissée dans la mienne, c'était à l'arrière d'une voiture, à Berlin. Tu regardais par la vitre de l'Olympia, on se dirigeait vers l'ouest de la capitale. Tu venais de tressaillir. Dieu sait ce que tu avais vu : un homme pendu à un lampadaire, peut-être, avec son écriteau infamant autour du cou. « Ça va aller ? » Je ne t'ai rien dit d'autre. Mon cœur battait la chamade et de toute façon ton nez restait collé à la vitre, je ne suis pas sûr que tu m'aurais entendu. Alors je suis resté silencieux. J'ai savouré ma drôle de félicité – une de plus. D'un côté ta main, ta peau collée à la mienne, une veine que je sentais palpiter dans ta paume – ah, j'aurais tant aimé, si ça avait été possible, continuer à rouler comme ça jusqu'à Hanovre ; de l'autre, les signes avant-coureurs de la catastrophe. Ces alignements de façades vides ; ces femmes, ces vieux qui tiraient des charrettes ou portaient des seaux ; et puis les ruines de l'église Kaiser Wilhelm, les décombres partout, les carcasses de tramway sur le Kurfürstendamm… Mon Dieu, je ne sais pas… je n'arrivais pas à croire qu'on était chez nous, en Allemagne. Sous le soleil, tout ça était encore plus déprimant. Ici et là, sur les arbres qui n'avaient pas brûlé, des feuilles commençaient à sortir. Dans les jardins de la chancellerie, quand on mettait le nez dehors et que les odeurs d'incendie n'envahissaient pas tout, ça sentait le printemps.

La voiture nous a déposés dans Charlottenburg, devant l'entrée de ce que Fegelein, qui avait beaucoup insisté pour qu'on y déjeune, appelait pudiquement sa « garçonnière ». En réalité, c'était un hôtel particulier. « Allez, quoi ! Un bon petit gueuleton, quel mal y a-t-il à ça ? Ensuite, si le temps et les alertes aériennes le permettent, on ira digérer sur une barque, au milieu du lac, à Tegel. Qu'est-ce que vous en dites ? »

On s'est vite aperçus que la réception n'avait rien du petit rendez-vous amical convenu. L'ami Hermann avait organisé une véritable sauterie. L'appartement était plein à craquer. Un gramophone jouait des fox-trot. Les gens dansaient, riaient, débouchaient des bouteilles. Alors que les Russes étaient à quatre-vingts kilomètres, alors que les Alliés avaient franchi le Rhin. Incroyable. Je me demandais si on entendrait les sirènes, en cas d'alerte.

« Ah, vous voilà ! » Fegelein nous a accueillis, ses longs bras écartés, sourire jusqu'aux oreilles. Avec son foulard et sa veste en tweed, j'avais failli ne pas le reconnaître. Je ne l'avais jamais vu en civil. « Traudl, tu es ravissante ! »

Un domestique a rangé nos manteaux, et moi j'ai pris ta main. J'étais bien décidé à ne plus la lâcher. Je sentais que tu avais un peu peur, que tous ces gens t'impressionnaient. Hermann s'en est aperçu aussi : « Oh, ne faites pas attention. La plupart sont d'un rasoir, si vous saviez...

Mais bon, entretenir ses relations, c'est important. Et puis, quand ils ont un verre dans le nez, ils sont beaucoup moins barbants. D'ailleurs, vous allez voir. »

L'ami Fegelein avait déjà l'haleine chargée. Il nous a poussés dans le premier salon. Il y en avait d'autres, en enfilade. Je me demandais combien nous étions. « Champagne ! » Des coupes sont apparues, on a trinqué. Quand Hermann nous a séparés, je continuais de tenir ta main. « Traudl, je vais te présenter ton cavalier ! » Je ne m'y attendais pas, je n'ai pas réagi. Je t'ai vue disparaître derrière une immense plante verte, et Fegelein est revenu. Il ne souriait plus du tout. « Vide ton verre, Heinrich. Des choses importantes se passent. »

Il m'a demandé de le suivre. On a traversé trois salons, puis une salle de musique avec un grand piano. Ensuite on a bifurqué dans un couloir nettement moins luxueux, interminable et bourré d'angles, une sorte de circuit parallèle pour gens de maison. « Où est-ce que tu m'emmènes, Hermann ? – Tu vas bientôt le savoir. » Encore un coude, et on s'est retrouvés devant un type en manteau de cuir et chapeau mou. Il a frappé à la porte, dans son dos, puis il l'a ouverte. « Je t'attends ici, m'a dit Fegelein. – Quoi ? Tu ne viens pas ? » Ma tête s'est vidée, j'ai soudain eu très peur. À quoi reconnaît-on un piège diabolique, sinon à ce qu'on ne le voit qu'une fois tombé dedans ?

Je suis entré, c'était une petite cuisine. Face à moi, assis à une table sous une ampoule faiblarde – il n'y avait pas de fenêtre – deux hommes en complet veston qui fumaient côte à côte. Celui de droite, je ne le connaissais pas, mais l'autre... J'ai quand même eu un doute... Qu'est-ce que le Reichsführer SS fichait dans les arrière-cuisines d'un hôtel particulier, à Berlin, un dimanche du mois de mars 1945 ? On le disait sur le front, à la tête d'un groupe d'armées...

« Ravi de vous voir, Uffen, a dit Himmler. Prenez place. Pardon si je ne vous sers pas la main. Je sors de maladie, je m'en voudrais de vous contaminer. Ceci dit, je vous prie d'accepter mes condoléances, certes tardives, pour vos parents.

– Merci, Herr Reichsführer. »

Il a désigné son voisin.

« Je vous présente le Brigadeführer Schellenberg, un de mes précieux adjoints. Il va vous exposer un certain nombre de choses qui ne devront jamais sortir de cette pièce. Cette réunion, d'ailleurs, n'a pas eu lieu. Ni maintenant ni plus tard. Est-ce clair ? »

J'ai acquiescé. J'aurais pu me décomposer, mais Schellenberg n'avait pas une sale tête. L'idée de l'écouter, lui et pas Himmler, m'a un peu rasséréné. Oh, pas longtemps ! parce qu'au bout de quelques phrases...

« Vous savez sans doute, a commencé ledit Schellenberg, que le Führer compte sur un renversement d'alliance pour mettre un terme à la guerre. C'est une option réaliste. Il y a tout lieu de croire que les Alliés occidentaux seraient prêts à négocier une paix séparée, les signaux que nous recevons dans ce sens sont encourageants. Le problème, c'est que nous ignorons quand ce renversement d'alliance se produira. Or, nous pensons que le plus tôt sera le mieux. Vous me suivez ? »

Himmler ruisselait, il était devenu livide. Il s'est tamponné le visage avec un mouchoir, on aurait dit un petit commerçant venu implorer son banquier de lui épargner la banqueroute. Au printemps 1946, quand Trapp m'a infligé un sketch sur le pedigree racial de nos dignitaires, c'est à cette scène-là que j'ai repensé. « Un Aryen, ça ? » rigolait l'Américain. Il y avait de quoi en douter, je ne vais pas dire le contraire. Himmler ressemblait à un homme des steppes ou des monts du Caucase, à l'un ou l'autre de ces pauvres diables qu'on exhibait dans les magazines de l'armée.

Schellenberg s'est interrompu, le Reichsführer venait de se lever. « Veuillez m'excuser, je suis attendu ailleurs », a-t-il marmonné avant de disparaître par une deuxième porte. Schellenberg a repris : « Je ne vais pas y aller par quatre chemins, Uffen. Si aucune action diplomatique n'est entreprise, les jours du Reich sont comptés. C'est pourquoi le Reichsführer est résolu à s'en charger... y compris contre la volonté de Hitler. Le Führer est malade, diminué, vous êtes bien placé pour le savoir. Et nous pensons que les Alliés n'en démordront pas : en échange de la paix, ils réclameront sa tête. Le prix est élevé, j'en conviens. Mais Hitler est un homme fini. Celui qui incarne l'avenir, c'est le Reichsführer. Après-guerre, les Alliés auront besoin de lui pour maintenir l'ordre dans le Reich, c'est aussi simple que ça. Une page de notre histoire va se tourner, Uffen, et si nous n'en sommes pas, nous perdrons toute chance de participer à l'écriture de la suivante. Prenez le problème par le bout que vous voudrez : l'Allemagne n'est plus en mesure de combattre sur deux fronts. C'est pour cela qu'il faut écarter Hitler. Si vous êtes là, c'est parce que nous estimons que vous pouvez nous aider, c'est-à-dire aider votre pays. Vous disposez d'un accès privilégié au Führer. En cas d'extrême nécessité, en tout dernier ressort, si nous vous le demandons, nous pensons que vous pourriez glisser du poison dans sa nourriture. Cigarette ? »

Sur ces dernières paroles, le monde s'est écroulé. Pendant que Schellenberg me laissait mijoter dans mon ahurissement, j'ai regardé mes mains trembler. Elles n'étaient pas les seules, ma cervelle tremblait aussi. De la haute trahison... Je n'avais plus qu'à me suicider avec mon arme de service. Sauf que je ne la portais pas : j'étais en civil.

Après, ce n'est pas très clair. J'imagine que j'ai fumé la cigarette offerte par Schellenberg. Si ça se trouve, j'en ai même fumé plusieurs. Je n'avais plus conscience de rien, la panique avait pris toute la place. Je me suis retrouvé dans le couloir, Fegelein m'attendait.

« Maintenant on va décompresser un peu.

– On va quoi ? »

Il agitait une bouteille sous mon nez.

« Château Yquem 1904 ! La Rolls des liquoreux français ! »

On s'est éloignés jusqu'au premier coude, ensuite on s'est assis par terre, nos dos ont glissé contre le mur.

« Pour le poison, je suis au courant, si c'est ce qui te turlupine. Maintenant, détends-toi. »

Ça m'a mis en rage, j'ai retrouvé l'usage de la parole :

« Me détendre ? Tu voudrais que je me détende ? Mais je suis mort, Hermann ! On est *tous* morts !

– Chuuuut ! Tu parles trop fort, vieux. »

Blop ! Le bouchon est sorti de la bouteille.

« Non mais dans quoi on trempe ? Tu veux finir pendu à un croc de boucher, comme le dernier des traîtres ? »

L'ami Hermann a soupiré.

« Le problème, avec toi, c'est que tu prends tout au tragique. Écoute-moi, je sais ce que tu penses : tu te dis qu'on s'apprête à commettre un crime de haute trahison, pas vrai ? Mais réfléchis un peu. Qu'est-ce qui importe, à part notre devoir envers le peuple allemand ? Hitler doit au plus vite être sorti du jeu et livré aux Alliés, sans quoi il n'y aura bientôt plus grand-chose à sauver. C'est bien ce satané Autrichien et sa folie des grandeurs qui nous ont conduits si près de l'abîme, non ? Alors, où est la trahison ? »

J'ai bu un verre, deux verres. Le couloir était à moitié sombre. De l'autre côté du mur, la fête battait son plein.

« Et tous ces gens, là, derrière, ils en penseraient quoi, de ce complot ?

– Le plus grand bien, Heinrich, le plus grand bien. Mets-toi dans la tête qu'ils sont tous prêts à partir. Ils ont planqué leurs valises dans un coin, ils attendent le moment opportun. Ils préféreraient rester. Mais avec Hitler, Bormann et le Parti, il n'y a pas d'avenir. Je les comprends, je pense comme eux. »

À quoi bon ajouter quelque chose ? Je me suis tu, j'avais l'impression de toucher le fond. Mais ce fond était meuble, constitué de vase, et je continuais de m'enfoncer. Fegelein a pris mon silence pour une sorte d'acceptation.

« Je me trompe, ou tu es en train de t'apercevoir que nous avons raison ? Bravo, Heinrich ! Laisse-moi maintenant t'annoncer une bonne nouvelle. Je ne suis pas censé t'en parler, mais j'estime que tu as le droit de savoir. Ça restera entre nous, d'accord ? D'abord, je veux que tu saches qu'en principe je refuse de croire à ce genre de choses, mais il faut bien admettre que dans ce cas précis… Alors écoute : Himmler m'a parlé d'un document ultrasecret qu'il a en sa possession. Il s'agit d'un horoscope, établi en 1933. Et tu sais quoi ? Jusque-là, les prédictions de ce truc se sont toutes réalisées. Toutes. Dans l'ordre : la guerre en 1939, nos victoires jusqu'en 41, la longue série de revers ensuite… Incroyable, non ? Et maintenant, le plus important : l'horoscope annonce qu'on touchera le fond mi-avril 1945, nous y sommes presque, puis surviendra notre écrasante victoire. La paix sera signée en août. S'ensuivront quelques années difficiles – il faudra bien tout reconstruire, tu comprends ? – et en 1948, l'Allemagne sera redevenue une puissance redoutée. Alors, dis-moi : comment tout cela peut-il arriver si Hitler reste aux manettes ? J'en connais qui se battront pour lui "jusqu'à la dernière cartouche", comme ils disent, des cinglés qui rêvent d'un *Crépuscule des dieux* grandeur nature sur l'Obersalzberg, seuls contre le reste du monde… Eh bien, je vais te dire : très peu pour moi. Sans les Alliés occidentaux, on est cuits. Voilà la réalité. Ceux qui ne veulent pas l'admettre n'ont qu'à se tirer une balle tout de suite. »

Il s'est versé un verre de plus, qu'il a descendu en trois gorgées.

« Cette merveille… Dommage qu'on ne soit plus là-bas, merde… »

J'ai réussi à me lever. Je voulais fuir, ne plus l'entendre, effacer la dernière heure de ma mémoire et même du cours des événements, reprendre l'histoire où elle avait commencé, sur le seuil du premier salon. Je voulais m'entendre dire à l'ami Hermann : « Dis-donc, de quel droit tu m'enlèves Traudl ? »

« Tout ce qui reste à faire, aujourd'hui, c'est s'amuser. Vas-y, Heinrich, va rejoindre les autres et manger un morceau. Prends un peu de bon temps avant que les Russes se pointent. Les deux ou trois prochains mois seront terribles. Ça va tanguer dans tous les sens, il faudra tenir bon. Mais ensuite, une fois qu'on se sera mis les Amerloques dans la poche, tout s'arrangera, je te le garantis. »

2

J'ai bien réfléchi : (enfin, disons que j'ai réfléchi comme j'ai pu, parce qu'avec la marmelade qui me sert de cervelle...) à part déballer la fin de mon histoire à voix haute, je ne vois rien d'autre pour abréger ma présence en ce bas monde.

Une chance : alors que je me remémorais cette épouvantable fiesta chez Fegelein, quelqu'un fait irruption dans la chambre. Un bonjour plein d'entrain sort de la bouche d'une jeune femme en blouse blanche. Une Turque, je dirais. Mais polie comme tout. Ces gens-là sont pétris de qualités, c'est certain. « Comment allons-nous ce matin, Herr Uffen ? » Je lui fais signe d'approcher, elle s'exécute aussitôt et se penche vers moi.

« Vous avez mal quelque part ?

– Non non, vous n'y êtes pas. Il faut juste que je parle à quelqu'un.

– Je vous écoute. »

Hélas, c'est plus fort qu'elle : au lieu de se contenter de tendre l'oreille, elle commence à s'agiter. Me décolle le dos de l'oreiller, tape dessus du plat de la main, m'y repose, rajuste ma couverture.

« Vous disiez ? »

Elle regarde déjà ailleurs, en direction d'une des machines à *bip bip* qui m'entourent.

« Devinez un peu ce que j'ai fait, à la fin de la guerre. »

Enfin elle s'immobilise, ses yeux reviennent vers moi.

« Pardon ?

– La fin de la guerre. La mondiale, la terrible, la sanguinaire comme jamais ! Vous savez ce que j'ai fait, à la fin ? Au mois de mars 1945 ? J'ai comploté contre Hitler ! »

Sa gaieté s'évapore d'un coup, son visage devient perplexe.

« Mais qu'est-ce que... ?

– Désolé que ce soit tombé sur vous, je n'y peux rien. Quand la porte s'est ouverte, je venais juste de prendre une décision importante. J'ai encore certaines choses à raconter, voyez-vous, et ça ne peut pas attendre. Vous devez savoir, non ? Qui ne sait pas ? Pour moi, je veux dire, pour mon passé... Il avait raison, le toubib à dingos de la Sankt-Peter-Haus : plus je parlerai, mieux ça ira. »

Oui, j'ai comploté contre le Führer. Comme si la situation n'était déjà pas assez désastreuse, pas assez anxiogène ! J'étais son cuisinier, je le voyais tous les jours. On m'avait demandé de l'empoisonner, mais je n'en ai jamais reçu l'ordre. Quand même, j'ai très mal vécu avec cette idée. J'avais prêté serment, j'étais soldat. Et les soldats n'assassinent pas leur Chef.

On se trouvait à Berlin depuis la fin novembre, depuis que les Russes avaient suffisamment avancé pour qu'on entende tonner leur artillerie. Hitler avait décidé d'évacuer son QG de Prusse-Orientale, certains bunkers n'avaient même pas fini de sécher... On s'est installés dans la capitale. Au palais Schulenburg, d'abord. Le vieux bâtiment était encore à peu près intact, ma chambre me plaisait bien et les cuisines aussi. Et puis il y avait le grand salon, avec ses portes-fenêtres qui s'ouvraient sur le jardin – enfin, si on pouvait encore appeler ça un jardin. Tout ce qu'on voyait dehors, c'était de la boue et des sacs de ciment, des bétonnières, une tour qui n'était pas terminée. On s'y promenait quand même. Entre les trous d'obus, les herbes détrempées et les flaques... C'était mieux que rien.

Je me rappelle un matin lumineux, sec et froid – février ? mars ? je ne sais plus. Il était encore tôt, le soleil n'avait pas passé les toits de la chancellerie. Je suis sorti. On ne roulait plus dans Berlin, je m'attendais à un grand silence. Quand j'ai entendu des oiseaux, beaucoup d'oiseaux, un vrai tintamarre, j'ai été surpris. Ni gais ni tristes – sans doute qu'il faut une oreille d'oiseau pour faire la différence – les chants passaient par-dessus le palais Schulenburg. Ils venaient de la Wilhelmplatz, juste derrière. Qu'est-ce qu'ils fichaient là, ces volatiles, à jacasser comme si de rien n'était ? Dans le Tiergarten, pourquoi pas, mais sous les fenêtres du ministère de la propagande... Soudain j'ai aperçu une grive, ça m'a ému. Elle sautillait à quelques mètres, sur la gauche. On avançait au même rythme. « Qu'est-ce que tu veux ? Tu ne vas pas chanter avec les autres ? Tu as compris que ce n'était pas le moment ? » Son petit œil noir m'a fixé. Je me suis arrêté, elle s'est arrêtée aussi. J'aurais voulu lui balancer un escargot, un ver de terre. C'était si apaisant, si normal... Un oiseau qui arpente une pelouse... Une boule est remontée dans ma gorge, j'ai toujours été un peu sentimental... L'impression qu'après cette grive-là il n'y en aurait plus, que c'était la dernière de son espèce à Berlin ; que les oiseaux, de l'autre côté de l'ancienne chancellerie, entonnaient une sorte de requiem avant de se laisser tomber par terre ou de se précipiter au-devant d'une rangée de mitrailleuses russes...

Il a souvent plu, ce printemps-là. Quand j'étais de repos et que la boue rendait les jardins impraticables, je traînais dans la nouvelle chancellerie. Vous n'en avez peut-être aucune image en tête, mademoiselle, alors je vais vous la décrire un peu. Vous voyez le château de Versailles, en France ? Eh bien, cette chancellerie, c'était son pendant moderne. Moins de dorures, sans doute, mais sinon... du marbre, du porphyre, des mosaïques et des statues en veux-tu en voilà, et même une sorte de galerie des glaces, qu'on appelait galerie des marbres. J'entrais là-dedans comme dans un moulin. Aucun Russe n'aurait pu se balader aussi librement au Kremlin, aucun Américain à la Maison-Blanche. L'endroit était presque aussi mal gardé que l'or du Rhin, dans la légende. Quelques sentinelles, c'est tout. Peut-être parce que le bâtiment était vide ? Déjà, la moitié du mobilier avait disparu. Les tableaux, les tapisseries, les meubles d'art... À cause des bombardements, tout ça s'entassait dans les sous-sols... J'avais tendance à marcher sur la pointe des pieds : ça résonnait comme dans une cathédrale. Ce bâtiment immense, c'était un paquebot de granit échoué dans la Voss Strasse, ou un décor de cinéma. Sans accessoires, sans équipe de tournage... sans beaucoup de chauffage non plus... Il y régnait un froid de canard.

Aujourd'hui, je me dis que j'aurais dû prendre des photos. C'était interdit, mais qui s'en serait aperçu ? Pendant mes promenades, je ne croisais personne. Oui, j'aurais dû photographier les lieux quand ils étaient encore dans un état correct. Parce que, pour vous dire le fond de ma pensée : elle en jetait, cette chancellerie. À mes yeux, c'était un bâtiment magnifique. Et je ne dis pas ça parce que j'ai bien connu Speer, celui qui l'a construit. Non, je suis sincère. C'était splendide. Alors, chaque fois que j'en entendais parler – toujours en mal, vous pensez bien : et que c'était démesuré, massif, froid, totalitaire, inhumain, que sais-je ? la liste est plus longue qu'un devis de plombier – je m'interrogeais : ils sont aveugles, ou quoi ? Je ne vais pas vous dire que j'étais totalement surpris, ce ne serait pas vrai. Mais quand même, ce jeu de massacre permanent, ça me tapait sur les nerfs. Et puis, un jour, un livre sur Washington m'est tombé entre les mains – j'étais bibliothécaire. C'était ce qu'on appelle un beau livre, un ouvrage rempli de photos. J'ai tourné les pages, *toutes* les pages. Et qu'est-ce que j'ai vu, partout autour de leur obélisque, entre leur Capitole et leur mémorial Lincoln ? Qu'est-ce que j'ai vu ? Des chancelleries du Reich alignées les unes à côté des autres ! Des grappes de bâtiments au moins aussi imposants, voire plus ! Des façades de péplum, bardées de colonnes plus hautes que celles du Parthénon ! Si ça n'était pas une architecture impériale, ça, qu'est-ce que c'était ? Et ces bons démocrates qui venaient nous donner des leçons d'humilité ! Ah, quelles simagrées ! quel toupet ! quelle hypocrisie ! Je vais me calmer, ne craignez rien… C'est juste que… enfin, vous avez deviné… le deux poids deux mesures, je ne l'ai jamais supporté.

Le pire, c'est qu'à côté de ce dégoût d'opérette les mêmes entretenaient une inclination morbide pour un autre endroit que j'ai bien connu, ce trou à rats pompeusement baptisé *Führerbunker*... Vous m'expliquez ? Moi, je n'ai toujours pas compris. Si encore la chose avait tenu du prodige, architectural ou technique... si on avait pu dire « Ah, quelle sophistication ! Quelle modernité ! Voyez comme les Allemands étaient en avance, là aussi !... » mais pas du tout. C'était la construction la plus étroite, la plus malsaine, la plus mal fichue jamais sortie d'une tête d'homme. Je le sais, j'y ai vécu pendant presque trois mois.

Au début, quand les Russes campaient encore de l'autre côté de l'Oder, avant qu'ils balancent sur Berlin tout ce qu'ils avaient en stock, c'était presque reposant d'habiter là-dessous. Au moins, on ne passait plus notre temps à y descendre et à en remonter. Avec quatre, cinq alertes aériennes par jour, au moins une chaque nuit, c'était sportif, vous pouvez me croire.

On a pris nos quartiers. Je partageais une chambre avec Günsche. Six mètres carrés à tout casser, on aurait dit une cellule. Des lits superposés, courts, étroits. Les deux mètres de l'ami Otto n'y tenaient pas, il dormait jambes pliées. Je ne sais pas à quoi avaient pensé les concepteurs du bunker, mais certainement pas au confort. C'était très mal aéré, les murs suintaient en permanence, et l'éclairage, je ne vous en parle pas... Il donnait à tout le monde un teint de zombie, on n'osait plus se regarder dans la glace. Enfin, je ne vais pas m'étendre davantage sur le caveau qui nous servait d'abri. Il y a des tas de bouquins là-dessus, des films et des documentaires, des reconstitutions par ordinateur. *Le Führerbunker comme si vous y étiez*, je suis tombé là-dessus, un jour. Je n'en suis toujours pas revenu. Vous verrez qu'ils finiront par en construire une réplique, de ce bunker... Ça deviendra une attraction ! Des touristes iront se balader dedans, à la sortie on leur vendra des T-shirts... Quelle misère.

Après la guerre, un officier américain m'a interrogé. Trapp, il s'appelait. Comme tout le monde, il se fichait éperdument de la chancellerie. Ce qui l'intéressait lui aussi, je vous le donne en mille, c'était le bunker. De mémoire, je lui en ai dessiné le plan. Il était content, sauf pour les appartements de Hitler : trop exigus. Trapp restait sceptique. Même chose pour la pièce où se tenaient les réunions militaires – ma cuisine, au QG de Prusse-Orientale, était deux fois plus vaste. « Vous allez me faire croire que tout ce beau monde tenait là-dedans ? » Ce type m'avait pris en grippe, de toute façon. Il n'arrêtait pas de sous-entendre que son rapport m'enverrait à l'échafaud. Et moi, j'étais bien obligé d'en tenir compte. C'est pour ça que je lui mentais. Qui n'aurait pas tenté d'arrondir un peu les angles, hein ? Et pas qu'un peu, je dois l'admettre. Il y a une chose importante, vraiment très importante, capitale, même, que je ne lui ai pas dite... Que j'ai tue toute ma vie. Et Trapp, c'était vraiment la dernière personne à qui j'aurais eu l'idée de la confier. Je n'avais pas envie de mourir, vous comprenez ? J'étais si jeune, trente-cinq ans et quelques mois au compteur... Qu'est-ce qu'on est censé vouloir, à cet âge ? Qu'est-ce qu'on peut bien désirer, sinon la belle vie ? Une femme, une maison, des enfants... J'aimais quelqu'un, vous savez... J'ignorais où elle était, je ne pouvais même pas dire si elle avait survécu. On s'était quittés le 30 avril 1945, dans un boyau du fameux bunker. J'allais sortir, je partais pour une dernière mission. J'étais sûr d'y laisser ma peau. Dehors, c'était… Je me voyais déjà les tripes à l'air, du sang plein la bouche, au beau milieu de la Wilhelm Strasse. Mais ça ne s'est pas passé ainsi. J'ai survécu. Alors pourquoi pas elle ?

3

Pourquoi êtes-vous partie, tout à l'heure ? J'allais vous demander un peu d'eau. On crève de chaud, ici, et je n'ai plus l'habitude de parler si longtemps. Ma gorge, si vous saviez… Tapissée de toile émeri… Ah, si je n'avais pas pris une certaine décision, je jure sur tout ce que vous voudrez que vous ne m'entendriez pas. Mais je ne peux plus me taire, vous comprenez ? Non, j'ai l'impression que vous ne comprenez pas. Ça ne fait rien. Au bout du compte, je ne demande à personne de comprendre.

Où en étais-je ?

Ces dernières semaines de la guerre, j'en garde un souvenir assez décousu. Il y a des trous dans le puzzle, les pièces que je détiens s'imbriquent mal. Ce n'est pas comme si j'avais renoncé à y mettre de l'ordre, remarquez. On a tellement écrit sur cette période, j'avais toutes les cartes en main pour m'y retrouver. Pourtant j'ai eu beau lire, souligner, prendre des notes, je ne suis pas parvenu à reconstituer tout le tableau. Des scènes continuent de flotter, pas moyen de les caser dans le calendrier des événements. Le soir où j'ai dîné avec Keitel, par exemple.

C'était le chef du Haut Commandement de l'armée, le genre de bonhomme à porter le monocle. Vous avez dû le voir. Dès qu'il s'agit de notre défaite, on ressort les mêmes images : Keitel venu signer la capitulation à Karlshorst. Il entre dans la grande pièce, lève son bâton de maréchal, mais personne ne lui rend son salut. Quel fair-play ! Eh bien, comme je vous disais, un soir nous nous sommes retrouvés à la même table, dans le bunker. Hitler était là aussi. Une ordonnance a surgi avec un message, Hitler s'est absenté. Alors Keitel a posé sa cuillère. Il avait les larmes aux yeux, ça m'a chamboulé. « Dire qu'on est allés jusqu'au terminus d'une ligne de tramway, à Moscou. Et maintenant ils sont là. Comment tout cela a-t-il pu se produire ? »

Je me souviens d'une fête, aussi. Le jour de l'anniversaire du Führer, mais je n'en suis pas sûr. C'était peut-être avant. Qui aurait eu l'idée de bambocher à la surface alors que les Russes avaient atteint les faubourgs ? Pourtant on a dansé, on a bu, on a ri. Si vous saviez. On avait le cœur à ça. Sans doute qu'on était en train de devenir tous fous, même les sentinelles se mettaient à picoler… Si les Russes avaient parachuté des troupes cette nuit-là, ils auraient pris la chancellerie.

Ça se passait dans un grand salon… Sous l'immense lustre – une sorte de montagne de cristal renversée – des dizaines de personnes. Des hommes et des femmes, des officiers, des SS, des gens du Parti, des fonctionnaires… On avait mis de la musique, on avait déniché des crus exceptionnels dans les caves… Les mêmes blagues revenaient sur toutes les lèvres. On les connaissait par cœur mais on riait toujours.

« Il paraît que les Russes larguent des paquets de cigarettes, vous n'étiez pas au courant ?
– Non.
– Et pas n'importe lesquelles : des STAMBUL !
– Des Stambul !? Qu'est-ce que c'est que cette marque ?
– *Stalin Armee marschiert Berlin Unter der Linden*[1] ! »

Ou celle-ci :

« Il faut rester positif ! Maintenant, pour passer d'un front à l'autre, il suffit de traverser le couloir ! »

Ou encore celle-là :

« Profitons de la guerre, la paix sera bien pire ! »

J'ose le dire : c'était une belle fête. Sacrément réussie. Je sais, vous trouvez que j'exagère, mais entendez-moi bien : pour se dévergonder, le désespoir c'est encore ce qu'il y a de mieux.

Quand même, au bout de deux ou trois heures, je me suis dit qu'il était temps de regagner mes pénates. Le sens du service, en quelque sorte. Mais pas que. C'est qu'à force de voir des gens s'embrasser, s'enlacer, à force d'apercevoir des langues brillantes et des doigts agiles… je sentais monter en moi comme un malaise. Moi aussi, j'avais envie qu'une femme se pende à mon cou, qu'elle déboutonne le col de ma vareuse, que ses mains passent dans mes cheveux. La dernière fois, ça remontait à la Crimée. En guise de préliminaires, la fille me répétait : « *Stalin Kaputt ! Stalin Kaputt !* »

J'ai quitté le grand salon. Difficile de vous dire ce que je ressentais exactement. J'avais tellement ri, j'en avais encore mal au ventre. Et puis, à côté de ça… tout ce que

---

1. L'armée de Staline défile à Berlin, Unter den Linden.

je voyais venir, c'était la mort. Dans le bunker, on en était arrivés à discuter du meilleur moyen de mettre fin à ses jours. Cyanure, pas cyanure ? Vous imaginez l'ambiance. Un temps, on s'était accrochés à l'idée de repartir pour la Bavière. On évitait de trop compter dessus, et même d'en parler autrement qu'à voix basse : on craignait de s'attirer la poisse. Et puis, fin du suspense, Hitler avait annoncé qu'il ne quitterait pas la capitale. Au moins c'était clair : on mourrait tous à Berlin.

J'aimerais vous dire que nous n'avons pas eu le choix, que le monstre à moustache entendait coûte que coûte nous enterrer avec lui. Oh, j'aimerais tant pouvoir vous le dire… mais ce seraient des sornettes. La vérité, c'est que Hitler nous a ordonné de partir. Il a réuni tous ses proches : ses secrétaires, moi, Eva Braun, Julius Schaub et quelques autres. Il était debout près de son bureau, aussi immobile que s'il avait été empaillé vivant. D'une voix mécanique, il a déclaré que la guerre était perdue et qu'il n'avait plus besoin de nous. Alors Eva s'est approchée de lui, elle a juré de ne pas l'abandonner. C'est là qu'il l'a embrassée, je crois – à moins que ce ne soit à leur mariage. Quoi qu'il en soit, on était tous dans un état second, très émus. Hitler et Eva se tenaient la main, ils avaient tous les deux les yeux humides. Comment rester de marbre après ça ? Comment est-ce qu'on aurait dû réagir ? C'est la plus jeune des secrétaires qui a craqué la première : « Moi aussi, je reste avec vous, mon Führer ! » Et la petite assemblée lui a emboîté le pas. Sans exception. Moi aussi, j'ai dû clamer quelque chose comme : « Mon Führer ! Jamais je ne vous abandonnerai ! », salut allemand et « *Sieg Heil !* » de rigueur…

Maintenant, je suis presque sûr que vous me détestez. Je vais vous dire : je m'en fiche. Vous n'y étiez pas, moi si. Vous ne pouvez pas savoir. Vous vous dites : « Je rêve ou ils l'aimaient vraiment, cet homme ? » et vous avez raison. Nous l'aimions tous. Voilà, c'est dit. À présent vous avez le droit de me haïr, et même d'en avoir des haut-le-cœur. Allez-y, grimacez, ne vous retenez pas. J'en ai vu des centaines, de ces mines dégoûtées. De ces gens si fragiles de l'estomac, toujours prompts à exhiber leur envie de vomir dès qu'on évoque cette période-là. Les pauvres chéris ! Les Saints ! Les Purs ! Les Sans Taches ! S'il s'en trouvait un devant moi, tiens, vous savez ce que je lui dirais ? « Reprenez donc un peu de lest, cher ami ! De quoi aurez-vous l'air, l'estomac vide ? Ah, vous n'êtes pas au courant ? J'ai encore une terrible révélation en stock ! Et celle-là, croyez-moi, vos tripes vont avoir du mal à s'en remettre. »

Qu'est-ce que je disais ?

Ah oui, la fête…

J'avais quitté le salon. Un moment, j'ai traîné à la surface, dans la grande chancellerie éteinte. On y voyait clair. Berlin brûlait, les incendies illuminaient le ciel. Et avec la taille des fenêtres, vous pensez… Un panache me sortait de la bouche à chaque respiration, mais je ne sentais pas le froid ; je crois que je ne sentais plus rien. À peine si j'entendais quelque chose. Je suis descendu. J'avais envie de regagner ma cellule, de me mettre la tête sous l'oreiller, de ne plus voir tout ça. J'y suis presque arrivé. J'étais sur le seuil de l'avant-bunker, celui où nous logions, quelques marches au-dessus de l'autre – le fameux Führerbunker.

C'est là que j'ai tourné les talons. Je ne sais pas ce qui m'a pris. Je ne pensais plus qu'à la jeune secrétaire dont je vous ai déjà parlé. Je l'aimais. Elle, sans doute pas. Mais j'étais décidé à aller la trouver. Elle avait quitté la fête avant moi. Je voulais l'embrasser. J'étais prêt à me jeter à l'eau, à me prendre en retour la claque qui ne manquerait pas de venir… La peur donne des ailes, ce n'est pas un bobard.

J'ai remonté trois, quatre, cinq couloirs… Les secrétaires logeaient sous terre, mais à l'autre bout du complexe. C'était loin, j'ai commencé à courir. J'avais beaucoup de mal. Comme si mes jambes avaient échangé leurs muscles contre des paquets de coton. Vous connaissez ce genre de rêves où il est si difficile de mettre un pied devant l'autre ? Eh bien, c'était à peu près ça. Et puis… et puis je l'ai vue. J'aurais juré qu'elle avait couru, elle aussi, et qu'elle s'était arrêtée en m'apercevant. Dix, cinq, deux mètres. Je pouvais sentir son parfum. On s'est regardés, on ne disait rien. Mes bras pendaient le long de mon corps, ils étaient dans le même état que mes jambes. Mous, tremblants, fatigués. Traudl avait les joues rouges, brillantes comme de beaux fruits. Ça m'a rappelé un souvenir. Elle s'est encore approchée. Deux pas et nous nous touchions presque. Ses mains sont montées vers moi, sa jolie tête s'est penchée, elle a souri. Avec une délicatesse infinie, ses doigts, ses paumes sont venus épouser mes joues, ses lèvres ont effleuré les miennes. C'est à cette seconde de ma vie, j'en suis sûr, que j'ai compris ce que le mot douceur voulait dire.

Elle m'a pris par la main. Je ne savais pas où nous allions, je connaissais mal le secteur. Traudl m'a entraîné dans le dédale, jusqu'à une petite pièce sombre, assez crasseuse ; une sorte de local technique, avec des tableaux électriques, des outils… Il y avait une table, aussi. Une simple table en bois. La suite, vous la devinez. Pas un instant il ne m'est venu à l'esprit que je pourrais être déçu, que l'amour avec elle serait en dessous de ce que j'imaginais. Ça a été si doux, si doux… À la fin on pleurait tous les deux. Je vous jure qu'on pleurait. Je crois que Traudl n'en revenait pas plus que moi. C'étaient des larmes de joie et de rage. Puis les larmes sont parties. On se tenait l'un l'autre, on n'arrivait plus à se détacher. J'ai voulu parler : « Plus tard, après la guerre, on… » Traudl a posé un doigt sur mes lèvres et enfoui son nez dans mon cou.

4

Comment ? Qu'est-ce que vous dites ? Oh !... Mille excuses, chère madame, je pense que je vous ai confondue avec une autre !... Vous ne portez pas de blouse, j'aurais dû m'en apercevoir. C'est que je ne vois plus très clair, je l'avoue. Par contre, j'entends encore assez bien. Aussi, permettez-moi de vous dire que vous avez une voix de jeune fille. Et puis votre collier, il vous va... bon, je le trouve très élégant. Pour ne rien vous cacher, j'aurais bien aimé l'offrir à une autre, si j'en avais eu l'occasion. À celle que j'évoquais tout de suite. Traudl. Pour moi, c'était bien autre chose que... qu'une... On avait grillé les étapes, c'est vrai. Difficile de prétendre le contraire. Mais la mort frappait à la porte. Ou plutôt sur le toit. On se dépêchait de vivre, voyez-vous. On ne savait pas si on serait encore de ce monde le lendemain – d'où la rage, quand nous avions pleuré. Les Russes avançaient vite. C'était nous qu'ils voulaient. Le Reichstag, pas loin, mais surtout la chancellerie. Je crois qu'ils ne savaient pas, pour le bunker. Ils devaient s'en douter. De toute façon ça ne changeait rien. Leur objectif, c'était Hitler.

Oh, je ne compte pas me plaindre plus que ça. Qu'un type comme moi puisse se regarder le nombril en écrasant quelques larmes, je trouverais ça odieux. N'empêche, ces dernières semaines... Ceux qui les ont vécues, et qui n'y sont pas restés, ont raconté la même chose : on était en train de devenir dingues. Tous, sans exception. À commencer par le Führer. Sauf qu'on ne s'en rendait pas toujours compte, c'est le moins qu'on puisse dire... Et d'autant moins qu'on pouvait difficilement se l'avouer. Qui aurait pris le risque de confier ses doutes à son collègue ? De toute façon, on était plongés dans le même bain que lui. Au plan mental, on ne valait guère mieux. Pour éviter de ressasser des images de suicide, on se jetait à corps perdu sur la première élucubration venue.

Il y a une scène dont je me souviens, elle aurait pu avoir lieu dans n'importe quel asile de fous. Je peux la situer : un vendredi 13, ça ne s'oublie pas. Ce jour-là, on a appris la mort de Roosevelt. Goebbels était dans tous ses états. Depuis le temps qu'il dissertait sur le « miracle de la maison de Brandebourg »... Vous en avez peut-être entendu parler à l'école. Oui ? Non ? Pour résumer : en 1762, dans Berlin assiégée par l'armée russe, Frédéric le Grand songe au suicide. Tout à coup, la tsarine Élisabeth décède. Et qu'est-ce qui se passe ? Un miracle, justement : le nouveau tsar, germanophile, s'empresse de signer la paix avec le roi de Prusse. Si vous ignoriez cet épisode rocambolesque, chère madame, vous voilà renseignée. Bref. Goebbels la connaissait, cette histoire. Alors, quand il est venu nous annoncer la mort de Roosevelt, il braillait : « La tsarine est morte ! La tsarine est morte ! » tous les trois pas. D'abord on est restés sans voix. Et puis, après explications, ça a été l'euphorie totale. Jamais je n'ai ressenti un soulagement si violent. Un vrai tsunami, comme on ne disait pas encore. On est tous tombés dans les bras les uns des autres, les nerfs de quelques femmes ont lâché, il y a eu des pleurs. C'était fini, fini. Enfin ! Fegelein a surgi, il m'a serré les deux mains : « Truman n'a aucune confiance dans Staline ! Leur alliance est morte ! Tu vois bien, tout s'arrange ! » J'ai serré contre moi le général SS. Je me disais que c'était doublement tant mieux, parce que je n'aurais pas besoin d'empoisonner Hitler…

On s'est retrouvés une trentaine, généraux, secrétaires et quelques autres, tassés dans le couloir du Führerbunker. Le Chef est sorti de ses appartements. Ses yeux rayonnaient d'une énergie farouche, ils semblaient alimentés par une centrale électrique. Il agitait le très officiel communiqué du *Deutsches Nachrichtenbüro*[1] :

« Mesdames et Messieurs, le monde retiendra que par deux fois la Providence s'est ravisée pour pencher en faveur de l'Allemagne ! Voilà des années que j'endure le poison du doute, que je mobilise une volonté de fer contre tous les défaitismes ! Alors, qui avait raison ? Qui ? (Il a brandi le communiqué.) Lisez ! La guerre n'est pas perdue ! Roosevelt est mort ! Tout comme 1762, 1945 va marquer le destin du peuple allemand et le cours de l'Histoire ! »

On avait l'impression de vivre un moment immense, d'assister à un événement dont tous les livres parleraient un jour. Nous étions la poignée d'élus auxquels la rédemption du Reich avait été annoncée… C'était énorme, énorme…

1. Agence de presse.

Si prodigieux qu'on commençait à flotter, à se sentir un peu perdus, déboussolés. On avait comme des vertiges... Hitler a regagné ses appartements, on est remontés dans l'avant-bunker. Quelques bouteilles sont sorties des placards. On trinquait à la santé du président Truman, à la bannière étoilée, aux forteresses volantes qui s'en iraient bientôt bombarder Moscou. Après quelques verres, on est montés dans les tours. Staline était cuit, tout le monde s'accordait là-dessus. Il devrait nous céder l'Ukraine et la Biélorussie, pas le choix. On n'allait quand même pas revenir aux frontières de 1939, non ? « On aura aussi besoin du Caucase », a dit quelqu'un. Là, on était plus circonspects. Prudence, prudence... Les Ivans étaient coriaces, on en savait quelque chose. Vienne venait d'ailleurs de tomber... « Pourvu qu'ils ne fichent pas tout en l'air, ces sauvages ! Une ville si belle ! », « Bah ! Ils ne vont pas y rester longtemps, c'est moi qui vous le dis ! », « Attendez un peu que le Führer ordonne la contre-attaque ! » etc, etc. C'est le genre de choses que vous auriez entendues si vous aviez été là, chère madame... Un asile de fous, je vous dis.

On a déchanté très vite, bien entendu... Ça a pris deux ou trois jours. Goebbels campait à côté des téléscripteurs. La Maison-Blanche, selon lui, c'était le Sanhédrin. Si Truman tardait à se manifester, c'était à cause des Juifs. Il fallait lui laisser le temps de faire le ménage.

On a recommencé à broyer du noir. Les heures s'égrenaient dans une sorte de brume épaisse. Avec nos horaires, difficile de s'y retrouver entre le jour et la nuit. Même le calendrier ne voulait plus rien dire. Et puis, on respirait mal. Quand il y avait trop de fumée dehors, la ventilation du bunker était coupée. Le système n'avait pas de filtres, ou alors ils ne marchaient pas. Résultat : l'atmosphère se mettait à peser des tonnes. Alors on sortait. On se tenait près de la porte, en haut des escaliers, le temps d'en griller une.

Je me rappelle ma dernière promenade, appelons ça comme ça, dans les jardins de la chancellerie. Günsche était dehors aussi. Il promenait Blondi, la chienne du Chef. On ne s'éloignait pas trop de l'entrée du bunker. Ce n'étaient plus des bombes qui tombaient – enfin, plus seulement – mais des obus. Le centre de Berlin était à portée de tir des canons russes. Mon Dieu, que c'était triste… Je fumais trois, quatre paquets de cigarettes par jour et je forçais sur le schnaps – comme tout le monde. Pour tenir le coup, il n'y avait pas trente-six façons de s'y prendre. Le contre-exemple parfait, c'était Hitler. Pas une goutte d'alcool, et il se décomposait à vue d'œil. Il avançait comme sur des patins, ses semelles ne décollaient plus du sol. Il avait le visage d'un homme privé de sommeil depuis des semaines ; celui d'un mort, en quelque sorte, puisqu'il est impossible de vivre sans dormir.

J'ai tourné en rond pendant un moment. Plus d'oiseaux, mais aux branches de deux grands arbres miraculés, les bourgeons s'apprêtaient à éclore. J'ai commencé à marcher tout droit, à m'éloigner. « Hé, Heinrich ! Fais pas l'idiot ! » m'a lancé Günsche. J'ai continué quand même, et puis j'ai dû m'arrêter. Une tranchée me barrait le passage, elle était toute fraîche. Au fond, on avait déposé des dizaines de *Panzerfaust*[1]. Notre dernière ligne de défense…

Maintenant, dites-moi ce que vous savez, j'essaierai de combler les trous – pas sûr si j'y arrive. Et même si

1. Lance-roquettes.

vous ne savez rien, quelle importance ? Ce ne sont pas les livres qui manquent à ce sujet, ni les documentaires. *Le Crépuscule des aigles* ou *Le Crépuscule du diable*... miam miam ! Quelles trouvailles, pour vendre à tous les voyeurs de la terre l'agonie du grand méchant loup ! Moi, je me contenterai de vous dire que la peur me tordait les boyaux, m'écrasait la gorge et la poitrine, saccageait mon sommeil – dès que je fermais les yeux, je rêvais que je me réveillais dans un cercueil. Les bombardements étaient devenus incessants, le bunker n'en finissait plus de trembler, les plâtres dégringolaient des murs, les ampoules clignotaient comme dans un bastringue. Un jour, je ne sais plus quand, vraiment vers la fin, Linge – un bon copain SS – est venu me trouver dans ma cuisine. « Une partie d'échecs ? » On a commencé à jouer, mais on n'a pas pu terminer la partie. Trop pénible... Les pièces vibraient, elles se déplaçaient toutes seules sur l'échiquier ou bien elles se cassaient la figure. Il faut vous dire qu'à ce moment les Russes étaient arrivés sur la Potsdamerplatz, ils nous canardaient au mortier.

Trois fois, on s'était retrouvés, Traudl et moi, dans la petite pièce où... enfin, vous voyez... C'était notre havre, notre royaume de poche, mais les derniers jours, on n'y avait plus accès. Les sous-sols de la chancellerie s'étaient métamorphosés en hôpital de campagne. Des dizaines de blessés s'entassaient dans les couloirs. Des râles, du sang, des cris... et puis l'odeur fétide de la mort, des excréments, de l'éther... Pas de quoi vous donner l'envie de jouer à la bête à deux dos. Un jour parmi ceux-là, j'ai bien cru que ma dernière heure avait sonné : on venait d'exécuter Fegelein. Les tractations de Himmler avec les Alliés étant parvenues aux oreilles de Hitler, tout ce qui portait un grade de général SS était devenu suspect. Et comme à ce moment-là – ça, je l'ai appris plus tard – l'ami Hermann s'imbibait de scotch dans sa garçonnière... Bref, Bormann et Hitler n'y étaient pas allés par quatre chemins. Dans le doute : peloton d'exécution. C'était la règle.

Ce n'était pas n'importe qui, ce Fegelein. Jugez un peu : il avait épousé Gretl Braun, la sœur d'Eva. Est-ce qu'elle est intervenue en faveur de son beau-frère ? Je n'en sais rien. J'imagine que c'est probable. Il ne faut pas croire toutes les méchancetés qu'on a racontées sur elle, vous savez. Elle était très humaine, cette femme. Et en même temps, elle vouait une si grande fidélité à Hitler qu'il est bien possible qu'elle ne lui ait rien demandé. De toute façon, à l'époque, j'avais d'autres chats à fouetter, je ne me suis pas posé la question. Je m'attendais à être exécuté, moi aussi. On allait me tirer de ma cuisine, m'expédier à la surface et m'abattre d'une rafale, sans autre forme de procès. Dieu sait ce que Fegelein avait pu sortir pour essayer de sauver sa peau ! Mais il n'avait rien dit, manifestement, ou alors le temps avait manqué pour l'interroger.

Le reste, ma foi... qu'est-ce que je pourrais vous en dire qu'on ne sache déjà ? La tragédie a été décrite et examinée sous tous les angles, et depuis belle lurette. Alors je vais vous épargner le récit des noces de Hitler et d'Eva, les plus lugubres auxquelles il m'ait été donné d'assister. Qui avait le cœur à se réjouir, à part la mariée ? Moi, je l'avais d'autant moins que le même soir, pendant qu'ils ramenaient le type – ils ont eu du mal – qui allait les unir, j'étais parti avec Günsche chercher de l'essence dans les garages. Deux gros jerricans. « C'est pour bientôt », avait lâché ce brave Otto, tout déconfit. Il n'en avait pas dit plus, mais on s'était compris. Depuis qu'il avait admis la défaite, le Chef n'en faisait plus mystère : pas question que l'ennemi mette la main sur son cadavre. Il fallait donc préparer le bûcher.

C'est très étrange, vous savez. Je veux dire : se réveiller, même quand on n'a dormi que deux ou trois heures, se réveiller et penser : « Encore un jour ! Par pitié, non ! Il faut que ça se termine ! » Tout le monde se disait ça, on vivait suspendus à un calendrier illisible. Enfin, quand je dis « illisible », comprenons-nous... On savait où on allait. Et pendant qu'on attendait de mourir, pour reculer le moment où il faudrait s'empoisonner ou se tirer une balle, d'autres se faisaient tuer à notre place. Des dizaines de milliers. Je ne sais pas si les Alliés ont bien réalisé, quand ils ont exigé la capitulation sans condition. Le résultat, c'est qu'on était persuadés que l'Allemagne, en cas de défaite, allait être complètement rayée de la carte. On n'avait aucune raison valable d'abandonner le combat, vous comprenez ? Non, je sens à votre regard que vous ne comprenez pas. Vous êtes trop jeune. À l'école, on a oublié de vous dire qu'en 1939 on se sentait menacés de tous les côtés. Je ne dis pas qu'on avait raison, juste que c'était comme ça. Alors, quand les Français et les Anglais nous ont déclaré la guerre, on a réagi au quart de tour. Les victimes, c'était nous. Quand je pense que Churchill nous donnait des leçons sur la liberté, sur la défense des peuples opprimés ! Et les Indes, là-dedans ? Et l'Afrique ? Quel culot ! Alors, nous accuser de... bon, enfin, ce n'est pas le sujet. Et d'ailleurs, je fatigue. Pardonnez-moi, je vais devoir m'interrompre. Une chose après l'autre, si vous permettez. Voyez-vous, comme le plus difficile reste encore à dire, je dois reprendre des forces. Je suis au bout du rouleau. Ça, je suis sûr que vous le comprenez. Alors à bientôt, peut-être. Qui que vous soyez, merci d'être venue. Ah, j'oubliais : j'ai eu la chance de connaître une femme extraordinaire, dans mes vieux jours. Elle s'appelle Martyna, vous la trouverez à la Sankt-Peter-Haus. Elle y travaille. C'est à elle que je voudrais parler.

5

Je les entends : ils disent n'importe quoi. Sans doute qu'ils me croient sourd, sans ça ils n'oseraient pas.

Ils sont deux, juste à côté de mon lit. Je n'ai pas écouté la question – leurs bavardages ne m'intéressent pas – mais la réponse, allez savoir pourquoi, m'est directement tombée dans l'oreille : « Non. Les dégâts sont trop importants, il n'a pas ouvert la bouche depuis qu'il a repris conscience. » Quoi ? Comment ? C'est de moi que vous parlez ? Allez au diable ! Et surtout, dites-lui que vous venez de ma part, il vous accueillera à bras ouverts !

Ah, seigneur ! ces toubibs...

Le dernier que j'ai vraiment cherché à voir, c'est Morell. Pas de chance : quand je me suis décidé, il avait déjà quitté le bunker. Je voulais lui demander s'il n'avait pas en stock un peu d'acide prussique – du cyanure, si vous préférez. Hitler en avait distribué aux secrétaires, Traudl ne se séparait plus de sa petite capsule. Pour moi et tous les autres, en revanche, le Chef estimait qu'un coup de pistolet s'imposait. J'avais acquiescé, mais je n'étais pas d'accord. J'avais peur de me manquer. Des gars sans visage, et toujours vivants, j'en avais vu assez pour ne pas vouloir finir comme eux. J'allais pourtant devoir me résoudre à courir ce risque. J'ai vérifié que mon arme de service fonctionnait bien. Depuis l'entrée du bunker, j'ai tiré quelques coups, comme ça, vers le ciel... J'en étais malade. Avoir échappé à toutes les balles russes pour en arriver là...

Les derniers temps, à part du schnaps, je ne pouvais pratiquement plus rien avaler. On aurait dit que mon estomac avait pris de l'avance, qu'il était déjà mort. Préparer les repas du Chef me soulevait le cœur. Je me demandais comment il parvenait, lui, à vider son assiette, dans l'état où il était... Hitler avait vieilli beaucoup plus vite que le reste du monde, la peau flasque de son visage oscillait entre la teinte d'un cierge pascal et celle du papier mâché. Il passait un temps considérable assis dans le couloir, à attendre les nouvelles. Il répétait qu'il n'était plus rien : ni Führer ni chef militaire. Il se consolait avec les chiots de Blondi ou la visite d'un petit Goebbels.

Le 30 avril, il a voulu des pâtes. Je me suis dit que c'étaient les dernières *Deutsche Nudeln* que je préparais. Hitler m'avait convoqué, le matin même, pour me confier une ultime mission. Pour dire les choses comme elles étaient : une mission suicide. Ce qui m'étonne, c'est de m'y revoir encore. Dieu sait pourquoi c'est resté si net. Peut-être parce que c'était la dernière fois qu'il me parlait clairement. L'après-midi, quand il a adressé ses adieux à chacun, il marmonnait, on ne comprenait plus ce qu'il disait.

Ce 30 avril en fin de matinée, donc, on était dans son salon de poche. Hitler m'a demandé de m'asseoir. Lui est resté debout, les mains derrière le dos. Ses yeux chassieux fixaient le portrait de Frédéric le Grand accroché au mur.

« Je vais bientôt mourir, Uffen, et ma responsabilité d'homme d'État m'oblige à transmettre le pouvoir à un autre. J'ai désigné le grand amiral Dönitz pour me succéder. C'est un national-socialiste convaincu et un officier d'un immense talent. Si tous mes généraux avaient eu sa trempe, aujourd'hui nous assiégerions l'Anglais à Bagdad, peut-être même à Kaboul, et nous tiendrions d'une main de fer la frontière de l'Oural... Des hommes de l'envergure de Dönitz nous ont hélas manqué pour vaincre. Aujourd'hui que le sort de l'Allemagne passe entre ses mains, vous devez le rejoindre. J'ai donné des ordres pour vous extraire de la ville. Ce soir à la tombée du jour, un dernier avion décollera de Berlin. Si vous avez la chance de franchir les lignes russes, vous volerez le plus longtemps possible vers l'ouest. De même que vous m'avez servi, vous servirez mon successeur. »

J'ai aussitôt rétorqué, le plus sincèrement du monde, que c'était à lui, le Führer, de monter dans cet avion. Hitler a secoué la tête.

« Il faut avoir le courage de tirer certaines conclusions. Supposez que je parvienne à quitter cette ville : qu'arrivera-t-il ensuite ? Je fuirai comme une bête traquée. Dans le meilleur des cas, j'atteindrai les Alpes et, dans quinze jours, je me retrouverai dans la même situation qu'aujourd'hui. C'est pourquoi je vais demeurer ici, et y périr. Il n'y a pas d'alternative. Ce soir, vous monterez dans cet avion. Vous devrez franchir l'Elbe à tout prix, et au-delà, vous faufiler vers le nord. Pour votre sécurité, de faux papiers ont été établis. Bormann vous les remettra.

J'ai confiance dans votre expérience de soldat : avec l'aide de Dieu, vous réussirez. »

Sans prévenir, un ressort s'est détendu sous mes fesses. Je me suis retrouvé debout, le bras tendu, et j'ai braillé : « *Heil mein Führer !* » J'en avais les larmes aux yeux. L'émotion, la colère aussi. Ce mouvement n'était pas complètement volontaire. J'avais la pénible impression que Hitler m'avait piloté à distance, comme les Goliaths[1] qu'on envoyait exploser derrière les lignes ennemies, quand j'étais au front.

L'après-midi, ils étaient morts. Hitler et Eva. Goebbels a poussé la porte, il est entré le premier. Puis je les ai vus, assis dans le petit canapé du salon. Il y avait du sang sur le mur, un pistolet par terre. Une odeur d'amande, plus que de poudre à canon, flottait dans la pièce. Le parfum caractéristique du cyanure. Tout ça, j'ai dû le raconter à Trapp, et dans le détail. Espèce de charognard... Il a fallu que je lui décrive très précisément la position des corps, l'expression des visages, toutes ces choses affreuses sur lesquelles personne n'avait le cœur de s'attarder. C'est Eva qui m'attristait le plus. Elle était belle, elle était jeune, elle avait toute la vie devant elle. Et puis Traudl lui ressemblait tellement... C'est son cadavre à elle que j'avais l'impression d'avoir sous les yeux... Dieu merci, Trapp s'intéressait moins à Madame qu'à Monsieur. Je n'ai pas eu, à ce moment-là de l'interrogatoire, à défendre la mémoire d'Eva. J'avais vite compris que l'Américain n'attendait qu'une chose : il voulait entendre que Hitler n'avait pas eu le courage d'en finir avec une arme, qu'il avait choisi

1. Engins chenillés téléguidés.

le cyanure, lui aussi. « C'était du sang, vous êtes sûr ? » Comment est-ce que j'aurais pu confondre du sang avec n'importe quoi d'autre ? « Votre Führer avait-il une plaie à la tête ? Vous l'avez vue ? » La réponse était non, je n'en avais pas eu temps – et encore moins l'envie. Mais j'ai répondu par l'affirmative, pour avoir la paix.

On était tous bouleversés. La vérité, pourtant, c'est qu'il fallait se dépêcher. Un assaut contre le bunker pouvait être lancé à n'importe quel moment. Les Russes tenaient le bout de la rue, à moins de cent mètres de la chancellerie. Alors on a enveloppé les corps dans des couvertures. Linge et Günsche ont monté le cadavre du Chef, Bormann et moi celui d'Eva. Je la tenais par les chevilles, je me souviens qu'elles étaient encore chaudes. Ensuite, je ne vais pas vous raconter d'histoires, je n'ai rien vu, je n'ai pas voulu regarder. C'était au-dessus de mes forces. Pendant que les corps brûlaient, je suis resté en bas, avec Traudl. Elle essayait de ne pas pleurer parce qu'elle s'occupait des enfants Goebbels. Comment est-ce qu'elle y arrivait ? Est-ce qu'elle devinait ce qui allait se passer ? Ce n'est pas à moi de le dire. Peut-être qu'elle m'en parlera, là-haut, si elle accepte de me revoir. Ou peut-être que non. On verra bien. Elle aura l'éternité pour changer d'avis.

Est arrivé le moment des adieux. Je m'étais changé, je flottais dans mon uniforme d'adjudant de la Luftwaffe. J'ai pris Traudl dans mes bras, je me fichais bien de ce qu'on pouvait penser. Elle m'a embrassé chastement, sur les deux joues, avant de disparaître à toutes jambes. On aurait dit qu'elle fuyait. Ensuite j'ai serré quelques mains. Linge, Günsche et une poignée d'autres... Goebbels est venu souhaiter bonne chance au « trop modeste » *Volksgenosse*[1] Uffen, comme il disait…

Trois Waffen-SS français sont apparus. Ils m'ont remis un casque et un pistolet-mitrailleur. On est sortis, direction la station de métro Kaiserhof, et de là, la porte de Brandebourg : de la folie. Des bordées de roquettes s'en prenaient au pignon de la chancellerie, le hurlement des *katiouchas* vrillait les oreilles. Ça explosait à l'aveuglette, tantôt à cent mètres, tantôt à vingt. L'air était saturé de shrapnels et de dagues de granit. Je ne sais pas comment on est arrivés vivants jusqu'au métro. À la sortie, après avoir longé les rails, les pieds dans le ballast : même chose. L'hôtel Adlon flambait, la poussière et les fumées transformaient le crépuscule en nuit. On a traversé la Pariser Platz au pas de course. L'avion était là, sous la porte de Brandebourg. Un drôle d'engin. « Feldwebel Müller ? » m'a demandé le pilote. Je n'ai pas su quoi répondre, je n'avais même pas regardé mes faux papiers. Pas grave : on s'entendait à peine. J'ai voulu remercier les Français, mais ils étaient déjà retournés à la bouche de métro.

Le pilote a déployé nos ailes de toile et d'aluminium. Je me suis demandé comment on allait tenir à deux dans un fuselage aussi étroit, pourquoi on n'attendait pas plutôt qu'une balle nous libère de tous nos soucis ou que la porte s'écroule sur nous, puisqu'on n'avait aucune chance de passer. « Bouge ton cul, Müller ! » Le pilote m'a hissé à bord comme un paquet de linge sale. Une chance pareille, ça ne pouvait pas durer. J'étais devenu une loque, j'attendais la mort. Balle, éclat, explosion… J'ai

1. Camarade du peuple.

fermé les yeux, l'avion a commencé à rouler. Je croyais qu'on nous poussait, je n'entendais pas le moteur. Puis j'ai senti qu'on décollait. Incroyable ! J'ai jeté un coup d'œil vers le bas. Mille bouches à feu nous visaient, des grosses et des petites ; des nuées d'insectes enragés montaient vers nos ailes. Le pilote jurait comme un charretier, mais on volait toujours. C'est alors qu'au milieu du vacarme... Le pilote ? Le diable ? Moi ? Je n'en ai jamais parlé à personne, mais je jure que j'ai entendu rire.

Quelques heures plus tard, nous étions encore de ce monde. Le pilote – il s'appelait Perlmann, ça me revient – semblait avoir du mal à réaliser. « Comment est-ce possible ? » On venait de se poser en planant, réservoir à sec, sur la seule route d'Allemagne, peut-être, où il était encore possible d'atterrir : une belle ligne droite, éclairée par la lune. Pas de virage, aucun nid-de-poule, pas la moindre carcasse fumante, pas l'ombre d'un réfugié de Poméranie ou du Brandebourg pour perturber notre course et nous expédier dans l'au-delà. « Comment est-ce possible ? » répétait Perlmann. L'Allemagne paraissait calme et déserte, la guerre absente.

On a pris plein ouest, Perlmann avait une carte et une boussole. Il avait pour consigne de m'emmener jusqu'à l'Elbe. Ni ailleurs ni plus loin. D'après lui, le fleuve n'était plus qu'à une quinzaine de kilomètres.

« Tu iras où, ensuite ? il m'a demandé.

– Je dois rejoindre le Schleswig. »

Perlmann s'est retourné, il ne comprenait pas.

« Tu es de là-bas ?

– Non.

– Alors tu es complètement fou. »

C'est à ce moment-là que j'ai décidé de désobéir. Avec ou sans Perlmann, j'irais me rendre au premier Américain que j'apercevrais.

6

Trapp était un imbécile et ses prédictions sinistres ne se sont pas réalisées. Quelqu'un de plus sensé, un vrai juge ou un honnête homme, a dû estimer que je n'étais pas plus coupable qu'un de nos innombrables Blockleiters, ces mouchards à la langue bien pendue. Le 1er décembre 1947, j'ai été libéré. Je suis retourné dans le Münsterland. Ahlenfurt paraissait un peu moins dévastée que Warenberg, c'est là que je me suis établi.

Au printemps 1948, j'ai retrouvé la trace de Traudl. J'ai envoyé une première lettre à sa mère. Pendant la guerre, Hildegard Humps habitait Breitbrunn, au bord de l'Ammersee. À force de voir Traudl lui écrire, l'adresse m'était restée en mémoire. Un mois plus tard, la réponse est arrivée de Munich, où mon courrier avait été réexpédié. Les Humps avaient déménagé, Traudl vivait à Schwabing[1] avec sa mère et sa sœur. Capturée par les Russes, elle était parvenue à s'échapper et à regagner la Bavière. Mon Dieu, comme j'étais heureux de la savoir vivante ! Pendant des

1. Arrondissement de Munich.

heures, j'ai lu et relu sa lettre, transi de joie ! Et puis je n'ai plus eu besoin de la lire : je la connaissais par cœur. J'aurais mieux fait de me poser quelques questions. La lettre était chaleureuse, et pourtant... Traudl n'avait pas sauté sur l'occasion pour m'inviter à Munich, ou proposer de venir me voir. Mais ça, ça me passait complètement au-dessus de la tête.

Le temps de réunir de quoi payer un billet de train, le 6 juin 1948 j'ai débarqué à Munich. C'était le milieu de l'après-midi, Traudl n'était pas au courant de mon arrivée. Pour moi, il n'y avait pas de doute que la surprise ferait son petit effet. Qu'est-ce que j'aurais pu imaginer, sinon qu'elle se jetterait dans mes bras ? Le calvaire qui m'attendait, je ne l'ai pas vu venir.

Le cœur léger, sautillant, j'ai marché jusqu'à Schwabing.

Le 10 de la Bauer Strasse tombait en ruines. Dans ce qui avait dû être un immeuble de bon standing, Traudl et sa famille logeaient dans un sordide deux pièces, au rez-de-chaussée. Naturellement, il n'y avait plus de sonnette, alors j'ai frappé à la porte. Une femme âgée m'a ouvert, l'air méfiant. J'ai soulevé mon chapeau.

« Frau Humps ?

– Qui êtes-vous ? »

Traudl est apparue derrière sa mère. J'ai remarqué ses cheveux longs et désordonnés, ses joues qui avaient fondu.

« Heinrich !? »

Nous nous sommes bien sagement serré la main.

Hildegard Humps me regardait de travers. Elle ne m'a pas proposé d'aller plus loin, encore moins de m'asseoir. Elle semblait plutôt attendre que sa fille me congédie.

« Tu aurais dû m'avertir, voyons », a dit Traudl.

Son sourire était affreux. On restait là, les bras ballants. Sauf Traudl, qui tripotait autour de son cou un collier imaginaire.

« J'aurais préparé quelque chose... » a-t-elle ajouté.

Enfin, une idée m'est venue pour nous sortir de là :

« Puisque le temps le permet, pourquoi ne pas se promener ? »

Je l'ai attendue dehors, comme un garçon bien élevé. Puis nous avons commencé à tourner dans Schwabing. Sans but. Traudl aurait pu proposer une destination, même insignifiante : la boulangerie où elle dépensait ses tickets de rationnement, le kiosque à journaux qui proposait les dernières nouvelles du monde, le café que fréquentaient les soldats américains, que sais-je ? Mais elle se taisait et regardait droit devant elle. J'avais l'impression d'escorter une statue. J'ai parlé du temps, Traudl a hoché la tête. J'avais chaud. J'ai plié mon manteau d'hiver sur mon bras.

Des interdictions étaient placardées partout, mais des gamins jouaient quand même dans les ruines. Ils dénichaient sous les décombres les trésors qui avaient échappé à la convoitise, ou à la nécessité : le cadran d'une horloge, une tête de poupée scalpée, une cuillère tordue. Traudl couvait les enfants du regard.

J'ai aperçu quelque chose qui ressemblait à un square, et proposé d'y entrer. Traudl m'a suivi. On s'est assis sur l'assemblage de planches mal taillées qui devait être un banc, dans le petit parc sans ombrage. Les tilleuls, les chênes et les châtaigniers avaient été convertis en bois de chauffage par les Munichois. Traudl n'ouvrait pas la bouche.

« Tu ne dis rien ? ai-je risqué de ma voix la plus douce.

– Toi non plus, a-t-elle répondu.
– Tu n'es pas heureuse de me voir ? Moi, je le suis.
– Si. Je suis heureuse, Heinrich. Mais c'est un drôle de bonheur. »

J'ai voulu prendre sa main.

« Non », dit-elle.

J'étouffais, je transpirais. J'ai ouvert en grand le col de ma chemise et collé mon dos contre la planche noueuse du dossier. Traudl avait posé les coudes sur ses genoux, elle se tenait la tête entre les mains et reniflait beaucoup. Elle ne portait pas de manteau. Dans l'arc de son dos maigre, je pouvais compter ses vertèbres.

« J'aurais dû t'écrire de ne pas venir », a-t-elle dit tout bas.

Nous y étions.

« Pas tout de suite, du moins.
– Traudl... »

Je n'ai pas terminé ma phrase. Je ne savais même pas ce que j'aurais pu dire si j'en avais été capable. Traudl me paralysait. Un simple contact aurait peut-être suffi à me délier la langue, mais son dos, à quelques centimètres de mes doigts, était devenu aussi inaccessible que la permanente de Marlene Dietrich. Enfin, c'est une image... J'ai tourné la tête et fixé une poubelle flambant neuve, sans doute que nos libérateurs nous l'avaient offerte. Elle était vide. Dans l'Allemagne de 1948 on manquait de tout, y compris de détritus.

« Comment va ta jambe ? m'a demandé Traudl.
– Bien, merci. »

Je n'avais pas envie de parler de ma jambe.

« Traudl... »

Et de nouveau, rien. Le silence, pesant. Pas d'arbres, pas d'oiseaux. Une circulation insignifiante. Juste des cris d'enfants dans une ruine proche. J'avais mal partout, et terriblement envie de fumer.

De l'autre côté de l'allée, un type est arrivé. Il s'est assis dans l'herbe et a ouvert un journal. Les nouvelles n'étaient pas bonnes. La une titrait sur les tensions croissantes entre anciens alliés. Les Russes, qui rêvaient d'occuper tout Berlin, sinon le pays en entier, tâchaient d'isoler la capitale. Ils n'allaient pas tarder à en couper tous les accès, mais ceci est une autre histoire. C'est alors que j'ai prononcé les paroles les plus bêtes du monde :

« J'ai l'impression que, bientôt, les Russes et les Américains n'échangeront plus de poignées de main. Des obus, plutôt. Et nous, nous serons en plein milieu. Ah, quoi qu'on en dise, Hitler avait vu juste quand...

– Tais-toi Heinrich, je t'en supplie. »

Traudl pleurait, et depuis un moment. Je croyais ses multiples reniflements dus au printemps, au pollen, au soleil, à une allergie quelconque, alors que c'était moi qui les provoquais.

« Je t'aime beaucoup, Heinrich, tu le sais, dit-elle, mais... Je crois que ce doit être la même chose pour toi, n'est-ce pas ? Quand je pense à toi, eh bien... je pense à lui, à Hitler, et je n'en ai pas du tout envie. Je ne veux plus le voir derrière mes yeux, je ne veux plus qu'il vagabonde dans ma tête. Je veux oublier la Tanière du Loup, le Berghof, la chancellerie, le bunker... Rien qu'à les dire, ces noms-là me font mal. Maintenant que je sais, maintenant que j'ai réalisé à quel point j'ai été sotte, tout ça m'est très difficile à supporter. J'ai vu des images... ô Seigneur !

Tout ce que nous avons fait, tout ce à quoi nous avons participé ! Tous les massacres que Hitler ordonnait pendant que nous attendions l'heure du thé, pendant qu'on mangeait du gâteau avec lui, qu'on se promenait, qu'on l'écoutait parler à longueur de soirées ! Comment est-ce que je peux vivre avec ça si je ne l'oublie pas un peu ? Si je ne le mets pas dans un coin ? Les gens m'ont dit, presque tout le monde : "Tu n'as rien à te reprocher." J'aimerais leur donner raison, mais je n'y arrive pas. C'est comme ça, je n'y peux rien. Pourtant j'essaie, j'essaie... oh, si tu savais comme j'essaie ! Mais ça ne marche pas. Certains m'ont presque grondée : "Cesse donc d'avoir honte ! tu as servi ton pays, tu n'as fait que ton devoir !" Mon devoir, tu entends ? Mon devoir !... ô Seigneur... »

Le volume de sa voix avait enflé avec l'émotion. L'homme au journal, dérangé, nous lançait des regards furibonds.

« Traudl, voyons... »

Elle ne m'écoutait pas et pleurait bruyamment. Si au moins j'avais pu lui tendre un mouchoir !

« Comment t'y prends-tu, toi ? a-t-elle repris. Qu'est-ce qui se passe quand tu penses à lui, quand tu mesures ce que tu as fait ? »

Ce que j'avais fait ? J'avais du mal à comprendre. Après tout, je m'étais contenté d'obéir. On était en guerre, le choix n'existait pas. Je n'avais tué personne, et Traudl non plus. Je n'en revenais pas. Je l'ignorais, mais dans sa voix bouleversée, j'entendais déjà la rengaine culpabilisante des morveux qui n'allaient pas tarder à nous juger du haut de leurs vingt ans, drapés dans leurs idéaux d'importation, persuadés qu'ils se seraient comportés plus dignement que leurs aînés s'ils avaient connu le IIIe Reich.

Une métaphore m'est venue à l'esprit, la pire de toutes, mais je pensais que je devais de toute urgence recadrer le débat :

« Eh bien, voici comment je vois les choses. »

Traudl s'est tournée vers moi. Elle attendait que je parle. Ses yeux cherchaient les miens, ils luisaient bizarrement. Un mélange de crainte et de supplication.

« Imagine un plat succulent, bien présenté, au fumet engageant. Prends une bouchée de ce plat, mâche-la un peu. Ensuite, au lieu de l'avaler, dépose-la dans l'assiette et compare ce qui est passé par ta bouche avec ce que tu n'as pas touché. D'un point de vue chimique, la composition des deux échantillons est pratiquement identique. Mais si tu devais piocher à nouveau dans le plat, tu choisirais sûrement sa partie intacte. Autrement dit : si ton estomac voyait le contenu de ta bouche, et non ce qui est posé dans l'assiette, il refuserait de l'avaler, alors qu'il s'agit de la même chose. »

Traudl me dévisageait, incrédule ou désespérée.

« Ce que j'essaie de t'expliquer, ai-je repris, c'est que tout est une question de point de vue. Quand nous étions auprès de Hitler, nous voyions le plat intact. Mais la réalité ressemblait davantage à la part du plat passée en bouche. Tu comprends ? »

À vrai dire je ne me comprenais pas très bien moi-même, et Traudl encore moins. Sa voix est grimpée dans les aigus, comme celle d'une hystérique :

« Une question de point de vue ??? »

Le type au journal, à bout, a commencé à nous invectiver :

« Non mais vous vous croyez où ? C'est un jardin public, ici, on y vient pour être tranquille ! Dire qu'on s'est battus pour ça ! Ah, elle est belle, l'Allemagne d'aujourd'hui ! »

Il s'est levé et il est parti.

Traudl avait de nouveau le visage plongé entre ses mains.

« Je ne peux pas, Heinrich, je ne peux pas, répétait-elle d'une voix minuscule.

– Tu ne peux pas quoi ? »

Elle ne m'a pas répondu. J'ai attendu, elle était en train de se calmer. Mais quelque chose est passé par sa tête et elle a remis ça. Elle a gémi. Un long sanglot pathétique, douloureux comme la plainte d'une désespérée.

« Des petits enfants, a-t-elle dit. Nous avons brûlé des petits enfants, ô doux Jésus ! Nous avons tué des gens parce qu'ils étaient juifs, ou polonais, ou russes, simplement pour ça. »

Elle pleurait si fort qu'elle ne pouvait plus parler. Un agent de police, shako sur le crâne, est venu se planter devant nous.

« Que se passe-t-il, mademoiselle ? Ce monsieur vous importune ? »

Traudl a secoué la tête. Le flic m'a demandé mes papiers. Peut-être qu'il n'était pas convaincu, ou que ma tête ne lui revenait pas. Un deuxième agent l'a rejoint.

« Qu'est-ce qui se passe ?

– On dirait que monsieur embête mademoiselle. »

J'ai protesté, mais ça ne servait à rien. L'affaire était mal engagée, sans doute qu'ils avaient envie de faire du zèle.

Et Traudl qui laissait dire ! Le premier policier a passé mes papiers au deuxième, qui a dit :

« Vous allez nous suivre, Herr Uffen. Et quitter le quartier. »

C'était le monde à l'envers. Moi qui n'avais jamais rien eu à me reprocher, moi que la Gestapo elle-même n'avait pas inquiété ; moi le citoyen au casier judiciaire vierge, le cuisinier surdoué, le courageux soldat de première ligne, vétéran de Crimée et blessé de guerre, cuisinier de Manstein et de Hitler, moi qui aurais proposé mes pâtes à Truman s'il avait eu un brin de jugeote ; moi, suprême innocent causant dans un square ensoleillé avec la femme que j'aimais, j'allais me retrouver coincé entre deux policiers, comme un vulgaire délinquant !

« Vous connaissez ce monsieur ? » a demandé le premier agent à Traudl.

La réponse n'était pas claire. Je pense que j'ai entendu « Je ne sais plus », mais je n'en suis pas sûr. De toute façon ça ne voulait rien dire, et les flics en ont déduit qu'ils avaient raison depuis le départ.

« Vous allez nous suivre, ont-ils répété.

– Traudl ? »

Elle restait sans réaction, de la morve lui coulait du nez. Pauvre amour ! J'ai voulu la consoler, j'ai caressé son épaule. Traudl a hurlé. Aussitôt, les policiers m'ont arraché au banc et traîné derrière eux. Je me débattais entre leurs bras, j'essayais de me retourner, je criais son nom.

J'ai crié plusieurs fois, mais Traudl n'a pas levé les yeux.

7

Le ciel soit loué, vous êtes là ! Oh, Martyna, je désespérais tellement de vous revoir ! Depuis le temps que je vous attendais !

Non non, je ne vous reproche rien ! Au contraire, je comprends ! Vous savez, maintenant : le vieux bonhomme n'était pas celui que vous pensiez qu'il était… Le cuisinier de Hitler… Comment auriez-vous pu imaginer une telle chose ? Pourtant vous êtes revenue vers moi, c'est admirable. Peu en auraient été capables. Si j'osais, je vous dirais que vous êtes mon dernier miracle, dans une vie qui en a compté pas mal… Merci, Martyna. Merci pour tous ces services rendus. Au début je ne comprenais pas, j'étais en colère. Me retrouver à la Sankt-Peter-Haus, sans avoir rien demandé, c'était un peu difficile… Mais quel autre choix aviez-vous ? Je n'ai pas de famille, tous mes amis sont morts depuis longtemps… Il ne restait plus que vous, et vous avez agi pour le mieux. Merci encore. Approchez, s'il vous plaît. Je ne peux bouger que les yeux, mais je crois qu'il y a une chaise, là, si je ne me trompe pas. Asseyez-vous, vous serez mieux.

Je ne sais pas si vous vous en souvenez, quand je suis tombé malade : on regardait la télé. Enfin, surtout moi. Vous, vous repassiez mes chemises. La chaîne diffusait un reportage. En labourant leurs champs, des agriculteurs polonais étaient tombés sur des munitions de la Seconde Guerre mondiale. La terre dégueulait, littéralement. Je ne crois pas que vous étiez très intéressée. Vous êtes comme les gens de votre âge : le passé, vous ne vous attardez pas dessus. Mais moi, j'étais mal à l'aise. Dieu sait ce qui allait remonter des profondeurs, exploser peut-être. Je savais que c'était de notre faute, que la guerre avait éclaté à cause de nous. Et tout d'un coup j'avais honte. Pour ne rien vous cacher, j'avais honte depuis longtemps. Surtout depuis que je vous connaissais. Les hommes changent parfois, sur le tard, et quelquefois en bien. C'est ce qui m'est arrivé. Avec vous, il n'y avait plus de Pologne, de Slaves, plus rien de ces âneries : vous étiez exactement comme nous. Alors, tout ce qu'on vous avait fait subir… On s'était comportés comme avec des sauvages. La Pologne, ce n'était quand même pas l'Afrique noire ou la Papouasie.

N'allez pas vous imaginer que j'aurais commis des horreurs chez vous, ce n'est pas ça. Je n'ai jamais servi en Pologne, pour moi la guerre n'a débuté qu'après la prise de Varsovie. J'ai combattu en Belgique et en France, mais surtout en Russie, où j'ai été sévèrement blessé. Et puis j'ai échappé à la guerre. J'ai été sauvé. Vous êtes sûre de ne pas vouloir vous asseoir ? Bien bien, je n'insiste pas.

J'ai échappé à la guerre, je vous disais. Vous devez penser que c'était à cause de mes blessures. Eh bien non. Il m'est arrivé quelque chose de rare, quelque chose d'improbable. De si improbable que parmi les millions de soldats qui ont combattu, un, et un seul, a bénéficié d'une telle faveur. Du jour au lendemain, je me suis retrouvé à fréquenter les sommets. Moi, un fantassin anonyme. Oh, je ne l'ai pas choisi ! J'ai juste accompli mon devoir. Il faut que vous me croyiez, c'est important. Parce que j'entends déjà ceux qui parleront bientôt à ma place. Ils se dépêcheront de me peindre en ambitieux, en opportuniste, en arriviste patenté. Comme si j'avais manœuvré pour m'assurer une place en haut lieu ! Oui, j'avais de l'ambition. Parce que j'étais doué. J'avais du talent, beaucoup de talent. Si la guerre n'avait pas éclaté, je serais devenu un cuisinier célèbre. Un « chef », comme disent les Français. J'avais de l'ambition, mais au sens noble. Des projets, ou des désirs, que tout le monde n'a pas. Enfin, quelle importance ? J'en ai fait mon deuil, alors je ne vais pas maintenant vous barber avec. L'essentiel est ailleurs.

Martyna, il y a quelque chose dont je n'ai jamais parlé, à personne. Pour être honnête, je comptais bien emporter ce secret avec moi, dans ma tombe. C'est mon fardeau, mon boulet, ma croix. Je le traîne depuis bientôt trois quarts de siècle. Au fond je n'ai jamais vécu seul : il était toujours là. Prêt à surgir, à me bouffer la vie. Les mêmes images, les mêmes questions, les mêmes regrets depuis soixante-quinze ans… Vous parlez d'une compagnie !… Certes, il ne faut rien exagérer. J'ai quelquefois réussi à ne pas y penser. Les cancéreux aussi, vous le savez mieux que moi, parviennent à oublier leur tumeur, de temps en temps. Mais quand même. Avant de me juger, il vaut mieux que vous m'écoutiez encore quelques minutes.

La vérité, chère Martyna, c'est que j'ai changé le cours de l'Histoire. Je sais, vous croyez que je divague, mais vous vous trompez. J'ai toute ma tête. Alors je vous le répète : j'ai changé le cours de l'Histoire. Moi tout seul ? Oui, moi tout seul. Avec l'aide du diable. Ce jour-là, il a réalisé un coup de maître. Vous avez entendu parler du 20 juillet 1944 ? Peut-être bien que non. C'est trop loin, ça n'évoque plus grand-chose aux gens, pas même aux Allemands. Pourtant c'est une date très importante. Elle aurait pu marquer la fin de la guerre, ou le début de sa fin. Si la paix s'était dessinée, bien des vies auraient été épargnées… Aujourd'hui on ne cherche plus à savoir, on se contente du résultat final. On a tort. Les détails sont plus significatifs que l'ensemble, ce n'est pas pour rien que le diable s'y cache. Car la guerre ne s'est pas contentée de continuer, voyez-vous ? elle a battu des records de sauvagerie. Les neuf derniers mois du conflit ont été les plus sanglants. Rien que dans nos rangs, au total, plus de cinq millions de soldats tués : c'est déjà monstrueux. Mais quand vous réalisez qu'il en est tombé *davantage* après le 20 juillet 1944 qu'avant… Non, je ne me trompe pas. C'est ce que disent tous les chiffres. Si ça ne vous parle pas, il suffit d'établir un ratio. Résultat : côté allemand, autour de sept mille tués par jour. Les Russes ? Le double, peut-être plus. La dernière année de guerre, le front était devenu un abattoir. Voilà ce qui aurait pu ne pas arriver…

Mais les premières victimes, ce furent les vôtres. Les insurgés de Varsovie, en août 1944. Je m'en souviens parce que Hitler en parlait beaucoup, ça lui mettait du baume au cœur. « Mes enfants, le Slave de Pologne a cru entendre sonner l'heure de son triomphe, mais il s'est lourdement trompé ! Bientôt, Varsovie n'existera plus. J'ai ordonné qu'elle soit rayée de la carte, rue par rue, immeuble par immeuble, pierre par pierre, à titre d'exemple. » Et nous, nous l'écoutions, le plus tranquillement du monde, sans frémir, sans penser une seconde que vos malheureux compatriotes avaient peut-être de bonnes raisons de nous en vouloir. En réalité, c'est pour Hitler que tout le monde s'inquiétait. Il était malade, alité. On ne savait pas de quoi il souffrait. Et puis, avec l'écrasement de l'insurrection, il a repris du poil de la bête. Deux cent mille Polonais, au bas mot, venaient d'être expédiés au cimetière, quelque chose comme ça. Je n'ai pas les chiffres en tête, mais notre victoire était impressionnante. Mon Dieu, quand j'y pense… Personne ne bronchait. Est-ce que nous étions à ce point devenus insensibles ? Je me suis parfois demandé si le personnel de Truman s'était ému du sort des Japonais, après Hiroshima et Nagasaki. Je crains bien que non.

Le 20 juillet 1944, donc, la guerre ne s'est pas arrêtée, et c'est à moi qu'on le doit.

Ça se passait au QG du Führer, en Prusse-Orientale. Maintenant c'est chez vous. Ce jour-là, comme tous les autres jours, je me suis occupé des repas de Hitler. Or il s'était levé encore plus tard que d'habitude, et il avait décidé de déjeuner pendant la fameuse « *Führerlage* », la réunion d'information militaire. L'emploi du temps était serré, Mussolini devait arriver dans l'après-midi. C'est pour cette même raison que j'allais devoir m'occuper d'une partie du service. Schaub et Linge avaient du travail par-dessus la tête.

La chaleur était accablante, l'atmosphère visqueuse. Le brasseur d'air de ma cuisine ne rafraîchissait rien. À l'heure dite, mon assiette sur le bras, j'ai marché vers le bunker où se tenait la réunion. Tout d'un coup, Günsche surgit de nulle part : contre-ordre. Une fois n'est pas coutume, la réunion a lieu dans une baraque. Peut-être parce que le Chef avait envie de prendre l'air, de marcher cinquante mètres. On ne sait pas, on ne saura jamais. Bref. Au pas de gymnastique, on se presse jusqu'à la baraque. Günsche m'ouvre la porte, s'avance dans le couloir. On tourne à droite. Je le suis et je ne vois que son dos : l'ami Otto dépasse les deux mètres. Derrière la cloison, j'entends une voix. Celle du général Jodl, avec son accent bavarois. La tête pensante du Haut Commandement, c'est lui.

Nous arrivons devant une seconde porte. Günsche frappe, et nous entrons. Sauf Göring, je crois bien que tout le gratin de la Wehrmacht est là. Je suis impressionné, si vous saviez… Je n'y peux rien. Moi, quand je ne connais pas les gens… Ne croyez pas que je joue les snobs, pourtant c'est la vérité : celui qui me met à l'aise, à ce moment précis, c'est Hitler. Avec moi, il s'est toujours montré d'une grande bienveillance. « Ah, Uffen ! dit-il. Ne vous laissez pas intimider, approchez. Les vieux chênes ne sont pas si redoutables qu'ils en ont l'air. » Et l'assemblée de laisser échapper un rire poli.

Hitler est assis, les autres se tiennent raides autour de la table où s'étalent des cartes. En trois pas, j'arrive à sa hauteur. Et là… Nous y sommes. Le cœur de l'Histoire, sa bifurcation, son aiguillage épouvantable. Oh, en apparence, trois fois rien : le bout de ma chaussure qui tape contre un objet. Tout à mon service, j'y prête à peine attention. Tandis que je dépose assiette et couverts devant Hitler, Günsche décapsule une petite bouteille d'eau pétillante, puis en remplit un demi-verre. Sans ces menus bruits, il régnerait une sorte de silence absolu. Pas une semelle pour traîner sur le plancher, pas un grattement de gorge. Tout le monde a l'air de retenir son souffle. Même les mouches, dirait-on, s'abstiennent de voler. Et puis, je ne sais pas comment ça se produit exactement, mais ça se produit quand même : à nouveau, le bout de ma chaussure heurte l'objet placé sous la table. Je me penche, j'aperçois une serviette en cuir. Qui donc a eu l'idée de la poser là, si près du Führer ? Manquerait plus qu'il se prenne les pieds dedans ! En grommelant contre l'inconscient, je tire la serviette et la déplace. Sans doute qu'elle est pleine jusqu'à la gueule, elle pèse sacrément lourd. Un colonel – il s'appelle Brandt – s'avance et m'indique où la mettre : à deux mètres de là, derrière le pied de la table.

Voilà. Le cours de l'Histoire, comme je vous disais, vient d'être modifié. Le diable est plus heureux que jamais, quelques millions de tombes supplémentaires sont désormais inscrites au programme.

Peut-être que vous avez deviné, maintenant. Cette sacoche contre laquelle j'ai butté deux fois, dont je craignais qu'elle ne fasse trébucher Hitler, ou seulement qu'elle l'importune, contenait une bombe. Et cette bombe, si je ne l'avais pas déplacée, si elle avait explosé au bon endroit, aurait réduit Hitler en charpie. Au lieu de ça, il s'en est tiré avec les tympans esquintés, une contusion au bras et quelques brûlures. Cet homme, c'est moi qui l'ai sauvé.

Je ne l'ai pas tout de suite compris. Quand l'explosion s'est produite, j'ai pensé que les Russes nous bombardaient. Mais le silence était déjà revenu. Indécis, je restais planté sur le seuil de ma baraque. Des gens couraient, dans un sens et dans l'autre. Il y avait de la fumée, de la poussière, des cris. « Une bombe a explosé ! Une bombe a explosé ! – Quoi ? – Le Führer ! Le Führer ! – Quoi, “le Führer” ? » Je me suis mis à trembler. Comme une feuille. J’ai voulu allumer une cigarette, je n’y suis pas arrivé. Et si ?... non, ce n’était pas possible ! Ô mon Dieu, non ! J’ai descendu les trois marches, fait quelques pas... Là-bas, à la place de la baraque, il y avait un nuage jaunâtre. La poussière n’était pas retombée, on ne distinguait pas grand-chose. Et puis des silhouettes sont sorties des décombres, deux hommes qui portaient un brancard. Mon cœur a failli s’arrêter net. La victime était recouverte d’une cape que je connaissais bien : c’était celle de Hitler. Celle de votre bourreau, Martyna. Et moi, croyant qu’il était mort, je me suis assis par terre. Jusqu’à ce que j’entende « Grâce au ciel, le Führer est vivant ! », le monde a chaviré.

Le lendemain, on commençait à connaître les détails du plan des conjurés. Je n’ai eu aucun mal à reconstituer le puzzle : quelle autre serviette aurait pu traîner sous la table, à côté du Führer, à part celle que j’avais déplacée ? C’est là que j’ai réalisé. Et vous savez quoi ? J’en ai conçu une joie impossible à décrire. Immense, débordante, *océanique* : c’est comme ça qu’on dit, non ? Je me suis rappelé ce que m’avait dit Hitler, une nuit : « La découverte de vos talents, au lendemain de Stalingrad, ne doit rien au hasard, j’en ai la conviction. C’est vous, parmi des millions d’hommes, que la providence a choisi pour m’épauler. » J’y croyais dur comme fer. J’y croyais même tellement que j’ai abandonné mes lauriers au colonel Brandt, celui qui m’avait indiqué où déposer la serviette. Tout le mérite du sauvetage lui est revenu. Je lui devais bien ça : deux jours après l’attentat, il était mort de ses blessures.

8

Martyna est partie. Je ne me suis aperçu de rien. Pas un mot, pas un froncement de sourcil. Dur à avaler. Mais de quoi me plaindrais-je ? Elle ne m'a pas condamné. Je ne pouvais pas espérer mieux. Adieu, chère Polonaise. Vous êtes partie au bon moment. Avant que je commence à vous demander pardon, avant que je vous implore de me conserver une once d'estime. Ç'aurait été déplacé, humiliant. Pourtant il n'est pas sûr que j'y aurais résisté. Je me connais.

Je me taisais depuis un moment, c'est maintenant que je m'en rends compte. C'est sans doute ce qui a incité Martyna à partir. Elle a eu raison, je ne pouvais plus prononcer un mot. J'étais coincé en Prusse-Orientale. Cent fois, mille fois, j'ai saisi cette fichue serviette, je l'ai tirée vers moi, le colonel Brandt a surgi et je l'ai déposée derrière le pied de la table. Cent fois, mille fois. De plus en plus vite. C'était à peine fini que ça recommençait. Un avant-goût de l'enfer, si ça se trouve. Allez savoir. Les prairies enchantées, les jardins merveilleux… peut-être que je ne les reverrai jamais.

J'ai dû perdre connaissance, ça s'est arrêté. Je me suis retrouvé seul. Oh, pas longtemps. Tout à l'heure, il y avait quelqu'un à côté du lit. J'ai ouvert un œil, mais impossible de l'identifier. J'entendais de la musique, pas très fort. Du Bach, ou quelque chose du même genre. Quand un chant vous rabâche « Ô Dieu » ou « Seigneur ! » toutes les deux phrases, c'est forcément une cantate. Le son était médiocre, il devait sortir d'un petit poste de radio, mais ça m'a plu. Et puis la musique s'est tue. À la place, un bulletin d'informations. On dirait bien que des nuages s'accumulent, à l'Est. On parle d'un virus, totalement inconnu. Il est apparu en Chine. Comme il a déjà causé quelques dégâts, le pouvoir communiste a décidé d'enfermer tout le monde. Un confinement, qu'ils appellent ça. Les gens ne peuvent plus sortir de chez eux, ils sont ravitaillés par l'armée. C'est dire si la situation est prise au sérieux. Nos propres autorités n'ont pourtant pas l'air de s'inquiéter. Je crois qu'elles devraient. L'Asie, c'est le continent de tous les cauchemars. Parole d'expert.

Et maintenant, quoi ? J'ai honoré ma promesse, j'ai dit tout ce que j'avais à dire, et il ne se passe rien. Ce n'est pas que je me sente en grande forme, non… mais de là à débarrasser le plancher… Combien de temps encore ? Quelques jours ? Quelques semaines ? Oh, Traudl… Une faveur, s'il te plaît. Rien qu'une petite faveur !… Tu ne voudrais pas venir ? Là ? Maintenant ? S'il te plaît.

Les flics m'ont gardé à l'œil, puis ils m'ont mis dans le train. J'ai regagné le Münsterland.

La vie était difficile. J'ai souvent eu froid, et surtout faim, à cette époque. J'habitais une ruine, une sorte de remise avec un toit de planches et de bouts de carton goudronné. La pluie passait quand même. Pourtant je ne m'en suis pas si mal tiré. Comme il était exclu d'approcher du moindre fourneau, je suis retourné à mes premières amours. Je suis redevenu bibliothécaire. Au départ, dans une association de bénévoles. Ensuite, pour le compte de la municipalité d'Ahlenfurt. De temps en temps, je poussais en vélo jusqu'à Warenberg. Je tournais dans les ruines, dans les rues fantômes. La Schiller Strasse avait été déblayée, le quartier ressemblait à un terrain vague. J'avais du mal à dire où notre maison était située. J'ai aussi pris quelques nouvelles. Le docteur Moitier s'était suicidé à l'arrivée des Alliés, notre ancien maire avait été exécuté pour défaitisme. Sepp Brauner, enfin, paix à son âme, était mort d'une pleurésie l'hiver précédent. Sans le sou. Je me demandais ce qu'il aurait pensé de la Caisse d'épargne qui avait poussé sur les décombres de *La Saucisse d'or*...

J'ai délaissé la ruine que j'occupais jusque-là. À la place, les Anglais m'ont offert un lit de camp, dans un hangar. On était quelques dizaines à loger là. Veufs, démobilisés ou réfugiés. Je ne me suis lié avec personne. Je n'y arrivais pas. Je me sentais un cas à part. Les plaintes de mes compatriotes m'horripilaient.

Début 1949, j'ai décidé d'écrire à Traudl. Le souvenir de Munich... On ne pouvait pas en rester là. Je suis parvenu à dénicher une carte de nouvel an. En anglais, hélas. Trois chatons au pelage tigré qui déclamaient en chœur. : *Happy New Year*. De mon écriture la plus appliquée, j'ai adressé à Traudl mes vœux de bonne santé, de prospérité, de bonheur. Je lui ai aussi déclaré ma flamme, et je l'ai demandée en mariage. Mais la carte n'est jamais partie. L'encre avait à peine fini de sécher que je recevais une lettre de Traudl. Notre poste fonctionnait remarquablement bien. J'ai tiré de l'enveloppe un vilain morceau de papier gris.

Cher Heinrich,

Je t'adresse mes vœux pour la dernière fois. Du fond du cœur, crois-moi, je te souhaite une vie heureuse, ainsi qu'une bonne santé. Mais nous ne nous reverrons plus, cela n'est pas possible. Je te demande aussi de ne plus m'écrire. Je pense que tu as compris pourquoi, et sinon, j'espère que tu finiras par comprendre.

Ne m'en veux pas et sois heureux.

Reçois mes affectueuses pensées.

Traudl

J'ai dû sortir, je ne pouvais pas rester en place. J'ai marché. Des kilomètres et des kilomètres. Je ne savais pas où j'allais, ni pourquoi mes jambes tenaient tant à s'infliger pareil effort. J'ai traversé les ruines de Regenbrück, puis celles d'Arnsbach. J'étais incapable de m'arrêter. Quand je suis arrivé au grand croisement, je n'ai pas su choisir. À gauche : Bielefeld, à droite : Detmold. Je suis resté là, au bord de la route. Les champs étaient recouverts de givre. J'ai tourné les talons. Le soleil était déjà descendu, je savais que je ne serais pas rentré avant la nuit.

Au crépuscule, une vieille guimbarde m'a dépassé. Elle a ralenti et s'est garée quelques mètres plus loin. Une silhouette courtaude en est sortie. Le type est venu vers moi.

« Heinrich ? »

Je ne le reconnaissais pas.

« Heinrich de *La Saucisse d'or* ?

– Lui-même.

– Ça alors, je me disais bien ! Un gars avec des hanches pareilles !

– À qui ai-je l'honneur ?

– À un ancien client de la taverne : Truppführer SA Karl Popst ! Tu te souviens pas ? il a rigolé. Allez viens, je te ramène. »

Je n'ai pas bougé. Comme réponse, ça me semblait suffisant. Mais je devais avoir l'air plus mal en point que je ne croyais. Popst m'a tiré par le bras et poussé dans sa voiture.

« Tu crèches où ?

– À Ahlenfurt, au hangar des Anglais. »

Je me rappelle qu'il a commencé à me parler de lui et de ses grands projets. Il négociait l'achat de tonnes de briques pour la reconstruction. Ça marchait bien. La preuve : il avait une voiture. J'ai dû hocher la tête une ou deux fois, et alors que j'aurais dû maudire cette saleté de SA et exiger de descendre, je me suis effondré contre la portière, comme si un masque anesthésiant m'avait été plaqué sur le visage. Je n'ai rouvert les yeux que vingt-quatre heures plus tard.

Ce qui m'est arrivé dans la voiture du Truppführer SA Popst reste un mystère. Je n'ai trouvé aucun médecin pour me l'expliquer. J'avais perdu connaissance et dormi d'un sommeil qui ressemblait à un coma. Vingt-quatre heures durant, je m'étais absenté du monde. Quand je l'ai retrouvé, j'avais un cafard monstre et l'envie de le fuir à nouveau, aussi vite que possible et définitivement. Mon *Black Dog* et moi nous ne faisions plus qu'un.

Un de mes voisins, un paysan qui avait perdu sa ferme, m'a adressé son sourire édenté :

« Te voilà de retour, Uffen ! »

Ce brave homme m'a offert un peu d'eau et un morceau de pain noir. J'ai commencé à mâcher. J'avais envie de vomir, et en même temps de manger. Incompréhensible. La vie avait un goût atroce, et le pain noir aussi. J'ai vu le paysan perdre son sourire, chercher quelque chose autour de lui, puis me tendre un bout de tissu qui pouvait passer pour un mouchoir : je pleurais, je ne m'en étais pas aperçu. « Ça va aller, ça va aller », répétait le paysan. Il m'avait tellement parlé de ses vaches, de la façon dont il les cajolait pour les guérir de leur stress après les bombardements, que j'avais soudain l'impression d'en être une. Je me suis mouché, et puis ça m'est revenu. Sans crier gare, en bloc et en détail.

Je ne m'étais pas contenté de sombrer, de dormir si on veut, de chercher l'exil dans une inconscience prolongée. J'avais aussi rêvé. Et dans ce rêve, je n'étais pas une vache, mais un chien. En réalité nous étions deux : Traudl et moi. On se trouvait à la Tanière du Loup, derrière le bunker de Hitler, dans l'espace où Blondi exécutait divers numéros sous l'œil admiratif de son maître. Mais Blondi n'était pas là. Les chiens, c'étaient Traudl et moi. Nous parlions comme des humains et nous nous comprenions très bien. Dans ce rêve, c'étaient les humains qui aboyaient.

Apparurent Hitler et la coterie habituelle : Keitel, Bormann, Göring, Jodl, Morell et quelques autres. Hitler a tapé dans ses mains et nous sommes aussitôt accourus, Traudl et moi. Il nous souriait et nous caressait la tête, ses petites dents jaunes se faufilaient sous sa moustache. J'étais heureux, quoiqu'un peu désappointé. Être un chien, fût-il celui du Chef, tempérait ma joie. Puis Hitler s'est écarté, Traudl et moi nous sommes posés sur notre arrière-train. Il a levé les bras comme un chef d'orchestre et nous avons chanté :

À Rastenburg, j'ai couru dans les clairières
J'ai léché les mains d'Adolf Hitler
Il avait les yeux clairs, si transparents
Pour lui, tout mon amour de berger allemand

Le Führer s'est esclaffé, l'entourage a applaudi. Traudl et moi tirions de nouveau la langue, comme les chiens quand ils ont chaud. Hitler a pris quelque chose dans sa poche, s'est accroupi devant nos gueules ouvertes, dans lesquelles il a glissé notre récompense. C'était une minuscule capsule de verre. Nous l'avons croquée, et nous sommes morts.

Remerciements à mes lecteurs, Stéphan Aubert, Joseph Bertrand, Claudie Cabrolier, Sylvie Dazy, Hervé Guerrée, Danièle Renaudon et Anne Saulnier-Pieper pour leur soutien et leurs précieuses suggestions.

DU MÊME AUTEUR

Bonneville, Le Dilettante, 2016.

COMPOSITION ET MISE EN PAGES
NORD COMPO À VILLENEUVE-D'ASCQ

CET OUVRAGE A ÉTÉ ACHEVÉ D'IMPRIMER
SUR ROTO-PAGE
PAR L'IMPRIMERIE FLOCH À MAYENNE
EN MAI 2025

N° d'impression : 107031
Dépôt légal : août 2025
Imprimé en France